WISHBOOKS FUSION FANTASY STORY
지갑송 퓨전 판타지 장편소설

레벨업하는 몬스터 6

지갑송 퓨전 판타지 장편소설

초판 1쇄 찍은 날 | 2018년 4월 23일
초판 1쇄 펴낸 날 | 2018년 4월 30일

지은이 | 지갑송
펴낸이 | 예경원

기획 | 위시북스
편집책임 | 이규재
편집 | 이즈플러스

펴낸곳 | 예원북스
등록번호 | 제396-2012-000132호
등록일자 | 2012. 7. 25
KFN | 제1-233호

주소 | 경기도 고양시 일산동구 호수로 646-24 위너스21 II 빌딩 206A호 (우)10401
전화 | 031-819-9431 팩스 | 031-817-9432
E-mail | yewonbooks@naver.com

ⓒ지갑송, 2017

ISBN 979-11-6098-870-3 04810
      979-11-6098-621-1 (set)

레벨업하는 몬스터 ⑥

WISHBOOKS FUSION FANTASY STORY

지갑송 퓨전 판타지 장편소설

레벨업하는 몬스터

CONTENTS

34장
방배동 마법사

　요즈음은 정체된 기분이다. 성장이 더디다. 아니, 성장해
야 하는 이유를 잃어버렸다.

　살면서 설정한 최초의 목적은 그저 인간다운 삶이었다. 하
루 세 끼 따뜻한 밥을 먹고 때로는 웃고 즐기며 적어도 방바
닥에서 잘 수 있는 그런 소박한 생활.

　과거에는 그런 것들을 위해 정말 치열하게 살아갔다.

　하루에 6시간을 자면서 여가 생활 따위는 없이 물론 사랑
은 꿈도 꾸지 못했다. 교육도 못 받고 바보같이 사느라 무시
도 많이 당했고 사기도 많이 당했다.

　하나 지금 그런 모든 과거의 편린들은 사라졌다.

　나를 버린 것 같았던 세상은 그 어느 무엇보다 나를 따스

하게 품어주고 있다. 과거와는 달리 다른 사람들이 내 눈치를 보고 나를 좋아하고 찬양까지 하는 사람들이 무지 많다.

즐거운 인생이다.

그런데 요즘 들어 회의감이 일었다. 보상 심리로써 원했던 막연하고 모호한 명예와 명성 그리고 권력과 재력들은 모두 얻었다.

대한민국에서 김세진이라는 이름 석 자를 모르는 사람은 없고 길드 '더 몬스터'의 상장사인 'TM'은 상장 즉시 국내 기업 순위 33위에 이름을 올렸다.

출범한 지 몇 년 지나지도 않은 몬스터 엔터테인먼트에 소속된 연예인, 기사, 가수는 무려 200여 명을 넘어간다.

모두 각 분야의 탑뿐이다.

게다가 좋은 영업력과 대우가 소문이 나 연예계 선망의 대상까지 되었다.

책임자 말로는 이제 스카우트를 할 필요도 없이 알아서 연락해 온다고.

그리고 여러 버전으로 나뉜 아탄이는 이제 세기의 아티팩트가 되었다. 대한민국 정부는 오직 '아탄이'에게만 적용되는 '아탄이 특별법'을 만들어 더 몬스터의 자의적인 아탄이 해외 판매를 막고 정부가 전담하기로 했다.(물론 국내는 여전히 더 몬스터가 전담한다.)

더 몬스터로서는 조금 어이없는 일이었지만 정부의 기업

규제 혹은 견제는 아무리 더 몬스터라 하더라도 피할 수 없는 부분이고 정부에서 여러 세제 감면 혜택까지 주기로 하여서 그냥 따랐다.

그렇게 해서 아탄이는 현재 국가 간 외교 협상 카드로 활용되고 있다고 한다.

들은 바로는 관계가 좋은 혹은 개선하고 싶은 국가에 아탄이를 임대 형식으로 빌려주고 뭔가 관계가 삐끗하면 다시 빼앗아 온다고.

뭔가 유치하지만 그게 두려워 대한민국에 빌빌 기는 나라들이 꽤나 많다고 한다.

아탄이 중에는 '몬스터의 습격 가능성을 낮추는' 효과가 있는 놈도 몇몇 있으니까.

그만큼 김세진이라는 이름은 이 나라를 넘어 전 세계로 널리 퍼지게 되었다.

그러나 겉껍데기가 커져갈수록 '나'라는 자아는 흐릿해져 갔다. 무풍(無風)의 망망대해 위를 떠다니는 조각배처럼.

유일한 목적인 어머니, 아버지의 살해에 관한 진실을 알아내고 또 복수하는 것…….

그러나 아버지가 마인이라는 사실과 어머니가 뱀파이어와 내통했다는 진실은 어쩌면 뱀파이어에 대한 분노마저도 앗아간 것처럼 생각할수록 회의가 일었다.

"……."

차오르는 상념을 잠시 헤쳐내고서 슬그머니 옆을 바라보았다.

세정이가 품에 안긴 채 새근새근 귀여운 코골이를 하고 있었다. 보고 있자니 갑자기 하젤린이 떠올라 죄책감이 일었다.

그때 그녀는 무슨 의도로 그런 말을 했을까. 그러나 나는 이미 어렴풋이 알고 있는 그 감정을 애써 무시하며 눈을 감았다.

잠은 오지 않고 회색빛 상념이 계속되었다.

봄이 끝물인 어느 날 김세진은 다시금 훈련에 열중하기로 결정했다.

아닌 게 아니라 스트레스를 풀 수단 중 남은 것이 훈련 밖에는 없기 때문이다.

동해를 유영하는 것은 이제 불가능하다.

바토리로 추정되는 여자가 동해의 해변가에서 물장구를 치는 모습이 포착되었다고 직접 김선호가 사진까지 찍어서 보내왔으니.

그렇다고 서해나 남해로 가기에는 귀찮고 시비를 걸어올 바다괴수들과는 이제 싸우고 싶지 않다.

그래서 그는 우선 '마나 지체'의 활용에 힘을 쓰기 시작했다. 목적을 잃었다고 해서 마냥 가만히 앉아 답답한 생각을 하는 것보다 억지로나마 훈련을 하는 것이 훨씬 나으니까.

게다가 마나 지체가 현재 있는 스킬 중 가장 고급이기도 하고.

"……마법을 배우고 싶다고 하셨더군요?"

오늘 마나 지체의 훈련을 도와줄 남자는 '요한슨'이라는 예명의 2세대 엘프 마법사로 국적으로 따지자면 토종 한국인이지만 외모는 무슨 그리스 신화에 등장하는 신처럼 생겼다.

"예, 아무래도 배워두면 좋을 것 같아서요."

"하, 참 나."

그러나 그는 다소 탐탁지 않은 기색이었다.

마탑에서야 그 '김세진'이 부른다니 명망 높은 마법사를 강사로서 보내주었으나 정작 그 강사인 요한슨은 지금 상황이 마음에 들지 않았다.

엘프와 마법사가 합쳐진 존재는 세상 그 어느 존재보다 자존심이 강하고 고집이 세다.

그런데 그 마법사가 마법 문외한에게 마법을 가르친다?

마탑의 강제가 아니었다면 그는 여기까지 오지도 않았을 것이다.

"마법은 배워두면 좋은, 그런 운전 따위가 아닙니다. 그저 취미 삼아 배우는 것이라면 당장 포기하십시오. 게다가 당신은 배울 수도 없을 겁니다. 마법은 평생을 마법에게 할애한

자에게만 자신을 허락해 주는 고고한 존재란 말입니다."

요한슨은 김세진에게도 참 당돌했다.

말투는 공격적이고, 불쾌한 눈빛은 마치 그를 깔아뭉개는 듯하다. 그러나 김세진은 오히려 그런 그가 마음에 들었다.

"……아니, 뭐 안 그럴 수도 있지 않습니까. 제가 불세출의 재능일 수도 있는 거고. 특성이 있잖아요. 저는."

일부러 골려주고 싶어 김세진은 짐짓 너스레를 떨었다.

그에 요한슨의 얼굴이 쓰레기통의 신문지처럼 구겨지고 새하얀 목덜미부터 천천히 붉은색으로 달아오른다.

"하. 하. 하. 정말 기가 차네요. 마법과 관련된 특성은 몹시 드뭅니다. 피나는 공부와 단련, 훈련을 반복해야만……"

"알았으니까, 일단 저한테 마법 하나만 쏴 보세요."

"……뭐."

일단 맞아야, 즉 피부에 접촉해야만 레비아탄의 고유 스킬이 발동되어 마법을 '체화'할 수 있다. 물론 그러려면 레비아탄의 비늘을 활성화해야 하지만 피격면만 살짝 켰다 끄면 그다지 티가 나지 않을 테니.

"뭐해요. 쏘세요. 강사 능력 좀 한번 시험해 보게."

"……."

김세진의 도발에 요한슨은 진심으로 화가 난 얼굴이 되었다. 새하얀 도화지 같던 피부는 이미 시뻘겋게 돌변. 게다가 분노를 억누르려는 듯 심호흡으로 어깨가 들썩인다.

"오세요. 빨리. 혹시 제 성에 안 찰까 겁나나? 걱정 안 해도 되는데요, 그건."

그 말에 순간 '엘프와 마법사의 자존심'이 깨어지고 날카로운 파편이 이성의 끈까지 잘라 버렸다.

"으랴!"

그는 괴이한 기합을 내지르며 손에 열화를 발생시켰다.

사방에 열풍을 일으키는 마나의 집합체, 겉보기에는 그저 간단한 화염구이지만 그 속내는 다르다.

저것은 화염이 농축되어 그 열기가 극한으로까지 치솟은 순백의 화염, 즉 백열(白熱).

"……오."

김세진은 그 신비함에 감탄사를 내질렀다.

하나 그 태연한 반응이 오히려 마음에 안 들었던 요한슨은 말 그대로 죽일 기세로 백열을 내던졌다.

휘이이잉.

사방에 아지랑이를 일으키며 쇄도한 백열구는 김세진의 가슴팍에 그대로 꽂히더니 콰아앙!! 공기가 어그러질 만큼 대폭발을 일으켰다.

"화염구의 극한, '백광열'입니다."

그제야 화가 조금 풀린 요한슨이 만족스레 설명을 했다. 하나 매캐한 안개 저편에는 아무런 반응도 없었다.

"……저, 저기요?"

그가 조심스레 물었다.

대답은 없었다.

덜컥 겁이 난 요한슨은 식은땀을 뻘뻘 흘리며 마법으로 연기를 걷어냈다.

깨끗해진 시야 사이 바닥에 널브러진 김세진의 모습이 보인다. 눈이 튀어나올 정도로 놀란 그는 헐레벌떡 달려가 김세진 앞에 무릎을 꿇고 앉았다.

가슴팍에 촛농이 녹아내린 듯한 커다란 상처가…….

"기, 김세진 씨! 일어나 보세요!!"

계속해서 김세진을 뒤흔들어보지만 아무런 반응이 없었다.

순간 요한슨의 의식에 주마등이 스쳤다. 여태 마법사로서, 엘프로서 걸어왔던 과거의 노력들이 한순간의 분노로 인하여 모두 물거품으로 돌아가는 가…….

"크흐흐흐……."

하나 김세진이 먼저 웃음을 참지 못했다. 그런 그를 멍하니 바라보던 요한슨은 이내 얼굴이 시뻘게지더니,

"이만 가겠습니다!"

빼액!

소리를 내지르고서 쿵쾅쿵쾅 발걸음을 옮겼다.

김세진의 장난에 길길이 날뛰던 요한슨은 꼬박 30분이 지나고 나서야 평정을 되찾고서 다시금 교습을 시작할 수 있었다.

"……후. 이건 마기서라고 합니다. '마법 기록서'의 줄임말이죠."

요한슨이 책 하나를 들어 보이며 말했다. 헌데 책이 좀 특이하게 생겼다.

책 자체는 무슨 백과사전 마냥 크고 표지도 두꺼운데 내용물이 고작 5~6페이지가 끝인 듯 상당히 얇다.

"마법 등급에 따라 수억에서 수백억을 호가하는 고급 물건이지요. 지금 여기에는 제가 선보였던 '백광열'이라는 마법이 기록되어 있습니다. 원래 일반인에게는 보여주지 않는 거지만……."

어차피 당신은 배우지도 못할 테니 중얼거리며 그가 책을 열어 보였다.

"음?"

수식을 비롯한 글자가 빼곡히 채워져 있을 것이라는 기대와는 달리 종이에는 무슨 인체의 일부분과 그 혈관이 큼지막하게 그려져 있었다. 그 혈관 속에는 이상한 화살표가 방향을 가리키고 있고.

"……이게 뭡니까?"

"마나 순환도입니다. 마법은 마나의 결합으로 이루어지는데 여기에 적힌 방향과 순서대로 해야만 마나가 결합되어 마법으로 발현됩니다."

"아하."

김세진이 웃으며 감탄사를 내뱉었다. 뜻밖의 이득이 아닌가.

이거면 굳이 마법을 맞아보지 않아도 직접 이대로 마나를 움직여서 마법을 시전할 수 있다.

"……그러나 이 혈관 속의 마나를 움직이는 게 쉽지 않지요. 그러기 위해 '영창'이라는 게 있는 겁니다. 자기 마나에 암시를 거는 거죠. 여기로 움직여, 저기로 움직여 이렇게. 또한 마법은 술사에게 피해를 입히지 않게 하는 것이 중요합니다. 자기 마법에 자기가 죽을 수도 있으니."

"그렇구나."

김세진은 일단 순환도는 무시하고 자신만의 방법으로 백열구를 시전하기 위해 마나를 움직여보았다.

확실히 처음에는 여기 있는 순환도 대로 마나가 흘러가기는 한다. 그러나 시간이 지날수록 조금 달라지더니 마지막에 이르러서는 완전히 '틀린' 수준이 된다.

가장 자연스러운 방법으로 '체화'를 한 레비아탄이 틀릴 리는 없으니 이 순환도가 틀렸다.

실제로도 이 순환도 대로 하면 마나가 너무 복잡하게 엉키면서 흘러가지 않는가.

"근데 이건…… 조금 이상한데요? 마나가 너무 엉키지 않나? 되게 부자연스러운데."

"……하. 뭐요?"

요한슨이 헛웃음을 터트렸다. 공격적이었던 눈빛도 이제는 '벌레를 보는 듯한'으로 한층 더 매서워졌다.

"이건 세계 최고의 대마법사라 불리는 '토라큐 폰 레하임스' 하이엘프 경께서 만든 최고의 마기서라고요. 근데 이게 틀렸다? 하, 하하하. 아이고 이거 참 헛웃음이 다 나오는군요."

"아. 이게 최고의 마법사가 만든 겁니까?"

확실히 사람과 레비아탄은 다르다. 레비아탄은 마나 그 자체를 체화하고 이해한 일명 '전지적 마나 존재'인 반면 사람은 그저 마나를 체내에 쑤셔 넣을 뿐이니 레비아탄의 마법을 사람이 따라할 수는 없겠지.

"그럼 세계 여러 마기서 중에서 틀린 게 되게 많겠군요. 아니, 대부분은 틀렸겠네."

그러나 지금 자신은 '인간'인 상태로 마법을 이해하고 체화했다. 그런 만큼 엘프를 비롯한 다른 사람들도 자신의 방법을 따라할 수 있겠지. 더욱 자연스럽고 훨씬 몸에 맞을 방법을.

"이보세요!"

하나 유한슨은 그의 발언을 마법계에 대한 무시로 생각한 듯 격앙된 목소리로 소리쳤다.

"당신이 뭔데 여태 우리……."

목이터질듯이 핏대를 세우는 유한슨에게 김세진은 말보다 행동을 보여주기로 했다.

그는 우선 기존 마기서에 적힌 방식대로 백열구를 시전했다.

"어때요?"

별안간 그의 손에 새하얀 구체가 둥둥 떠다니자 요한슨의 입이 떡 벌어졌다. 두 주먹을 동시에 집어넣어도 될 만큼 크게.

"……어……."

"그런데 이건 너무 복잡하고 힘들어요."

김세진은 유한슨의 손에 들려진 마기서를 뺏고서 그의 로브 윗주머니에 들어 있는 펜까지 낚아챘다.

그러더니 무려 단가 30억짜리의 책에 낙서를 하기 시작한다.

멍하니 있던 유한슨은 금세 상황의 심각성을 알아차리고는, 구멍이란 구멍은 모조리 확대시키며 고함을 내질렀다.

"뭐 하십니까! 안 돼!"

유한슨이 짐승처럼 달려들었으나, 김세진의 빼어난 손재주는 고작 2분만에 모든 수정을 완료해 버렸을 따름이다.

"아아…… 내…… 3년치 연봉이……."

유한슨은 낙서된 마기서를 내려다보며 하염없이 좌절했고 김세진은 피식 웃었다.

"한번 따라 해보세요. 이게 더 쉬울 겁니다."

"……이런 미친놈이!"

결국 욕설까지 뇌까리며 스프링처럼 튀어 오른 유한슨이 김세진의 멱살을 움켜쥐었다.

"물어내! 네가 물어내라고!"

이미 이성은 폭사한 지 오래, 유한슨의 절박한 외침에 김세진은 그저 웃으며 백광열을 시전했다.

방금 전, 그저 둥실둥실 아른거렸던 백열광과는 '격'이 다르다. 방금이 모닥불이었다면,

지금은 마치 로케트의 연료가 분사되듯 파아아앙! 터져 나오는 백색의 초고열. 그 눈이 멀 듯한 빛의 세기에 순간 유한슨은 뒤로 나자빠지고 말았다.

"이…… 이게 무슨……."

"어때요. 제가 낙서한 대로만 하면 당신 백열광도 이렇게 될 겁니다."

"……."

유한슨은 멍하니 김세진의 손에서 화르륵 미친듯이 타오르는 화마를 관찰했다.

이건…… 도저히 있을 수 없는 일이다.

그러나 지금의 유한슨에게는 그런 생각조차도 불가능했다.

문자 그대로 그는 그저 멍했다.

"가까이 와서 관찰하셔도 돼요. 아군과 적을 구별하게 만

들었거든요."

김세진의 손 위에서 화르륵 타오르는 백열광을 보는 요한
슨의 표정은 가관이었다.

하기야 그렇겠지. 체내의 마나를 의지에 따라 움직이는 것
은 피나는 훈련을 거듭해야만 터득할 수 있는 전문적인 기
술, 괜히 마법사가 전문직으로 분류되는 게 아니다.

한데 그런 마법을 여태 단 한 번도 마나교육을 받아본 적
이 없는 남자가 이렇듯 간단하게 마기서를 본 것만으로, 심
지어 마법을 단지 발현만 하는 수준을 넘어 수정과 진보까지
동시에 이뤄냈다고?

아무리 특성의 도움을 받는다고 하지만 이건 너무…….

"한번 해보시라니까요? 이렇게."

지금 이게 무슨 상황인가…….

현실도피를 하고 있던 요한슨의 귓가에 한 줄기 목소리가
흘러들어 왔다. 그제야 정신을 차린 그는 멍하니 시선을 아
래로 내렸다. 빨간 볼펜으로 좍좍 그어진…… 아니, 수정된
마기서가 보였다.

"이대로 해보세요. 저처럼 되실 겁니다. 한슨 씨도 뛰어난
마법사니까."

"아, 예…… 잠깐만요."

세진의 말에 얼떨결에 휩쓸린 요한슨은 마기서에 적힌 그

대로 마나를 움직이기 시작했다.

원래 이 백열광은 심장에서 몇 바퀴를 빙빙 돈 후 손바닥 위로 발현되는 마법인데 확실히 이전보다는 마나가 더욱 쉽고 효과적으로 흘러간다.

그리고 무엇보다 모든 과정 끝에 발현되는 마법의 농도가…… 전에 비해 확연히 폭발적이다.

"어때요?"

마법은 보통 두 가지 기준으로 분류된다.

'등급'과 '세기'.

등급이 높을수록 고급 마법이라 칭하고 세기(빛깔)가 진할수록 숙련도가 높다 일컫는다.

즉 사용하는 마법이 다른 건 '등급'의 차이, 똑같은 마법이라도 위력이 다른 것은 '세기'의 차이.

여기서 세기를 결정짓는 가장 큰 요소는 술사가 마나를 다루는 힘인 '마력'이라고 여태 마법사들은 배워왔다.

"……."

그래서 요한슨은 더욱더 말을 할 수가 없었다.

지금 자신의 손아귀에서 활활 타오르는 마법을 보고 있노라니 아무 생각도 들지 않았다.

마법이 한 단계 발전했다는 기쁨도 뿌듯함도 없었다. 그저 의문뿐이었다.

자신의 마력은 결코 성장하지 않았는데, 어째서 마법이 이

토록 활활 타오르는지.

"어……."

"말했잖아요. 제 특성이 좀 좋은 게 아니라고."

이 말도 안 되는 현상을 일으킨 김세진을 요한슨은 멍하니 바라보았다. 하나 그는 그저 간지러운 듯 뒷목을 긁적일 뿐이었다.

"일단 남은 교습은 나중에 합시다. 저도 해야 할 일이 남았고 하니……."

"……."

슬그머니 돌아서려는 김세진에게 요한슨이 큼지막하게 발걸음을 내디뎠다.

"저기요, 김세진 씨!"

큰 외침에 김세진이 발걸음을 멈췄다. 요한슨은 뭔가 결연한 표정으로 김세진과 제 손에 쥐어진 마기서를 번갈아보다가 마기서를 세진에게 건넸다.

"가지십시오. 백열광이 백열광이 아니게 되어버렸으니 이제 이건 저희 마탑 소유가 아닙니다."

"아뇨. 필요없습……."

"가지세요."

그는 세진의 품에 억지로 마기서를 안겼다.

그러곤 난처해하는 세진을 더욱 타오르는 눈빛으로 바라보며 열정적으로 말을 잇는다.

"그리고 혹시 가능하다면…… 당신의 힘을 저희 마탑을 위해 써주실 수는 없으십니까? 아니, 저희 마탑이 아니라도 좋습니다. 마법계는 아마 여태 당신 같은 천재…… 크음. 불세출의 특성이 등장하기를 기다렸는지도 모릅니다. 게다가 요즘은 공격마법을 전문적으로 다루는 마법사들이 많이 없어졌습니다. 공격마법의 어려움 때문이지요. 그 탓에 몬스터 사태에서도…….."

요한슨의 속사포 같은 말을 다 이해하기란 불가능했다.

하나 몇 가지는 확실하다. 이 남자는 자신이 마법사로 활동하기를 바라고,

"……그리고 제, 제가 대, 대변인이나 중계인이 되어드릴 수도 있습니다. 제가 이래봬도 서울 마탑에서 촉망받는 마법사이니……."

자신의 덕을 보고 싶어 하기도 한다.

"흠……."

김세진은 턱을 매만지며 고민했다. 이제 신분을 숨기는 짓은 별로 내키지 않는다. 오크 대장장이로 그 난리를 치면서 욕도 많이 들었으니까.

하지만 여기 앞에서 자꾸 '마법계에 큰 공헌을……!' 하고 쏼라쏼라 떠드는 요한슨의 모습이 귀엽기도 하고, 훗날 있을 대재앙에 대비하여 마법계에 큰 족적을 남기는 것도…….

"……요한슨 씨, 혹시 어디 사세요?"

"예? 저 방배동에 삽니다만 그건 왜……?"

"아닙니다. 뭐. 생각은 한번 해볼게요. 일단 돌아가세요."

그는 피식 웃으며 요한슨을 돌려보냈다.

그의 손에 이제는 '백열광(방배동 마법사.Ver)'가 된 마기서를 쥐어주고서.

'마기서'는 마탑의 핵심적인 자산이다.

또한 마탑이 얼마만큼의 마기서를 가지고 있느냐에 따라 그 서열이 구분되고 평판이 달라질 정도로, 마탑을 평가하는 데 가장 중요한 척도이기도 하다.

그래서 당연하게도 마탑은 마기서의 보관과 열람에 몹시 엄격하다. 마법사의 등급에 따라 대여에 제한을 두고, 한 번 대여하면 반납을 할 때까지 마탑 밖으로 나가는 것이 불가능하다.

하나 개중 굳이 마탑이 보관하지 않아도 될 아주 하급의 마법들, 화염구나 아이스 애로우, 신속화 등등은 대중에 공개되어 수업용으로 활용되곤 한다.

실수로든 고의로든 마기서가 마탑 밖으로 유출되면 사람 죽일 듯이 달려드는 마탑들도 그런 하급의 마법에는 예외를 둔다.

그것들은 어차피 마법사를 지망하는 학생이라면 14살이 되기 전에 뗐을 기본 마법이니까.

"……세멘 선배, 이거 봤습니까?"

그러나 요즘 마탑의 마법사들의 관심을 끄는 마법은 그러한 '하급 마법'들이었다.

"뭔데?"

"이거요. 개인 무적(無籍) 마법사가 운영하는 블로그인데…… '화염구'와 '아이스 애로우'의 마기서 수정본이 올라와 있어요."

"……뭐?"

이곳은 대한민국 최고의 마탑이라 불리는 '서울 마탑'의 중층부.

'중급' 마법사들이 머무르며 마기서를 토대로 마법을 익히거나 또는 새로운 마법을 개발하거나 그것도 아니면 아티펙트에 사용될 마나진을 연구하는 이른바 '중급 마법지대'이다.

"마기서가 왜 수정돼? 아니, 어느 미친놈이 그딴 짓을 해?"

최하급 마기서는 거의 수정되지 않는다. 고작 최하급을 수정할 만큼의 노력을 기울이는 게 아까울뿐더러, 최하급은 아주 오래전부터 '정석'으로 굳어졌기 때문이다.

"저도 그렇게 생각했는데…… 이게 좀 신기합니다."

후배 마법사가 관련 블로그를 허공에 송출하자 난잡한 마기서가 홀로그램으로 둥둥 떠올랐다.

마기서는 마나의 흐름에 더해 여러 글자가 낙서처럼 벅벅 쓰여 이미 마기서가 아닌 낙서장이나 다름이 없었다.

"……뭐야? 이 낙서는."

보통 마기서는 순환표라고 하여 마나의 흐름만 기록되어 있다. 그 이외는 마법사가 독자적인 '영창법'을 개발하여 바로잡아야 한다는 이유인데 사실 합리화일 뿐이고 폐쇄적인 마법사 사회의 수많은 불친절 중 하나다.

"이 마법사가 어떻게 마법을 움직여야 좋을 지 팁을 적어놓은 거라는데…… 요즘 이게 초보 마법사들 사이에서 유명합니다. F등급 화염구가 최소 E플러스, 최대 D마이너스의 위력까지 낸다고 하는군요."

"……하. 이번에는 또 무슨 사이비냐."

세멘이라 불린 엘프 마법사가 고개를 절레절레 내저었다.

"아니, 아직 초짜들이나 일반인이면 몰라도, 네가 그걸 믿으면 어떻게 해? 요즘 이런 돌팔이 같은 것들이 얼마나 많은데. 게다가 무적(無籍)이라매? 딱 봐도, 어떻게든 명성 끌어올려서 입탑(入塔) 한번 해보려고 지랄하는 놈이잖아."

"아, 저 그게 사실…… 제가 방금 해봤는데요……."

"뭐? 해봐?"

"네, 저도 처음에는 선배님처럼 생각했는데 요즘 마법사 커뮤니티에서 논란이 너무 많아서……."

"근데. 그래서 뭐. 어떻게, 잘돼?"

"……네. 제가 말한 그대로 위력이 적어도 몇 등급 이상은 상승한 것 같았습니다."

후배 마법사의 약간은 충격적인 선언에, 팔짱을 낀 세멘은 마기서의 홀로그램을 가만히 들여다보았다.

'이 부분은 잘못하면 빙빙 도니까 더욱 신경 써주세요' 따위의 글자가 신경이 거슬렸으나, 대충 마음을 바로잡고서 한 번 그대로 따라 해보니……

"……."

"……."

화염구가 발현되었다. 한데 그 세기가 장난이 아니었다.

천장까지 치솟는 불길에 당황한 세멘은 마나를 이용하여 그 화염을 농축시켰다.

그러자 고작 '화염구'는 마치 축소된 태양처럼 진한 빛을 내뿜는 영롱한 구체가 되었다.

"여, 역시 선배님이십니다."

후배 마법사는 그 찬연한 빛에 감탄했다. 그리고 세멘은 침을 꿀꺽 삼키고는 다시금 블로그를 들여다보았다.

연신 입을 중얼거리는 것이, 아마 후배 몰래 블로그의 주소를 외우는 것 같았다.

"신기하긴 하네. 그, 근데 이 마법사가 누군데?"

"닉네임은 있습니다. '방배동 마법사'라고, 근데 실제 정체는 아직 모릅니다. 데뷔한지 일주일밖에 안 돼서……"

"어, 그래? 근데…… 이, 이거보다 더 좋은 마법은 없대?"

세멘이 짐짓 '나는 필요 없지만 그래도 여기까지 소개해 준 네가 무안하지 않게 물어는 보겠다'라는 목소리로 물었다.

"네. 아이스 볼트와 화염구가 끝이에요. 근데 있어도 이것처럼 무료로 공개를 할까요? 돈 받고 마탑에 팔거나 자기가 독점하겠죠."

"……그렇겠지?"

세멘은 블로그를 한번 살펴보다가 이내 결심한 듯 후배 마법사에게 눈짓을 보냈다.

"뭐라고 쓸까요."

눈치 빠른 마법사는 재빨리 댓글창을 눌렀다.

"혹시 다른 마법 없냐고…… 아니, 이건 너무 속보이니까, '무척 참신한 방법이군요. 저는 생각만으로 담아뒀던 걸 이렇게 표현해 내시지 그저 감탄할 뿐입니다. 혹시 저희와 함께 일을 해보실 생각이 없으신가요?'이런 식으로. 아, 근데 비밀, 비밀 댓글로. 아니, 인마! 비밀 댓글로 하라고!"

"아, 죄, 죄송합니다. 지우고 다시 쓰겠습니다……."

시범삼아 올린 두 개의 마기서로부터 일어난 작은 파문을 아직까지는 알아차리지 못한 채, 김세진은 김유손과 함께 심각한 회의를 하고 있는 중이었다.

"길드장님의 말 대로 그곳이 노스페라투의 아지트인 것 같습니다. 사람을 사냥하지 않는 흡혈귀는 그쪽밖에 없거든요."

"흠……."

"한번가보시겠습니까?"

그는 고민했다. 어머니는 왜 흡혈귀와 합작을 했을까.

그 이유를 알기 위해서는 그들을 만나야만 하겠지. 하지만 동시에 두렵기도 하다. 그들에게서 또 어떤 진실을 듣게 될까…….

디이이이잉—

그때 핸드폰의 알림이 울렸다. 힐끗 보니 '방배동 마법사님의 블로그에 새로운 댓글이……' 따위였다. 대충 무시한 그는 다시금 김유손이 건네준 서류철에 집중했다.

노스페라투의 근거지는 몬스터 필드의 경계에 있지만, 걱정만큼 험난하지는 않다. 그저…….

디이이이잉.

또다시 핸드폰이 울었다. 미간을 좁힌 김세진은 '방배동 마법사' 두 단어만 보고서 핸드폰을 매너모드로 바꿔버렸다.

"……뭔가요? 그건? 블로그?"

"아, 예. 요즘 제가 취미로 마법 블로그를 하나 하고 있거든요. 근데 마법사 분들이 제가 올린 글을 싫어하시나 보네요."

무단 수정 때문에 그런가. 김세진은 살풋 웃으며 핸드폰의 전원을 꺼버렸다.

"그쪽이 워낙 자존심이 세지 않습니까."

"하하……."

김세진은 그저 웃고선 다시금 서류에 집중할 뿐이었다.

"입구까지는 그래도 용병이랑 같이 가는 게 낫겠죠?"

"네. 제가 말씀드리려고 했던 부분입니다. 아무래도……."

두 사람의 회의는 이어졌다.

그러는 와중에도 '방배동 마법사'라는 예명은 마법사 커뮤니티의 근저에서부터 알음알음 퍼지고 있었다.

35장
실타래

4월의 오전.

하젤린은 아주 오랜만에 더 몬스터의 사옥으로 발걸음을 옮겼다. 산책이라고 합리화를 했지만 사실 차마 먼저 연락을 걸 용기가 없어 마지막으로 우연의 힘이라도 빌려보자는 것이었다.

"……으음?"

헌데 막상 도착하니 사옥은 물론 부지 자체가 통째로 바뀌어 있었다.

아름다운 경관을 자랑하는 길드 부지는 안 그래도 넓은데, 으리으리하고 화려한 건물이 대여섯 채가 늘어서 있으니 도대체 어디로 들어가야 할지 고민이 되었다. 게다가 출근시간이라 그런지 직원들도 엄청 많고.

바삐 움직이는 직원들 사이에서 쭈뼛거리던 그녀는 이내 가장 유동 인구가 많은 건물 쪽으로 슬금슬금 발걸음을 움직였다.

자신을 둘러싼 수많은 사람들에 순간 정신이 아득해졌지만 애써 참아내고 게이트 앞에 선다.

여기는 아마 사원증을 대는 곳 같은데…….

고민하던 하젤린은 주섬주섬 길드원증을 꺼내 센서에 갖다 댔다. 근데 순간 '길드원 셰나린입니다'라는 여성분의 목소리가 큼지막하니 울려 퍼졌다.

길드원. 이 간단한 세 글자 때문이었다.

동시에 떠들썩했던 내부에 적막이 들어서더니, 주변 직원들의 모든 시선이 집중된다.

"……."

하젤린은 센서기에 카드를 댄 자세 그대로, 돌처럼 굳어버렸다.

아무리 선망과 존경, 부러움과 동경이 담긴 시선이라 하더라도 관심의 집중은 그 자체만으로도 그녀가 제일 두려워하는 것.

어쩌면 광장 공포증이라 해도 과언이 아닐……

"셰나린 님?"

머릿속이 새하얘진 하젤린에게 직원 한 명이 다가왔다.

"네, 네. 나 셰나린, 저, 저 좀 살려주세여."

혓바닥도 잠시 굳어버린 듯하다. 그 모습에 직원은 고개를 갸웃하고는,

"아…… 그, 이곳은 TM사의 본사입니다. 원하신다면 들어가실 수야 있지만…… 혹시 길드의 사옥을 찾으시나요?"

"예, 예. 네. 맞아요. 거기."

하젤린은 후드를 더욱 깊게 눌러쓰고는 여직원의 옆에 찰싹 달라붙었다.

의지할 사람이 그녀밖에는 없어서 어쩔 수 없었다. 직원은 약간 당황한 듯했으나, 이내 어딘가에 연락을 넣고는 하젤린을 데리고 사옥 밖으로 나갔다.

"이곳입니다."

5분 정도 걸으니 길드의 사옥이 나왔다. 다행히도 꽤나 한적했다. 안도의 한숨을 내쉰 하젤린은 자국이 날 정도로 꽉 붙들어 맸던 직원을 놓아주고서 고개를 꾸벅 숙였다.

"고마워요. 예전에 온 적은 있는데…… 너무 심하게 바뀌어서."

"괜찮습니다. 안내를 원하시면 언제든 연락주세요."

하젤린은 방금 받은 직원의 명함을 품에 갈무리하며 길드 사옥 안으로 들어갔다.

널찍한 로비에는 카운터 직원 한 명뿐이었다.

하젤린은 일단 지잉 카운터 직원을 지그시 노려보았다.

일단 귀가 뾰족한 것으로 보아 엘프, 동족이네. 근데 나이도 어린 것 같은데 알아서 기어야지? 따위의 의미를 담아서 혼자만의 눈싸움을 하는 와중에,

"오늘 훈련 너무 힘들었어요."

"그래도 이 정도면 쉬운 거야."

옆의 통로에서 소란스러운 목소리들과 함께 몸이 촉촉하게 젖은 기사들이 도란도란 나타났다.

총 다섯 명의 여자였는데, 유세정과 이혜린을 제하고는 모두 신입 길드원이었다.

"어? 언니, 무슨 일이에요?"

하젤린은 유세정의 얼굴을 본 즉시 몸을 돌려 도망가려 했으나, 유세정이 먼저 그녀를 알아보고 반갑게 인사를 해왔다.

"아……."

"이분은 저희 창립멤버, 마법사 세나린 님이에요."

하젤린이 당황하는 사이에 자기소개까지 대신 해준 유세정, 그녀는 환하게 웃으며 하젤린의 손을 잡았다.

"밥 먹으러 가요. 저희 구내식당이 엄청 맛있거든요."

얼떨결에 식당까지 끌려온 하젤린은 시끌벅적한 분위기가 적응이 되지 않았다.

얘네들은 뭐 이렇게 서로 친하지? 내일 귀에서 피나겠네.

"아, 맞다. 마법사님. 혹시 방배동 마법사가 누군지 아세요? 마법계에서 요즘 난리도 그런 난리가 없던데. 그분 스카우트하려고 해외 마탑에서도 방배동을 배회하고 있대요."

"아…… 그게 누군지는 저도 몰라요. 유명한 마법사가 장난을 치는 것 같기는 한데, 마법계는 이미 오래전에 등진 터라."

방배동 마법사는 요즘 대한민국에서 아주 핫한 마법사다.

그 이유야 단지, 한국인 마법사가 전세계의 매스컴을 탔다는 이유였다.

'완벽하게 수정된 마기서, 연금계에 이어서 마법계에도 한류열풍이 부나?' 뭐 이런 식이다.

"그렇구나…… 근데 말 놓으세요! 편하게 하셔도 돼요! 나이도 많으신데."

"……."

하젤린은 정말 진심으로 닥쳐 라고 말해주고 싶었다.

"아, 저, 근데 언니. 진짜로…… 아니에요? 진세한?"

하나 마법사가 아닌 유세정은 다른 것에 더욱 관심이 있었다.

진세한.

한 달이 넘게 지나긴 했지만 그는 아직도 대중들의 관심거리다.

진세한의 이름을 딴 진(眞) 무도학파는 현재 수강생이 만

명이 넘어가고 UN에서는 그의 이름을 딴 '진세한 상(부제: hero of the world)'도 제정했으니 적어도 일 년 이상은 지속될 쓰나미라 하겠다.

"아냐, 진짜 아니라니까. 그냥…… 친한 사이야."

"아…… 정말요?"

"응, 근데……."

왠지 모르게 실망하는 유세정을 보며 하젤린은 하지 않아도 될 말을 덧붙였다.

"근데 내가 많이 좋아하긴 했어."

"……."

별안간 분위기가 숙연해졌다. 이럴 의도는 아니었는데. 하젤린은 웃으며 손사래를 쳤다.

"아니, 아니 농담농담. 그건 그렇고 세정아, 반지…… 샀나 봐?"

화제 전환거리를 찾던 하젤린은 자기가 물어보고서도 순간 아차 했다. 이건 자신을 위해서라도 물어봐서는 안 되는 거였는데…….

"아, 네. 오빠가 줬어요."

"와, 역시. 엄청 비싸 보이는데. 얼마래?"

하젤린이 씁쓸함을 삼키는 사이 이혜린이 호들갑을 떨며 물어왔다.

"그게…… 직접 만들어준 거예요. 세계에 하나밖에 없죠."

"진짜? 어머, 어머 대박. 엄청 부럽다. 그거 아티펙트 효과도 있지? 무슨 효과야?"

"……네, 피부랑 주름개선."

"헐."

여자에게는 그 무엇보다 치명적인 아티펙트 효과였다…….

하젤린은 오가는 대화를 들으며 입술을 지그시 깨물었다. 나도 저런 거 갖고 싶은데, 따위의 소유욕은 아니었다.

'나이는 내가 제일 많은데…….'

……조금은 있었지만 그것뿐 만은 아니었다.

속에서 무언가가 차올랐다. 울화일까, 분노일까, 부러움일까, 질투일까 어쩌면 모두 다일지도 모른다.

"그래? 음…… 그렇구나. 그데 그거 아니?"

그녀가 수저를 탁– 내려놓았다.

"세진 씨 제일 먼저 만난 사람은 나일걸? 그분이 아무것도 없을 때, 내가 50억인가 빌려줬었어. 그때 나한테 엄청 의지하셨었는데……."

아무도 물어보지 않은 말이었다. 하지만 하젤린은 꼭 말하고 싶었다.

다른 기사들은 '아, 그렇구나.' 대수롭지 않게 넘겼지만 유세정은 그러지 못했다. 그녀는 이맛살을 찌푸리더니 한마디를 툭 내던졌다.

"……언제요?"

"그때가 아마…… 세진 씨 사냥꾼 되기도 전에?"

"……."

나보다 전이네.

입술을 깨문 그녀는 필사적으로 머리를 굴려보았다. 그리고 문득 생각이 났다.

"저는 어렸을 때, 엄청 어렸을 때 오빠 닮은 사람 봤어요. 한 7살인가 8살 때."

"……그건 닮은 사람이잖니."

"……."

두 사람은 타오르는 눈길로 서로를 노려보았다.

"그래도 뭐, 만난 시기가 중요하지는 않죠."

"……."

"지금 당장 옆에 누가 있는지가 중요하지.

이번에는 하젤린의 눈가가 경련했다.

주변의 신입기사들은 갑자기 돌변한 두 사람의 분위기를 힐끗힐끗 살피더니 슬그머니 자리를 피하려고 했다. 그러나 이혜린이 막았다. 재미있는 구경거리는 같이 봐야 된다는 이유였다.

하젤린과 유세정이 뭔가 예민한 싸움을 벌이던 때.

김세진은 두 명의 용병과 함께 녹음이 울창한 산속으로 발을 내디뎠다.

고요한 산세를 스치는 바람에 나뭇잎이 스산하게 울고 이따금씩 짐승이 그르렁거리는 소리가 들려온다.

사람의 때를 타지 않은 이 순수한 자연 속에 뱀파이어가 있다.

김세진은 약간 긴장한 채 용병에게 눈길을 돌렸다. 김세진이 극비를 원했기에 동행한 용병은 단 두 명, 남자 하나 여자 하나뿐이었으나 이들은 김선호가 고르고 고른 용병단의 최정예. 길잡이 역할에는 차고 넘친다.

"……길 안내를 부탁합니다."

김세진의 명령에 자신을 레젠이라 소개한 여용병이 발을 크게 앞으로 내디뎠다.

"따라오시지요."

김세진은 성큼성큼 걸어가는 그녀를 따라갔고, 남자 용병은 그 둘의 뒤를 지켰다.

그렇게 적막한 숲을 약 10분 정도 걸은 끝에 김세진이 멈춰선 곳은.

푸스스.

보기만해도 위협적인 단애절벽이었다.

"이거 지금 뭐하는……"

왠지 모르게 내비게이션이 절벽으로 길을 안내했다는 괴

담이 떠오른다. 김세진의 의심스러운 눈길로 노려보자, 두 용병은 고개를 거세게 저었다.

"아래로 떨어지시면 됩니다. 일반인이라면 힘들겠지만, 김세진 씨는 가능하잖습니까."

레젠이 그렇게 변명(?)하며 절벽에 섰다.

"제가 지키고 있겠습니다."

이번에는 남자 용병의 말이었다. 왠지 자기만 편한 거 하는 것 같은데. 김세진은 다소 불편한 눈빛으로 그를 째려보았다.

남자 용병은 짐짓 딴청을 피우며 그의 시선을 슬그머니 피한다.

"……진짜 그냥 떨어지면 됩니까?"

의심스러운 말을 건네며 절벽 아래를 굽어본다.

문자 그대로 까마득하다. 저 끝에 대지가 있을지, 바다가 있을지 아니면 불구덩이가 있을지 아무도 모를 터.

"갈 수 있겠습니까? 도와드릴까요?"

레젠이 걱정스레 보며 물었다.

"아뇨, 저 혼자…… 갈 수 있어요."

김세진은 심호흡을 크게 한번 하고서 아래를 내려다보았다. 현기증이 일만큼 아찔한 높이였다.

게다가 바람까지도 응응 거리며 올라오는 것이……

"도와드릴까요?"

때마침 레젠이 재차 물어왔다.

"……어, 어떻게 도와줄 수 있는데요."

김세진은 일단 현실과 타협하기로 했다.

"꽉 잡으세요."

레젠이 변함없는 무표정으로 김세진의 허리를 감쌌다. 그제야 그녀의 후드 속에 숨겨져 있던 동물의 귀가 보였다. 아, 수인이었구나…….

그러나 종족에 관한 상념은 금세 끊겼다.

김세진을 붙잡은 그녀는 그가 준비를 하기도 전에, 험난한 절벽 아래로 폴짝 아주 앙증맞은 점프를 해버렸으니.

으아아아아…….

뭔가 애처로운 비명소리가 웅웅 메아리를 쳤다. 남자 용병은 슬그머니 그 절벽으로 다가가 아래를 한번 굽어보더니.

"휴우……."

진심이 담긴 안도의 한숨을 내뿜으며 가슴을 쓸었다.

"……후."

아직도 정신이 없는 머리를 움켜쥐고서 김세진은 후들거리는 다리를 일으켜 애써 세웠다. 늦지 않게 마나를 사용한 덕에 다행히 별다른 외상은 없었다.

"이제 어디로 가면 되죠?"

"저곳입니다."

레젠이 가리킨 곳에는 누가 봐도 수상한 기암괴석이 절벽의 한구석에 박혀 있었다.

하나 마냥 허술하다 할 건 아니다. 일단 입지조건 자체가 최악의 험지니까.

김세진은 침을 꿀꺽 삼키고서 괴석 앞에 섰다.

그러자 그가 무슨 행동을 하기도 전에 구우우웅 괴석이 절벽 안으로 밀려들어가며 통로가 생겨났다.

"……."

그가 뒤를 힐끗 돌아보았다. 어느새 후드를 벗어 던진 레젠은 귀를 쫑긋하며 그 내부를 호기심 넘치는 눈으로 바라보고 있었다.

"같이 가죠."

"……가도 되나요?"

"대화할 때만 빠져 있어 주세요."

일단 순순히 문을 열어준 것 자체가 대화의 의지가 있다고는 보이니까.

레젠은 고개를 끄덕이고서 총총걸음으로 들어갔다.

내부는 어두컴컴하고 기다랬다. 또한 걸을수록 피 냄새가 진해졌다. 그러나 신기하게도 이쪽의 냄새는 여타 뱀파이어와는 확연히 달랐다. 설명하긴 어렵지만.

"······누가 옵니다."

그때 앞서가던 레젠이 귀를 뻣뻣하게 세우며 손을 쭉 뻗었다.

"누구냐!"

살쾡이 같은 외침, 그러자 어둠속에서 로브를 뒤집어쓴 형상이 하나 솟아올랐다.

뱀파이어였다. 김세진은 저도 모르게 이를 갈았다. 하나 뱀파이어는 태연하게 이쪽을 바라보며 천천히 입술을 움직여 목소리를 꺼냈다.

"······오랜만입니다."

오랜만? 김세진은 고개를 갸웃했다.

"뭔 소리야?"

"아, 아 이런. 죄송합니다. 닮은 분과 착각을 했군요."

"······."

닮은 분, 아마 자신의 아버지를 일컫는 것이겠지.

"어쨌든, 기다리고 있었습니다. 따라오시겠습니까?"

가만히 그를 노려보던 김세진은.

"······그래."

천천히 고개를 끄덕였다.

입지조건만 굉장히 특이할 뿐, 뱀파이어가 안내한 곳은 어느 모로 보나 평범한 마을의 아늑한 가정집이었다.

거실에는 편안한 소파와 아기자기한 탁자가 놓여 있고 부엌에는 고소한 냄새와 함께 냄비가 보글보글 끓는다.

"앉으시지요."

뱀파이어가 그렇게 말하며 로브를 벗었다.

김세진은 살짝 놀랐다. 탁하고 음울했던 목소리는 분명 노인의 그것이었는데 드러난 맨 얼굴은 고혹적인 미녀였으니.

그 그림 같은 얼굴에 회색빛깔 머리카락과 창백하리만치 새하얀 피부가 더해지니 인외(人外) 특유의 신비까지 느껴진다.

"마법 로브입니다. 체형은 물론 목소리와 하관의 주름까지도 조정이 가능하지요."

의문은 빠르게 해소되었다. 슬쩍 미소를 지어 보인 뱀파이어는 손님 접대를 위해 부엌으로 총총 걸어갔다.

"차, 드릴까요?"

김세진이 레젠을 바라보았다. 그녀는 아무 말도 하지 않았지만, 쫑긋거리는 귀와 벌렁거리는 코가 알려주었다. 저 향긋한 차를 어서 내게 달라고.

"……주세요."

이런 곳에서 마음 편히 차를 마셔도 되나 싶긴 하지만 적어도 저 뱀파이어에게는 어떠한 적의도 느껴지지 않으니 괜찮겠지.

"네, 기다리세요."

３분 뒤, 뱀파이어는 세 잔의 차가 담긴 쟁반을 들고 탁자 앞으로 돌아왔다.

"저희 사회에서는 없어서 못 마시는 차랍니다."

흠칫.

차를 홀짝이려던 김세진이 순간 행동을 멈췄다. 뱀파이어 사회에서 없어서 못 마시는 것이라 함은…….

"혈액은 아니니까 걱정하지 않으셔도 돼요."

"……큼."

괜히 무안해진 김세진이 차를 한 모금 들이마셨다.

예상외로 무척 맛있었다. 레젠에게는 더더욱 그랬는지 그 녀 등허리의 꼬리가 산들바람처럼 살랑살랑 흔들린다. 괜히 붙잡고 싶네.

그러나 지금은 이런 마음 편한 티타임을 즐길 때가 아니다.

그는 찻잔을 내려놓고서 얼굴을 무겁게 굳혔다.

"근데 우리끼리 해야 할 말이 있지 않나?"

"……네, 기다리고 있었습니다."

김세진은 탁자 위에 있는 달력을 힐끗 바라보았다. 오늘 5월 4일에 앙증맞은 동그라미가 하나 쳐져 있었다.

'내가 올 줄 미리 알고 있었다는 건가?'

"일단 자기소개부터 할게요. 제 이름은 '릴리아 폰 노스페라투'. 이 거주지의 책임자입니다."

릴리아는 그렇게 말하며 김세진과 눈을 맞췄다.

여느 뱀파이어처럼 혈색(血色)의 눈동자였으나 그들과는 달리 생기가 넘쳐 새빨간 루비를 연상시켰다.

"저희 노스페라투 일족은. 김세진 씨와 협력하고 싶습니다."

그렇게 말하는 그녀는 태연자약했다. 김세진 또한 어느 정도는 예상했던 말이었기에 커다란 동요는 없었다.

"이유는?"

"간단합니다. 저희는 다른 뱀파이어들과는 달리 지구가 만족스럽거든요."

"……내 어머니도 그런 식으로 회유했나?"

릴리아가 스리슬쩍 엷은 미소를 지었다.

"아뇨, 그분은 직접 미래를 봤습니다."

"무슨 소리지?"

"그건 나중에 당신 또한 직접 알게 되실 겁니다."

"……."

아리송한 아니, 이해가 안 되는 말이었다.

"뭔 소린지는 모르겠다만…… 일단 협력하고 싶다는 건 확실하지?"

"예."

"그럼 읊어봐. 지금 뱀파이어들이 무슨 계획인지. 또 어떤 수단을 쓰려 하는지."

그는 다소 거만하게 다리를 꼬고 소파에 등을 기댔다. 하나 릴리아는 아무런 불쾌한 내색 없이 말을 이었다.

"우선 균열이 무엇인지는 아실 거라 믿습니다."

"세계와 세계 사이의 틈이지."

"네, 맞아요. 그런데 그 균열이 어느 정도 이상 벌어진다면 새로운 '통로'가 생겨납니다. 이 통로는 두 세계가 서로 엉겨 붙어서 탄생한 불안정한 세계입니다. 그곳에는 시간과 공간이 서로 불규칙하게 뒤엉켜 있지요. 뱀파이어들은 이 통로를 열어 자신들의 세계로 더 구체적으로는 저들이 살아왔던 '과거의' 세계로 돌아가고자 하는 것입니다."

"그래서 뭘 하려고? 과거로 돌아간다 한들 어차피 멸망할 세계이지 않나…… 아?"

순간 김세진의 머릿속에 전구가 번쩍 뜨였다. 릴리아는 가벼이 고개를 끄덕였다.

"네, 그들은 과거로 회귀하여 훗날 있을 세계의 멸망을 막으려고 하는 것입니다. 하지만 그러기에는 가능성이 너무 낮아요. 이미 시간이 너무 흘러버려 이제는 성공할 수 없는 계획입니다. 그저 점점 사그라지는 자신들의 입지를 인정하지 못한 뱀파이어들의 도착일 뿐이지요."

릴리아가 잠시 말을 멈추고 차를 홀짝였다.

"그러나 저희는 다른 뱀파이어들과는 다릅니다. 저희는 인정하고 현실과의 타협할 자세가 되어 있습니다. 이미……."

그녀는 김세진의 눈을 뚫어져라 바라보았다. 마치 아른거리는 과거를 그 속에서 찾아내려는 듯.

"많은 것을 보았고, 들었고…… '구세주'를 만났거든요."

릴리아의 말이 끝나기도 전에 김세진은 늑대의 동공을 발현했다.

별안간 사선으로 좁혀지는 눈동자에 그녀가 어깨를 크게 들썩였다. 본능적으로 느낀 종족적 공포 때문이었다.

"거짓말은 아니네."

이들에게는 어떠한 적의도 없다. 다만 현재를 살아가고자 하는 의지만이 엿보일 뿐.

"좋아. 그럼 놈들의 계획을 막으려면 어떻게 해야 하지?"

"……."

릴리아는 품속에서 허름한 공책을 한 권 꺼냈다. 다 해진 공책의 구석에는 '……일기'라는 글씨가 쓰여 있었다.

"현재의 전력으로서 통로가 열리는 것은 막을 수 없습니다. 그러니 통로가 열릴 때를 대비하여 전체적인 사회의 무력을 상향 평준화시켜야겠지요."

그녀는 그 책 속에서 말라비틀어진 비늘을 하나 꺼냈다. 김세진은 눈을 커다랗게 떴다.

"그건……."

"그러나 그것보다 우선해야 할 일은 훗날 가장 큰 걸림돌이 될 바토리를 솎아내는 것입니다."

그녀가 비늘을 탁자 위에 올려놓았다. 확실하다. 건조하고 먹먹하지만 심해의 빛깔만은 여전히 남아 있는 저것은, 레비아탄의 비늘.

"가져가세요. 바토리와 조우하셨을 때 삼키신다면 충분히 대적할 정도는 되실 겁니다."

"……."

김세진은 말을 잇지 못했다. 이 비늘에 대해서 알고 있다는 것은 즉 자신의 특성 또한 이미 알고 있다는 뜻.

"그러나 이것만으로는 부족하실 수도 있으니……."

그녀는 수정구를 하나 꺼냈다. 그 안과 밖에 기이한 마나가 먼지처럼 떠도는 구슬이었다.

"그년을 속박시킬 수 있게 저희가 도와드리지요."

그녀의 입가가 가느다란 호선을 그렸다.

몸길이 2.3m, 몸무게는 미스릴보다 단단한 비늘 탓에 측정불가.

평상시에는 귀를 뒤로 접힌 강아지를 닮았으나, 인상을 찌푸리면 꽤나 무서워진다.

현재는 청룡 혹은 동해의 수호신이라 불리고 있으며 '하해(夏海)와 청룡(靑龍)'이라는 요즘 들어 생겨난 신앙이 추앙하는 대상.

……여기까지가 레비아탄－김세진－의 스펙이다. 그만큼 하루가 다르게 성장하는 레비아탄은 전 세계의 관심을 받고 있다. 요즈음 청룡이 잠시 자취를 감춘 것을 두고 정부에서 '청룡관찰팀'을 직접 꾸렸을 정도로.

철퍽－ 철퍽－ 철퍽.

그리고 현재 그는 오랜만에 동해 유영을 하고 있다.

그런 그의 뒤꽁무니에는 박쥐 한 마리가 날개를 퍼덕이며 참으로 티나게 쫓아오고 있었는데, 아마 바토리의 도구 혹은 애완동물, 뭐 그런 건 듯했다.

"바토리는 청룡을 애완동물 삼고 싶어 합니다. 하나 이미 실패한 전력이 있는 만큼 부하를 믿지 않고 직접 나설 가능성이 크죠. 그때를 노리면 될 것 같습니다."

릴리아의 말을 떠올린 세진은 일부러 꼬리를 흔들며 첨벙 첨벙 물장구를 쳤다.

엉덩이도 씰룩씰룩 흔들어 주고. 그래야 뒤에서 보고 있는 바토리가 군침을 삼키던 뭘 하던 할 것 같아서.

'안 오네.'

그러나 신중을 기하고자 하는 것인지 아니면 부하들이 필사적으로 뜯어 말리는 것인지, 바토리는 오지 않았다.

약 두 시간 동안의 수영 동안 만난 대상은 카메라와 크루즈, 웬 낚시를 하는 여러 요트들뿐.

"흠."

오늘은 아닌가 보다. 김세진은 저 멀리서 자신의 사진을 찍고 있는 금발의 여자 엘프에게 윙크를 날려주고는 수면 아래로 잠수했다.

같은 시각.

"아, 봐봐! 없어졌잖아!"

연신 발을 동동 구르던 바토리가 결국 소리를 빽 내질렀다. 그녀 앞에 놓인 수정구에는 잠잠한 바다의 모습이 비쳐지고 있었다.

"방금 갔어야 했다고!"

"……요즘은 동해에 너무 이목이 많습니다. 그러니……."

"그러면 니들이 그때 일을 잘했어야지."

거의 한 달 만에 나타난 용용이—바토리는 직접 이름까지도 붙였다—는 더 귀엽고 교태로워져서 몬스터 애호가인 그녀로서는 참을 수가 없었다.

당장 저걸 가져와서 저 토실토실한 엉덩이를 쓰다듬어 주고 싶단 말이다…….

"죄송합니다."

"내가 뭐 내 사심 채우려고 이러는 줄 아니? 이게 다, 저 용용이를 길들이면 우리 계획이 더 편안해지니까 이러는 거 아니야. 만날 나오자마자 척살당하는 보스 몬스터보다는 쟤가 몇 백 배는······."

그 이후로도 바토리는 약 한 시간 동안 부하들을 갈궜다.

고개를 아무리 조아려도 그녀의 히스테리는 쉽게 풀리지 않았다. 지금 이 유일한 취미가 아니라면 파괴와 가학을 제외하고선 그녀의 지루함은 풀리지 않을 테니.

─방배동 마법사가 C등급 마법 '쉐도우 컨벌젼(Shadow Conversion)'과 '리플랙션 글래스(Refelction glass)'의 개정판을 발행한다고 블로그를 통해 알려왔습니다. 방배동 마법사는 우선 한국 소재의 마탑에 우선적으로 판매하겠다고 공언하였으나 이에 여러 해외 마탑들이 반발하고 있는 것으로 알려졌습니다. 심지어 원 마법을 개발한 포든 가문의 적자, 하이 엘프 '크리스텔 포든' 경은 조상이 개발한 마법을 함부로 수정한 것에 대해 책임을 묻겠다며 노발대발······.

집으로 돌아오자마자 들려오는 뉴스의 한 토막이었다. 김세진은 한숨을 내쉬며 거실로 들어갔다.

"어, 오빠, 왔어?"

요즈음 꽤나 이슈를 몰고 다니는 마법사에 관한 소식이기 때문일까, 유세정은 뉴스에 집중하고 있었다.

"기사님이 마법사 일에 뭐 그렇게 관심이 많지?"

그는 짐짓 태연하게 말하며 유세정을 품 안으로 끌어안았다.

"기사이기 전에, 새벽의 외동이거든요. 이런 소식들은 놓치면 안 돼."

"……어차피 새벽 정보원들은 이미 다 알고 있는 사실 아니었어?"

"그건 새벽이고, 뉴스는 대중들의 생각까지 알 수 있거든."

그때 뉴스 화면에 중후한 중년 엘프가 나타났다. 전문가 인터뷰인 듯했다.

[콜린 렉스 '서울마탑 A등급 마법사, 마법학교 교수 역임']
-천재입니다. 원래 있던 마법의 가지를 쳐내어 효율을 기하급수적으로 향상시키는 것, 언뜻 듣기에는 쉬워 보일지라도 새로운 마법을 발명하는 것만큼이나 힘듭니다. 아마 마나를 움직여 본 경험이 있는 마법사와 기사라면 제 말을 이해할 수 있으실 겁니다. 그런 점에서 이 '방배동 마법사'의 정체가 누군지는 불분명하지만 세계에서도 손에 꼽힐 만한 재능임은 분명합니다.
-그럼 이 마법사가 앞으로 어디까지 올라갈 수 있다고 생

각하십니까?

―흠…… 아시다시피 마법사는 실전과 이론으로 나누어져 있는데 '이론' 쪽에서 만큼은 A급 이상이 될 수 있지 않을까요.

―A급 이상은 대마법사밖에 없지 않나요?

―허허…… 그런가요?

"오빠는 어떻게 생각해?"

갑자기 유세정이 물어왔다.

"뭐, 뭐가?"

"그냥. 저기 방배동 마법사. 저 사람이 수정한 마법이 벌써 10개래. 그 성능이 최대 2배 가까이로 불어나서 거의 새로운 마법이 된 거나 다름이 없다고 하니까, 거의 마탑 1분기 수준의 업적이야."

"그래? 근데 뭐…… 조금 난리법석 아닌가?"

그녀는 어이없다는 듯 눈을 가늘게 좁혔다.

"난리법석이라니…… 으휴. 우리 오빠도 공부 좀 해야 될 텐데."

고개를 절레절레 내젓는 것이 뭔가 기분이 나쁘다. 공부보다는 일단 너 먼저 혼내줘야 될 것 같은데.

"……한국대 다닌다고 사람 무시하고 그러면 못쓴다."

"그런 거 아니거든요. 상식적…… 꺄악!"

세진은 TV를 끄고서 그녀를 소파 위에 눕혔다. 그러곤 얼굴을 붉히며 미안, 미안 거리는 그녀의 입을 입으로 틀어막는다.

"나 오늘 할 일 많…… 아, 안 돼.. 아, 앙, 흐앙!"

그녀는 발버둥 치며 도망가려 했지만 그럴 때마다 김세진은 그녀를 집요하게 공략했다.

그렇게 어느새 불은 꺼지고 바닥 위에는 옷가지가 널브러졌다.

뒤이어 삐걱 삐걱 소파의 격렬한 움직임과 희미한 교성이 방 안을 가득 매웠다.

36장
오크와 여기사

노스페라투는 균열이 '통로'의 수준으로 넓혀지기까지 시간이 얼마 남지 않아 최대한 빨리 바토리를 솎아내야 한다고 말했다.

세계 또한 훗날 있을 재앙을 인정하고 군사력 확충에 집중해야 한다고도 덧붙였다.

그러나 통로가 완전히 열리면 어느 정도의 위험이 도래할지 김세진은 솔직히 잘 와 닿지가 않았다.

무엇이든 직접 경험하지 않으면 그것을 제대로 알 수 없으니까. 그럼에도 그는 그동안 자신이 할 수 있는 최선의 노력을 하기로 했다.

우우우웅.

온통 마나의 푸른빛으로 물들여지고, 유일한 소리라고는 마나의 공명음뿐인 밀폐 공간 내부.

김세진은 자신의 특질 '마나 지체'을 조금 참신한 방법으로 활용하려는 시도를 하는 중이었다.

"……끄으으으."

그 새로운 활용법은 몸 안의 마나를 뽑아내어, '광석' 혹은 '결정'의 형체로 밀집시키는 것.

어찌 보면 인공적으로 '마나석'을 만드는 행위나 다름이 없다. 게다가 이렇게 해서 만들어진 마나석은 몬스터의 마나석과 전혀 다르다.

우선 세진의 입맛대로 성질 변형이 가능하기에 마나석의 경도와 강도를 금속처럼 조절하여 '마나 그 자체'인 병장기를 만들 수 있다.

또한 그뿐만 아니라 사람이 마나석을 그 자체로 복용하는 것이 가능하다.

보통 몬스터의 마나석이 무기로 만들 만큼 단단하지 않고 독기가 함유돼 있어 직접 복용이 불가능한 것에 비하면 그야말로 혁명적인 마나석이라 하겠다.

"어으, 이러다 죽겠네."

하나 그런 만큼, 마나를 뽑아내어 유의미하게 응집시키는 행위는 무척 힘들었다.

고작 세 개 만들었는데 현기증에 머리가 어질어질할 정

도로.

"……흠."

찬물을 삼킨 그는 탁자 위에서 영롱하게 빛나는 세 개의 마나석을 바라보았다.

티 한 점 없이 푸른 돌, 이 마나석들의 활용 방 안은 무궁무진하다.

몇 개를 더 만들어서 새로운 무기를 만드는 데 사용할 수도 있고, 이 그대로 기사나 마법사들에게 '마나 영단'이랍시고 팔아도 천문학적인 이익을 추구할 수 있겠지. 마나하면 눈에 불을 켜고 달려드는 족속들이니까

"하……."

그렇게 이런저런 생각을 하다 보니 갑자기 헛웃음이 나왔다. 요즘 인터넷 보면 맨날 자기를 두고 사기 특성, 사기 특성 말이 많던데 확실히 그 말이 골백번은 옳다. 말이 안 되잖아. 옛날에는 하나 주우면 인생역전이라 생각했던 마나석을 지금은 자의적으로 만들어 내다니.

─구우우웅!

자화자찬을 하는 와중에 핸드폰에 알림이 울렸다. 슬쩍 보니 유백송이었다.

"여보세요?"

─……어. 나야.

"네, 갑자기 웬 전화예요? 요즘 바쁘다고 들었는데."

'김세진의 최측근'이라는 타이틀을 당당히 유지하는 몇 안 되는 인물인 그녀는 요즘 정계에서 단연 최고로 촉망받는 인물이다.

그래서 이런저런 극진한 대접을 받느라 바쁘시다. 아마 그녀가 거절한 청탁만 해도 웬만한 빌딩 스무 채는 살 수 있지 않을까.

—네가 먼저 부탁한 거 있었잖아.

"……음?"

김세진이 고개를 갸우뚱했다. 핸드폰 너머에선 한숨소리가 들려왔다.

—마나석 구해달라고 했었잖아. 돌연변이 흑색늑대. 인도에서 받아왔어.

"아하."

그제야 떠올랐다. 자신은 여태 묵혀 두었던 스킬이 하나 있다. 몬스터의 사체 혹은 마나석을 이용하여 그 몬스터를 환수로 부릴 수 있는 스킬.

하지만 부릴 수 있는 한계가 고작 3개체뿐이라, 어떤 몬스터를 선택할까 신중하게 고르다가 까맣게 잊고 있었다.

"시기도 딱 좋네요. 지금 만납시다."

—……지금?

"예, 무슨 일 있어요?"

—아니, 약속 하나 있지만 캔슬할 수는 있어 근데…… 나

방금 씻었는데.

"……."

분명 그녀는 별생각 없이 한 말일 것이었다.

게다가 자신은 애인도 있다.

그러나 남자로서 왠지 모르게 가슴이 떨리는 말이었다……

"……갑니다. 지금."

통화를 끊은 즉시 출발한 김세진은 유백송의 자택으로 한 달음에 달려왔다.

굳이 촉촉히 젖은 머릿결, 뭐 그따위 걸 보기 위해서는 결코 아니다.

흑색늑대의 돌연변이, '락콘'.

인도의 히말라야 등지에서 '락콘'이라는 악명으로 널리 퍼졌던 놈은 늑대답지 않은 무력과 명민함으로 유명했다.

심지어 중상급 기사와 상급 사냥꾼의 파티를 대적하고서도 무사히 살아남아 유유히 도망갔다고.

그리고 김세진은 그놈을 자신의 애완견(?)으로 간택했다. 한데 약 6개월 전 일이라서 까맣게 잊고 있었지.

"와우. 저희 용병단도 못 해낸 일인데…… 어떻게 해내셨습니까?"

유백송은 마나석만 구해온 것이 아니었다. 마나석 아래에 덩그러니 널브러져 있는 아직 온기가 남아 있는 락콘의 시체

까지.

"인도와 아탄이 외교를 했었잖아. 내가 스리슬쩍 끼워 넣었지. 락콘이를 잡아서 줄 수 없겠느냐고."

"오, 그래요?"

"응, 그 이후로 국가적인 토벌작전이 시행 됐을 걸? 아마 애 잡으려고 기사가 1,000명은 동원 됐을 거야."

해맑게 웃으며 마치 '나 잘했지?' 라고 말하는 듯한 귀여운 얼굴.

김세진은 무의식적으로 그녀의 머리를 쓰다듬었다. 새하얀 머리카락은 촉촉하고 부드러웠다.

"고마워요. 역시 일처리는 유백송 씨만 한 사람이 없네."

"⋯⋯크, 크음. 내가 괜히 백호겠느냐."

쑥스러웠는지 유백송은 그의 손길을 슬며시 쳐내면서도 차마 잔뜩 붉어진 얼굴을 감추지는 못했다.

게다가 킁킁 콧구멍은 연신 냄새를 탐하고 귀는 한 줄기의 칭찬이라도 더 담으려는 듯 쫑긋쫑긋 거린다.

"그럼 나중에 또 봅시다!"

그러나 그녀에겐 아쉽게도 김세진은 그 이상의 칭찬을 하지 않았다.

'늑대를 타겠다.' 라는 일념에 사로잡힌 그는 락콘의 마나석과 가죽을 짊어지고 집 안을 바삐 빠져나가 버렸으니.

쾅!

그리고 홀로 남겨진 유백송은 거세게 닫힌 문 너머를 지그시 노려보며 입술을 비죽 내뺐다.

"더 칭찬해 주면 어디가 덧나나……."

김세진은 유백송의 집을 나오자마자 몬스터 필드에 도착했다. 영웅오크의 폼이기 때문일까, 이제 TV화면으로만 봤던 진짜배기 야수 '락콘'을 타고 달릴 수 있다는 생각에 가슴이 유달리 들끓는다.

"흠흠."

심호흡을 한 그는 조심스레 마나석을 쥐고 스킬을 발동시켰다.

그러자 검은색 마나석과 락콘의 가죽이 안개처럼 흩어지더니 한 줄기의 기운으로 변해 가슴속으로 스며들었다.

[전사의 심장에 흑색늑대(돌연변이)가 스며듭니다.]
[소환수 목록에 흑색늑대(돌연변이)가 추가됩니다.]
[주인의 현재 능력치에 따라, 흑색늑대의 위상이 상향조정됩니다.]
[현재 흑색늑대의 등급은 (상급)입니다.]

마나석이 원활히 받아들여졌음을 상태창이 알려주었다.

오크는 눈을 감고 스킬을 사용했다. 간단했다. 그저 마음속으로 '소환'을 읊조리는 것뿐.

뒤이어 그의 심장에서 탁한 마나가 우우웅 흘러나오며 푸른색과 흑색이 뒤섞인 형체를 만들어가기 시작한다.

마치 입체적인 그림이 그려지듯, 두 가지 색의 마나기류가 한데 모여서 이뤄진 형체는 마나와 주술로 인해 되살아난 거대한 늑대, '락콘'이었다.

고작 늑대주제에 영웅오크와도 맞먹는 웅대한 몸체를 지녔고, 전방을 째려보는 형형한 눈빛은 전사의 동행이 되기에 부족함이 없다.

오크는 흡족해하며 그 등을 쓰다듬었다.

그릉. 그릉.

락콘은 주인을 알아보고 만족스레 갸르릉 거린다. 오크는 피식 웃으며 놈의 등 위에 준비해 온 안장을 올렸다.

"이랴!"

안장에 올라탄 오크가 늑대의 등을 두드렸다.

방향을 가리키지는 않았다. 하나 늑대는 그의 뜻을 찰떡같이 알아듣고서 지축을 크게 박차 그가 생각하는 방면으로 쇄도했다.

쒀아아아.

모든 풍경을 한없이 흘려보내는 가공할 만한 쾌속이었다. 뒤로 일렁인 소닉붐에 나무가 꺾여나가고 흙먼지가 휘몰아

친다. 상급 지대의 몬스터마저도 놀라 도망갈 만큼 위압적이고 압도적인 신속(迅速)이었다.

그런데 그 예상보다 몇 곱절은 빠른 속력에 김세진이 감탄하고 있을 때.

"모두 물러서!"

어디선가 결연하고 다급한 목소리가 울려 퍼졌다. 사냥 중인가? 힐끗 바라보니 키 큰 나무들 속에서 어떤 거대한 백조가 모가지를 크게 들어 올리더니……

"빼애애애액!"

난데없이 불유쾌한 비명을 내질렀다. 손톱으로 칠판을 긁는 것보다 이천 배는 거대하고 사천 배는 기분 나쁜 소리였다.

귀에서 피가 날 것만 같은 소리에 순간 화딱지가 팍 치밀었다. 그 어떤 도발보다 더욱 화가 나는 소리여서 락콘도 오크도 참지 못했다.

그가 고삐를 거세게 움켜쥐자 락콘이 저 멀리 소리가 들려온 쪽으로 방향을 선회했다.

인도 정부가 증여한 특이한 몬스터의 마나석과 사체를 유백송에게 인계한 뒤.

김유린은 '상급 지대에 주의해야 하는 몬스터가 출몰했

다.' 라는 정부의 전언을 받았다.

이름은 자이언트 스완. 문자 그대로 '거대한 백조'인데, 시간이 지날수록 성장하는 성장형 몬스터이기에 전언을 받은 즉시 팀을 꾸려 출발했다.

처음에는 괜찮을 줄 알았다. 자이언트 스완은 상급몬스터이지만 이쪽은 상급 기사 열둘로 이뤄진 팀이었으니까.

그러나 놈의 성장 조건이 '피학'일 줄은 전혀 상상도 하지 못했다.

"저런 미친……. 어떻게 하죠, 대장님?"

몇 번 검에 베이더니 지금은 사방으로 갈퀴를 휘날리며 진화를 준비하고 있다. 느껴지는 포악한 기운은 상급을 아득히 선회하는 수준.

"……모두 물러서!"

김유린은 결국 모든 기사들을 물리고서 손에 쥐어진 궁니르를 '창'의 형태로 변환했다.

그러곤 남은 마나와 담을 수 있는 목적을 서로 비교해 본다. 기절은 불가. 그렇다면 적어도 팔이나 다리 한쪽은 받아 가겠다…….

"빼에에에엑!"

그녀가 창대를 으스러져라 움켜쥐었을 때.

별안간 스완이 기괴한 소리를 내질렀다.

예상치 못한 소음이 마나 강기를 뚫고 귓전을 강타하여 마나를 흐트러트린다. 갑작스러운 기습 비명에, 기사들의 귓가에서 피가 뚝뚝 흘렀다. 그러나 스완은 소음공해를 멈추지 않았다.

"저 씨…… 끄으."

"끼에에에에엑!!"

김유린은 비틀거리면서도 굳건히 일어섰다. 목표는 저 크게 벌려진 입. 시야가 어지러이 흔들리지만, 그래도…….

"크어어어어어!"

그때 또 다른 거대한 포효가 스완의 비명을 뒤덮었다.

그 직후 퍼어어엉!

어디선가 충격파가 터져 나왔다. 뒤이어 스완의 쫙 벌려진 아가리를 향해 메이스 하나가 치닫는다.

창졸간에 벌어진 일이었으나 정신을 집중하고 있던 김유린에게는 그 모든 광경이 느리게 보였다.

스물스물 날아가는 메이스와 전사의 포효는 분명히…….

크와왈!

숲의 왼편 높은 수풀을 헤치고 한 명의 오크가 튀어나왔다. 장엄한 육체를 자랑하며 위압적인 늑대에 올라탄 그는 '영웅오크'였다.

김세진은 자신을 바라보는 김유린의 모습에 흠칫 놀랐다. 그러나 그보다는 분노가 컸다. 저 미친 백조년이 내지르는 비명소리는 그 어떤 도발보다도 더 짜증났으니.

"삐에에에엑!"

방금 메이스를 처맞았음에도 불구하고 백조는 다시 한번 소리를 내질렀다.

"크와왈왈왈!!"

"크어어어어!!"

김세진과 락콘은 똑같은 포효로 응수했다.

"삐에에에엑!!"

그러나 스완은 결코 지려고 하지 않았다.

결국 화가 머리끝까지 치솟은 오크는 온몸이 붉어진 채, 놈을 향해 쇄도했다.

오크를 태운 늑대가 광분한 눈을 부라리며 스완에게로 치달았다. 김유린은 차마 놀랄 틈도 없었다.

아무리 오크라도 위험할 것 같은데, 생각을 하는 순간에 이미 다리가 그에게로 움직이고 있었다.

콱!

오크가 투척한 메이스는 스완의 주둥이에 큰 상처를 새기고서 그의 손아귀로 마치 부메랑처럼 돌아왔다. 신비한 광경이었다.

뻑!

주둥이를 가격당한 스완은 비명을 지르는 것은 멈췄지만 몸 전체가 붉게 달아올랐다.

성장 혹은 진화의 위험한 징조였다. 그러나 전사와 늑대는 그런 걸 상관하지 않는 듯했다.

타앗!

늑대가 도약했다.

그렇게 오크는 스완의 코앞에 다다랐다. 마나로 넘실거리는 메이스가 놈의 목전을 훑었다.

거대한 파격음이 울리고 사방으로 충격파가 일렁였다. 하나 백조는 그 피학으로 인해 오히려 한 단계 더 진화를 거듭한 것 같았다

스으으으…….

붉어진 몸이 점점 쪼그라들며 고열을 뿜어내기 시작했다.

열기를 머금은 불투명한 흰색 연기가 하늘을 가리고, 나무를 녹이며, 대지를 달군다.

김유린의 마나 강기를 흔들리게 할 정도의 열화(烈火)였다.

그녀는 뒤로 돌아서서 크게 소리쳤다.

"도망가!"

외침이 산세 속에서 비명처럼 찢어졌다. 머뭇거리던 기사들은 그제야 뒤로 물러섰다.

김유린이 침을 꿀꺽 삼켰다. 버텨낼 수 있을까, 내가 아니라 저 오크가…….

그러나 고민은 짧았다.

그녀는 오크에게로 달려갔다. 이것은 가슴속에 맺힌 잡다

한 감정 때문이 아니다.

머릿속에 응어리진 당신에의 호기심과 의심 때문이다……라고 합리화를 하면서.

달려간 그녀가 오크, 김세진의 손을 붙잡았을 때.

오크가 그녀를 바라보았다. 그녀도 오크를 바라보았다. 그 사이에 있던 늑대가 짖었다. 동시에 스완의 몸에서 거대한 폭발이 터졌다.

콰아아앙……!

세상을 짓뭉개는 굉연한 폭발 그리고 버섯 모양의 뭉게구름이 일었다.

오크는 폭발이 해일처럼 덮쳐오는 그 찰나에 김유린을 껴안고서 레비아탄의 비늘을 활성화했다.

이 미친 여자가 왜 사지로 걸어 들어왔는지는 모르겠으나 일단은 구해야 했기에 오크든 김세진이든 그녀가 죽는 것을 원하지는 않았다.

지상에서 치솟은 폭발이 연기가 되어 하늘로 옮겨갔다.

산세를 뒤흔들었던 난리 뒤에는 짙은 고요가 들어섰다.

그러나 두 사람이 디뎠던 대지는 더 이상 존재하지 않았다. 폭발이 지나간 자리는 마치 화산의 분화구처럼 끝도 모르게 움푹 패여 있었다.

살랑살랑 희미한 가루가 낙진처럼 가라앉았다. 그 속에는 백조의 뻣뻣한 털이 섞여 있었다.

침착한 어둠 속에서 오크는 눈을 떴다. 오크의 분노와 본능에 잠식되었던 머리가 이제야 시원하게 냉각되는 것 같았다.

흐릿했던 시야가 선명해졌다.

바로 눈앞에 아름다운 여인이 보였다.

편안히 감긴 눈과 반듯한 콧날 그리고 피에 젖은 입술. 오크는 투박한 손가락으로 그녀의 입술을 쓸었다. 무의식적인 행동이었다.

"으음……."

그러자 김유린이 반응했다. 오크가 흠칫 놀랐다.

그는 우선 서로 껴안고 있는 것 같은 이 모호한 자세에서 벗어나려고 했으나 그녀가 제 팔을 베고 있었다.

그냥 확 빼 버릴까.

궁리하던 오크는 그냥 한숨을 내쉬었다.

"후우."

하나 예상치 못한 점이라면 오크는 고작 한숨조차도 인간과 비할 바가 못 된다는 것.

오크의 잇새에서부터 불어 닥친 거센 바람이 그녀의 눈가에 닿았다. 머리카락이 흩날리고 눈썹이 파르르 떨린다. 그녀는 결국 잠에서 깨어났다.

"……."

"……."

둘은 눈을 끔뻑이며 서로를 바라보기만 했다. 김유린에게는 이 모든 상황변화가 너무 급작스러웠다.

아닌 게 아니라 갑자기 오크가 나타나고 그를 쫓아가다가 폭발에 휘말리고…… 그가 자신을 껴안는 기억 뒤 망막을 가득 채우는 오크의 모습까지.

그녀가 체감한 시간은 고작 '1분'에 불과하였으니.

"……일어나지."

그렇게 얼마 동안을 서로 바라보기만 하고 있었을까. 오크의 낮은 목소리가 그녀의 귓전을 간질였다.

"아, 예. 예……."

김유린이 퍼뜩 몸을 일으켰다. 오크도 따라 일어났다.

"여, 여긴 어딜까요?"

오크를 힐끗 곁눈질 한 유린이 괜히 얼굴을 붉히며 말했다.

"모른다. 놈의 폭발 때문에 아득한 지하로 가라앉았을 가능성이 크겠지."

"……그렇겠네요."

김유린은 왠지 모를 데자뷔를 느꼈다. 과거에도 분명 이런 적이 있었다. 물론 그때에는 사람이 좀 많았지만.

"우선 그때처럼 동굴은 아니다."

오크가 위를 올려다보며 말했다. 스며드는 빛은 없었지만,

천장은 까마득히 높았다.

"아, 그러면."

김유린이 주머니에서 휴대폰을 꺼냈다. 그러나 폭발에 휘말린 전자기기가 성할 리는 없었다.

"안 되네……."

그럼 되겠냐. 오크는 고개를 절레절레 내젓고는 주변을 둘러보았다.

특별한 마나의 기운도 없고 암반수가 쫄쫄 흐르는 소리가 희미하게 들리는 것으로 보아…….

'그냥 조난인가?'

결계에 휘말렸던 그때와는 다르다. 그저 평범히 폭발에 휘말려서 지반 아래로 가라앉은 것뿐.

"으으. 으으!"

"……?"

그러나 별안간 김유린이 해우소에서 일을 끝내기 위해 노력하는 사람처럼 끙끙거리기 시작했다.

꽉 감은 눈꺼풀이 파르르 떨리고 두 주먹은 부서져라 쥐어졌다.

왠지 우스꽝스러운 모습이지만, 저건 언젠가 본 적이 있는 것 같은…….

"……마나가 움직이질 않습니다."

그러길 10분.

김유린이 나라 잃은 얼굴로, 울먹이면서 오크를 바라보았다.

아마 꽤나 낮은 지하라고 추정되는 어두운 곳 모닥불이 타닥타닥 타오르며 훈훈한 온기를 내뿜는다.

두 사람은 그 모닥불의 온기를 쬐며 시간을 보내고 있었다. 만약 조난이면 늦지 않아 구조대가 찾아오겠지. 라는 생각으로.

"아무래도 스완의 능력인 것 같습니다."

모닥불을 관찰하던 김유린이 문득 입을 열었다.

"폭발 때문인지 등에 상처가 생겼는데 아마 그 속으로 놈의 마나가 흘러 들어온 것 같아요."

"……."

오크는 아무 말도 하지 않았다. 그녀는 오크를 힐끗 곁눈질하고서 말했다.

"일주일이면 나을 수 있을 겁니다."

"후."

갑자기 오크가 한숨을 내쉬며 몸을 일으켰다.

때리려는 것인가! 싶어 김유린은 몸을 흠칫 떨었다.

그 예상대로 오크는 한 손을 쭉 뻗더니―

콰직!

바닥에 박힌 큼지막한 돌덩이를 떼어냈다.

"······뭐 하시려고요?"

바들바들 떨던 김유린이 다시금 평정을 되찾고서 물었다. 오크는 말없이 단조기술을 사용했다.

그러자 우둘투둘했던 표면이 반듯해지고, 동그란 형상이 기다래졌다.

"······와?"

"오크가 무기를 만드는 방법이다."

놀라하는 김유린이 괜히 멋쩍었던 오크는 그렇게 중얼거리고서 또 다른 돌덩이를 떼어냈다.

그 뒤로 오크는 약 30분간 바닥에 박힌 여러 돌덩이들을 떼고 부수고 붙이고 잇고 메우고 하는 과정을 계속했다.

처음에는 저 오크가 대체 뭘 하나 호기심으로 지켜보던 김유린은 나중에 그 결과물이 완성되자 무척 감탄할 수밖에 없었다.

뚝딱뚝딱.

오크의 손이 여러 번 지나간 곳에는 아담하지만 꽤나 그럴듯한 오두막이 하나 지어져 있었다.

과연 A등급에 다다른 고블린의 손재주의-비록 오크 폼이라 패널티는 크지만-힘이었다.

"우와! 이걸 어떻게······."

"잠은 저 안에서 자라."

그녀는 말을 다 잇지 못할 정도로 놀라워했으나 오크는 별 대수롭지 않다는 듯 말했다.

"나는 여기서 잘 테니."

이번에는 그가 바닥에 마나를 불어넣었다. 투박한 돌바닥 이 네모 반듯이 솟아올라 대리석 침대로 변하였다.

"그…… 고맙습니다."

김유린이 왠지 귀여운 오두막의 기둥을 쓰다듬으며 중얼 거렸다.

그러나 그녀는 곧 종종걸음으로 오크의 곁으로 바싹 다가 와 웃으며 말했다.

"근데 아직은 안 졸리는걸요~?"

그녀의 눈꼬리가 교태스럽게 휘었다. 살랑이는 머리카락 이 팔에 슬쩍 닿았다.

이건 무슨 애교야. 김세진은 흔들리려는 심장을 애써 어르 고 달랬다.

이곳에 갇힌 지 반나절이 지났을 때. 작동하지 않는 핸드 폰과 수정구를 열심히 만지작거리던 김유린의 배에서 꼬르 륵 소리가 울려 퍼졌다.

"앗……."

낭패 어린 읊조림. 그녀는 모든 동작을 멈추고 오크의 눈치를 살살 살폈다. 부끄러웠다.

놀릴 만도 한데 오크는 아무런 내색 없이 주머니에서 고기 덩어리를 꺼냈다.

김유린의 동그래진 눈이 찬란하게 빛났다.

오크는 모닥불의 화력을 최대한으로 키우고서 바비큐를 했다.

사이좋게 나눠서 먹으니 그녀는 그제야 포만한 배를 쓰다듬으며 흡족한 기색을 원 없이 내비쳤다.

그러나 얼마 지나지 않아, 그녀는 연신 입을 **찹찹찹찹** 다시기 시작했다. 뱃속에 거지가 들었나…….

오크는 어이없어하며 그녀를 흘겨보았다. 그녀는 손사래를 치며 이번에는 배고픔 보다는 갈증이라고 말했다.

오크는 말없이 암반수가 흐르는 수맥을 찾아 나섰다.

그리 멀지 않았기에 10분이면 가능했다. 적절한 위치에 구멍을 톡 하고 뚫으니 암반수가 쫄쫄쫄 적정량만큼 흘러내렸다.

오크는 돌로 만든 수통에 그 물을 담아 그녀에게 가져다주었다.

그녀는 연신 오크를 귀찮게 하는 자신을 부끄러워하면서도 세상 황홀한 표정으로 물을 삼켰다.

"캬아…… 앗!"

아무래도 시원한 듯했다.

그녀의 반응에 오크는 피식 웃었고 그의 눈치를 살피던 김유린도 이내 배시시 미소 지었다.

그녀를 위한 소일거리를 끝마친 오크는 바닥에 주저앉아 메이스를 갈기 시작했다.

샤샥- 샤샥- 하는 소리를 감상하며, 김유린은 가만히 눈을 감았다.

한 1시간 정도 그러고 있는데, 문제가 하나 생겨 버렸다. 사실 당연했다. 밥을 먹고 물까지 마시고 난 뒤 인간이 마땅히 해야 할 일은…….

"으으."

그녀는 좋은 위치를 찾아보며 필사적으로 참았다. 이건 '둘 다'인데…… 아니, 괜찮다.

기사의 인내심은 허투루 있는 것이 아니란 말이다…….

그러나 얼굴이 붉어졌다. 허벅지가 저절로 비비적거리고, 몸 전체가 부들부들 떨린다.

그녀는 그제야 깨달았다.

마나가 없는 기사는 기사가 아니라는 것을. '원래 없었던' 것보다는 '있다 없어진'이 훨씬 나약하다는 것을…….

"저, 어디 좀 다녀오겠습니…….."

결국 참다 못 한 그녀가 어딘가로 어기적어기적 발걸음을 옮기기 시작했다. 하나 이곳은 가려진 곳이 그다지 없는 개활지였다.

"오두막에 작게나마 만들어뒀다."

"……."

흡사 구세주의 계시 같은 오크의 말에 김유린이 우뚝 굳었다.

"그, 그런 거 아니거든요? 그냥 손을 좀 닦고 싶을 뿐이란 말입니다. 제가 워낙…… 청결한…… 성격이라……."

그녀는 그렇게 말하면서도 오두막을 향해 천천히 그러나 애타게 움직였다.

풋.

오크의 조소가 나지막이 울렸다. 그에 김유린은 눈물을 글썽이며 입술을 꽉 깨물었다.

그런데 그렇게 그들이 일상 속에 생겨난 자그마한 공백을 즐기는 와중.

그들과는 조금 멀리 떨어진 곳에 놓인 '알' 하나가 자그맣게 들썩였다.

그것은 스완이 제 몸을 폭발시켜가며 뱉어낸 알이었다.

['자이언트 스완'의 레이드 도중 거대한 폭발이 일어, 현재 '김유

린' 기사가 실종된 상태입니다. 칠흑 기사단은 구조대를 급파하였지만, 폭발지에 스완 특유의 '기생 마나'가 낙진처럼 가라앉아 아래로 내려가기에 쉽지 않은 것으로⋯⋯.]

용병 단장실의 TV에서는 뉴스 속보가 흘러나오고 있었다.
"예, 세정 씨. 아, 길드장님은 지금⋯⋯."

[한편, 기사들의 증언으로는 이 레이드 도중에 영웅오크가 출몰하였다고⋯⋯.]

그리고 용병단 임시 단장직을 맡은 김선호는 TV를 보랴 사모님과 통화를 하랴 몹시 바쁜 상황이었다.
"일이 있으셔서 아마 며칠 동안은 못 들어가시지 않을까, 싶습니다. 걱정하지 않으셔도 됩니다. 세정 씨가 훈련 중이셨던지라, 일단 도착하고 나서 다시 연락을 드리겠다고 저에게 먼저 말하셔서⋯⋯."
─진짜죠?
"네, 제가 거짓말을 왜 하겠습니까."
─그럼 하젤린 언니는 어디 있어요?
"아마 요선에 있을 겁니다. 연락해보세요."
─흠. 알겠어요.
유세정이 전화를 끊었다. 김선호는 핸드폰을 내려놓고서

한숨을 푹 내쉬었다.

"……또 왜 거기 계십니까."

그가 한탄하듯 중얼거렸다.

뉴스 속보에는 늑대를 탄 오크가 스완을 향해 뛰쳐나가는 모습과 그 뒤를 황급히 쫓는 김유린의 영상이 흘러나오고 있었다.

어두컴컴한 공간에서 머물기를 어림잡아 18시간 정도 되었을까.

김유린은 오두막에서 오크는 돌 침대 위에서 잠을 청했다.

하나 둘 다 머릿속에 각기 다른 복잡함이 부유하여 쉽사리 잠에 들 수 없었다.

먼저 김유린의 경우에는 막상 자려고 누우니 오크에 대한 궁금증과 의심 그리고 폭발에 작게나마 휘말렸을 부하 기사들에 대한 걱정이 새록새록 솟아올랐다.

'발이 가벼운 애들이니까 괜찮겠지? 괜찮아야 할 텐데…….'

그에 반해 오크는 다소 현실적이고 직접적인 문제 때문이었다.

'계속 같이 있는 건 위험할지도 모른다. 최대한 빨리 탈출을 하거나 떨어져야 한다…….'

우선오크로서의 일차적인 욕구. 물론 전체적인 욕구를 억제하는 포션은 영체화를 이용하여 항상 문신처럼 담아두고 있다.

오크의 힘이 나날이 강성해짐에 따라, 갑자기 몬스터가 시비를 걸거나 하면 이성을 완전히 잃는 경우도 종종 있었으니까.

당연 이 어두컴컴한 곳에서 시비를 걸어올 몬스터가 존재하지는 않겠지만, 그러나 그보다 더 위협적인 존재가 바로 옆에 있다.

오크가 고개를 돌려 슬그머니 오두막을 바라보았다.

일단 최대한 튼튼하고 내부에서 문을 닫으면 자동으로 잠그게 만들었다. 하나 재료가 겨우 암반이라 자신이 회까닥 돌아버리면 통째로 부숴버릴 수 있는 것도 사실.

'사흘 분…… 괜찮겠지. 이 정도면.'

남은 포션 량을 확인해 본 오크는 한숨을 푹 내쉬었다.

서로 저마다의 고민으로 밤을 지새우며 뒤척이던 두 사람은 시간이 흐름에 따라 천천히 잠에 빠져들었다.

그렇게 찾아온 다음 날 어쩌면 아침이 되었는지도 모를 어둠 속.

김유린은 바깥에서 들려오는 펑! 펑! 하는 파열음과 속에서 부르짖는 꼬르륵 소리에 잠에서 깨어났다. 게슴츠레 뜬 눈으로 말랑말랑한 돌침대―뭔가 모순적이지만 사실이다―를 짚고 일어나 창밖을 확인한다.

콰아앙! 콰아앙!

오크가 메이스로 애꿎은 땅을 후려 패고 있었다.

"……뭐야?"

김유린은 의아해하며 바깥으로 나갔다. 끼익, 문이 열리는 소리에 오크가 고개를 돌렸다.

"뭐 하고 계시는 겁니까?"

그녀가 눈을 비비적거리며 물었다.

"진폭을 만들고 있었다. 구조대가 오려면 위치를 알려야 하니까."

"……아."

나지막이 인정한 그녀는 어느새 바닥에 새로 생겨나 있는 돌의자에 앉았다.

김유린은 잠도 깰 겸 오크의 공사를 구경하기 시작했다.

튼튼한 근육과 청량한 메이스의 소리. 흩날리는 땀방울과 땀에 젖은 머리카락……

흐뭇하게 관찰하고 있는데, 갑자기 저 멀리서 두두두두! 무엇인가가 거세게 달려오는 소리가 울려퍼졌다.

깜짝 놀란 김유린은 퍼뜩 오크의 옆으로 달라붙었다.

"몬스터인 것 같습니다! 전투 준비!"

김유린은 그렇게 소리치며 허리춤에 메인 궁니르를 움켜쥐었다. 일종의 직업병이었다.

그런데 얼마 지나지 않아 진짜로 몬스터가 모습을 드러냈다. 그녀는 용감하게 검을 뽑아 거대한 늑대에게 그 예리한 날을 향했다.

"무기 드세요!"

"……아니."

잔뜩 긴장한 김유린은 전투자세를 취했다.

하나 오크는 살풋 웃음을 터트리고는 늑대에게 천천히 다가갈 뿐이었다.

"뭣! 조심하십시오! 느껴지는 기백이 심상치 않……."

기겁한 그녀가 말을 다 잇기도 전에, 오크는 정말 태연자약하게 늑대의 머리를 쓰다듬었다.

그리고 늑대는 마치 자기가 강아지라고 착각하는 듯 교태 어린 몸짓으로 그 손길을 받아들였다. 눈꼬리가 초승달처럼 휘고, 귀는 바짝 접혀졌으며, 꼬리는 살랑살랑 흔들린다.

웬만한 성인 남성보다 배는 클 것 같은 험악한 몸체는 누가 봐도 몬스터임이 분명하지만……

"애완동물이다."

순간 그녀는 검을 떨어뜨릴 뻔했다.

"……예?"

"이름은 콘락이지. 내가 타고 온 걸 봤을 텐데?"

"……아하."

믿기 힘든 말이지만, 상황을 보면 믿을 수 밖에 없었다.

김유린은 검을 도로 검집에 집어 놓고서 다시 의자에 앉았다. 그러고는 핥샄핥샄 이상한 소리를 내며 애교를 부리는 늑대를 가만히 지켜본다.

참고로 그녀는 인형이나 작고 조그마한 것을 좋아한다. 귀엽기 때문이다.

물론 이 늑대가 작지는 않다. 그러나 늑대주제에 여우처럼 애교를 부리는 저 모습은……

"저, 저기 오크 씨."

참다못한 김유린이 더듬더듬 입을 열었다. 그녀의 얼굴에는 어느새 홍조가 발그레 떠올라 있었다.

"음?"

"저도, 저도 그 콘샐러드를 만져봐도 됩니까?"

"콘락."

"아, 콘락. 죄송합니다."

오크는 고개를 끄덕이고서 콘락의 등을 톡톡 두드렸다.

김유린은 슬그머니 일어나 콘락에게 다가갔다. 처음에는 으르렁거리던 콘락이었으나 오크가 눈치를 주자 온순히 바닥에 엎드렸다.

김유린은 그런 콘락의 등을 슬며시 쓸었다. 그리고 그녀는 저도 모르게 눈을 휘둥그레 뜨고 말았다.

두 단어로 표현하자면 맨들맨들과 몽실몽실. 보통 늑대의 털은 뻣뻣하게 마련인데 이 아이는 차원이 다르다.

마치 신생아의 살결을 쓰다듬는 것만 같은 보드라움.

만지는 것만으로도 기분이 좋아지는 평생 느껴본 적이 없었던 신세계⋯⋯.

"⋯⋯와."

그녀는 눈을 반짝반짝 빛내며 계속해서 콘락을 쓰다듬었다. 처음에는 손으로만 만지작거리더니 이제는 아예 달라붙어 볼을 비롯한 전신을 비비적거린다. 그만큼 차원이 다른 중독성이었다.

"낑낑."

별안간 그녀에게 유린당하는 처지에 놓인 콘락은 제 주인에게 애처로운 눈빛을 보냈으나 그는 다만 참으라고 눈짓을 할 뿐이었다.

애완견 한 마리와 두 지성체만이 남은 아무것도 없는 이 어두컴컴한 곳에서 할 수 있는 것이라곤 수다뿐이었다.

김유린은 콘락의 품에 안긴 채 오크의 눈치를 살피며 여러 질문들을 던졌다.

그간 어떻게 살아왔는지, 그때는 왜 자신을 쫓아냈는지, 한국어는 어떻게 배웠는지 이 거대한 늑대는 어디서 발견한 건지 그리고 여태 어디 있다가 갑자기 나타난 건지⋯⋯.

오크는 모두 짤막하게 대답했다.

네가 싫어서 쫓아냈고 그 이외의 것은 네 알바가 아니라고.

"······."

그리고 그 냉정하고 짧은 말 때문에 지금 그녀는 삐쳐 있다.

댓 발 튀어나온 입으로 모닥불을 째려보며, 애꿎은 콘락의 등만 벅벅 긁어댄다. 저러다 비듬 떨어지겠다.

"근데."

콘락이 슬슬 지쳐갈 때쯤 김유린이 다시 입을 열었다.

"······김세진이라고 아십니까?"

그녀는 퉁명스러운 눈으로 오크를 흘겨보며 물었다.

약간 움찔한 오크는 잠시 고민했다. 이 여자는 확실히 무언가를 의심하고 있다. 그게 뭔지는 모르겠지만 신중에 신중을 기해야만 한다······.

"그래."

"어떻게요?"

"그건 네 알 바가 아니다."

순간 그녀가 콘락의 털을 억세게 움켜쥐었다. 깜짝 놀란 콘락이 고개를 들어 올리자 그제야 미안, 미안 중얼거리며 보드랍게 매만진다.

"제가 알 바가 아니긴 합니다만······ 그분은 아직도 부족지에 들락날락하는 것 같아서 한번 물어봤습니다."

"······."

오크는 대답하지 않았다. 아니, 어떻게 대답할지 고민하는 것이었다.

그러나 김유린은 이 침묵 또한 '네 알 바 아니다' 따위로 해석한 듯 불만스레 미간을 좁혔다. 그렇게 그녀는 여태 머릿속으로만 의심했던 내용을 입 밖으로 꺼내고 말았다.

"당신이 그분에게 무기를 만들어서 줬습니까?"

"......?"

갑작스러운 개소리에 오크가 김유린을 바라보았다. 그러자 그녀는 기민한 몸놀림으로 오크의 옆에 놓인 메이스를 빼앗았다.

"무슨……."

"잘 보십시오. 여기, 이 문양과."

김유린은 메이스의 철퇴에 새겨진 희미한 문양을 가리켰다. 그러곤 허리춤에 메워진 궁니르를.

"제 검…… 뭐야. 어디 갔어."

뽑으려 했지만 없었다. 그녀는 허둥지둥하며 제 몸 이곳저곳을 더듬었다.

"왜, 왜, 왜 없을…… 설마 잃어버리지는 아니, 방금까지는 있었는데……."

횡설수설하며 얼굴이 점차 보랏빛으로 물들어가는 유린에게 오크는 말없이 콘락을 가리켰다.

그녀가 슬며시 눈을 옮겨 콘락을 보았다. 그의 아가리에는 칼자루 하나가 삐죽 솟아나와 있었다. 그녀는 그 즉시 안도의 한숨을 푸우욱 내쉬었다.

"어후……."

주인의 무기가 빼앗기자 충신 콘락은 상대의 무기를 역으로 빼앗았던 것이었다…….

"아, 깜짝 놀랐잖니 아가야. 어서 주렴."

그제야 낯빛을 되찾은 김유린은 칼자루를 잡고 빼내려 했으나 콘락은 쉽사리 놓아주지 않았다.

락콘의 화신(化神)이나 다름없는 콘락의 치악력은 최대 10톤의 수준. 제 아무리 혹독한 훈련을 거쳐 온 기사라 하더라도 마나가 없이는 이겨낼 수 없을 정도다.

"아가야 장난치지 말고…… 으! 으! 아니, 야! 너 왜 이러니!"

한참동안을 칼자루를 잡고 낑낑거리던 유린은 별안간 눈치를 슬쩍 살피더니 제 손에 쥐어진 메이스를 오크의 허벅지로 휙 던졌다.

쑤욱.

그러자 콘락은 귀신처럼 칼을 놓아주었다.

"……자, 여기 보십시오."

그렇게 보검을 돌려받은 김유린은 콘락의 이마에 딱밤을 넣고서 칼자루의 아랫면에 새겨진 문양을 보여주었다.

순간 오크도 깜짝 놀랐다. 보통 이런 무의식적인 습관은 자기 자신도 모르는 법이기에.

"당신이 봐도 똑같지요?"

"……."

오크는 김유린의 눈동자를 들여다보았다. 다행히 그녀는 오크가 김세진이다, 라는 등식까지는 떠올리지 못한 듯했다.

당연하지. 누가 오크랑 인간이랑 동일인이라고 생각을 하겠는가.

"근데?"

그래서 오크는 그냥 뻔뻔하게 나가기로 했다. 괜히 쓸데없는 말없이 평생 그런 쪽으로 고민하고 의심하게 놔두려고.

"……예?"

"근데. 어쩌라고."

"아니…… 저 이거 당신이 만든……."

"김세진이 만들었을 수도 있지. 내가 그 남자의 무기를 빌려서 쓰는 것일 수도 있고."

오크가 짐짓 얼굴을 굳히고 이맛살을 찌푸렸다.

"하지만……."

"뭐가 되었든 김세진은 너보다 곱절은 믿음직스러운 인간이다. 그러니 이것도 네 알 바가 아니야. 더 이상 네 주제를 넘지 말라는 뜻이다."

……자기 자신을 믿어야지 누굴 믿겠는가.

그에 김유린은 뭔가 할 말이 있는 듯 입술을 달싹였지만 이내 한숨과 함께 자리에 돌아가 앉았다.

그러고는 침울한 얼굴로 콘락을 껴안은 채 가녀린 목소리로 중얼거린다.

"저 오크 말고 우리 집에 가지 않으련……?"

"……흠."

오크는 조소를 흘리며 메이스를 허리춤에 맸다. 그 이후로 두 사람은 한동안 얘기를 나누지 않았다.

그렇게 10분, 20분, 한 시간…… 속절없이 시간만 흘러 애꿎은 콘락만 강제 털갈이를 당하고 있을 때였다.

휘이이잉.

어두운 평지 안에 바람이 불었다. 구조대인가? 두 사람은 동시에 바람이 불어온 방면을 바라보았다.

하나 그곳에는 구조대가 아니라, 작은 새가 하나 있을 뿐이었다.

"삐약! 삐약!"

병아리처럼 삐약대는 오목눈이—혹은 뱁새—처럼 생긴 새 하얀 새.

똘망똘망하니 동그란 눈알과 좁다란 부리. 새 치고는 몸집이 크지만 적당히 큰 강아지만 해서 무척이나 귀여웠다.

"……뭐야, 저건."

오크가 저 귀여운 외모 속에 담긴 묘한 기운을 헤아리고 있는데, 벌떡! 갑자기 김유린이 무엇인가에 홀린 것처럼 일어섰다.

"삐약! 삐약!"

그녀는 울부짖는(?) 뱁새에게 멍하니 걸어갔다.

그러나 그 순간 오크의 직감이 경종을 울렸다.

놈의 주둥이에서 고이는 위협적인 마나의 기류, 저건 일종의 브레스…….

"꿰에에에에엑!"

삐약거리던 놈이 별안간 새하얀 불줄기를 내뿜었다. 화염 중에서도 가장 맹렬한 겁화(劫火), 백열(白熱)이었다.

파아아아앙!

백열의 브레스는 그 파괴력을 온 사방에 과시하며 반원형으로 넓게 퍼져갔다. 어두웠던 동굴에 비로소 새하얀 빛이 들어선 순간이었다.

오크가 반응하기도 전에 뿜어져 나온 브레스는 그러나 황금빛 일섬에 힘없이 사그라졌다.

과연 마나 따위가 없어도 찬란하게 빛나는 김유린의 궁니르였다.

"이게 무슨……."

김유린은 당황하며 커다란 새를 바라보았다.

"삐약삐약!"

자기 공격이 막힌 것이 분한지 새는 날개를 푸드덕거리며 포악하게 부르짖고 있었다.

오크가 메이스를 움켜쥐고 김유린을 뒤로 물렸다.

"위험하다."

"삐약삐약."

새가 다시 병아리처럼 짖었다. 똘망똘망한 눈으로 이쪽을 바라보며.

오크는 김유린을 힐끗 바라보았다. 왜인지 모르게 그녀는 입맛을 다시고 있었다.

"아무튼 위험하다."

"……압니다. 방금 화염을 방사했잖습니까. 저도 봤습니다."

"알면 긴장하라고."

오크가 늑대의 동공을 발현했다. 그러나 본질을 관통하는 눈도 저 새의 약점을 포착해 내지는 못하였다.

즉 저 흉포한 새에게는 약점이 없다. 물론 약점이 없다고 해서 다 강하다는 건 아니고 어딜 가격하든 쉽게 바스라질 것같이 생기기는 했지만.

"근데 너무 어리지 않습니까? 어떻게 길들일 수…… 있지 않을까요?"

귀여운 외면에 매몰된 김유린이었으나 일견 일리 있는 말이었다. 성공만 한다면 어마어마한 우군이 될 테니.

오크는 잠시 고민했다.

그 순간 다시금 뿨에에엑-! 하는 굉음과 열화의 브레스가 쏟아져 나왔다. 이번에는 오크가 나서서 막았다.

메이스에 부가된 [A등급 파괴]성질은 마법도 뭉갤 수 있으므로 브레스는 메이스와 맞닥뜨리는 순간 먼지로 바스러졌다. 동시에 사육의 의지도 연기처럼 증발했다.

"저런 성격 더러운 흉포한 놈을 길들인다고?"

"⋯⋯."

김유린은 말없이 뒷목을 긁적였다.

"차라리 지금 죽여야 된다."

막 태어난 새끼라 그런지 강하긴 하지만 아직 이쪽을 상대하기에는 이르다. 하나 새끼일 때도 이 정도 파괴력이라면 언젠가 커다란 위협이 되겠지.

"최선이라면, 어쩔 수 없죠."

동의한 김유린은 낯빛을 어둡게 굳히고서 검을 움켜쥐었다.

그리고 저 뱁새도 그 살의를 눈치챈 것인지 입을 크게 벌렸다. 또 어떤 브레스를 뿜어낼까. 오크와 김유린이 긴장한 순간.

꼬르륵.

상황의 심각성을 깨트리는 소리가 울려 퍼졌다.

오크는 무의식적으로 김유린을 바라보았다. 그러나 그녀는 얼굴을 붉히며 고개를 저을 뿐이었다.

"⋯⋯솔직하게 말해라."

"지, 진짜입니다!"

오크는 의심스러운 시선을 거두지 않고 이번에는 뱁새를 향해 으르렁거리는 콘락을 바라보았다. 하나 소환된 존재가 굶주릴 리는 없다. 그렇다면 남은 것은 오직 하나⋯⋯.

"저 아이, 배가 고픈가 봅니다."

"……."

"먹을거리로 유인할 수 있지 않을까요?"

김유린의 목소리에는 웃음기가 가득했다.

하나의 뱁새의 배속에 마나가 위협적으로 뭉치는 것을 오크는 눈치챘다.

"아니, 물러서!"

오크는 콘락에게 김유린을 맡기고 뱁새에게 쇄도했다. 그러나 놈은 날개를 푸드덕거리며 쏜살같이 하늘로 도망쳤다.

그렇게 두 사람의 머리 위를 윙윙 배회하던 놈이 별안간 입을 크게 벌렸다.

오크는 재빨리 놈에게 메이스를 투척했다. 하나 그보다 먼저 놈의 작은 부리에서 거대한 바람이 태풍처럼 뿜어져 나왔다.

아니, 이건 바람이 '흘러나온' 것이 아니었다. 놈은 저 작디작은 부리로 사방을 빨아들이고 있었다.

그러나 방금 전 브레스에 비해서는 별로 위협적이지는 않았다. 문제가 있다면 단지 오크에게만 위협적이지 않았을 뿐이다.

풀썩.

갑자기 김유린이 쓰러졌다. 오크가 황급히 고개를 돌렸다. 놈의 입으로 흡입되는 바람을 타고 김유린의 마나가 빨려 들어가고 있었다.

그녀의 몸에서 빠져나오는 마나는 처음에는 연한 푸른색

이었지만 점차 색이 진해지더니…… 이내 시뻘건 피의 색까지 드문드문 새어 나왔다.

저대로 두면 죽는다. 오크는 재빨리 메이스를 투척했으나 빌어먹을 뱁새는 이리저리 몸을 나풀거리며 메이스를 가볍게 회피했다.

결국 그는 마나 단조를 활용했다. 대기에 함유된 마나를 원격으로 단조하여 뱁새의 몸통 아래로 창을 쏘아낸다.

콰직.

허공에서 갑자기 튀어나온 창살까지 피할 수는 없었는지 놈은 날개 하나가 부러지고 나서야 흡수를 멈추고 황급히 천장 너머로 날아 도망갔다.

놈을 쫓아갈 틈은 없었다. 오크의 본능은 당장 벽을 타고서라도 저 빌어먹을 면상을 짓이기라 말하고 있지만 보살펴야 할 사람이 있어 본능을 억제하는 포션을 덜덜 떨며 복용했다.

그제야 이성을 되찾은 오크는 김유린에게 저벅저벅 다가 갔다.

마나에 피가 묻어나올 정도라면 문자 그대로 죽기 직전까지 흡수되었다는 뜻.

실제로 그녀의 얼굴은 전에 비해 피골이 상접해 있었다.

"어이!"

오크가 그녀를 흔들며 소리쳤다.

혼절했던 그녀는 그 우레와도 같은 포효소리에 게슴츠레

눈을 떴다.

"괜찮냐!"

흐릿해진 시야 속에서, 김유린은 오크이 다급한 얼굴을 보았다.

싫어서 쫓아냈다면서 뭐가 그렇게 급한 건지…… 하나 더 이상 생각을 할 여유가 그녀에겐 없었다.

그렇게 고요히 눈을 감은 그녀의 입속으로 무엇인가가 쏙 들어왔다.

딱딱하면서도 말랑말랑한 이상한 물체. 아무 맛도 없고, 아무 향도 없었다.

그러나 몸이 먼저 반응해서 식도 너머로 삼켰다. 동시에 기묘한 활력이 몸에 감돌았으나 그녀의 기억은 그것을 끝으로 어둠속에 잠겼다.

응급처치가 주효했다. 마나석을 만들어서 먹이지 않았더라면 아마 그대로 절명했을지도 모르겠지.

그만큼 치명상을 입은 그녀였지만 워낙 몸이 건강한 탓에 늦지 않게 눈을 뜰 수 있었다.

상당히 많은 량의 마나를 흡수당했기 때문에 무척 수척했으나 오히려 그 모습이 더 다행이었다.

오크의 본성은 병약한 존재를 싫어한다. 약은 이미 다 떨어졌으니 건강하고 탱탱한 것보다는 이게 더 낫지.

"아직도 마나는 움직이질 않는 건가?"

"……네, 아쉽게도……."

김유린의 마나를 깡그리 갈취한 이름 모를 새는 이미 달아났고 구조대는 올 기미가 보이지 않는다. 그나마 다행인 건 주머니에 모아 놓은 식량이 꽤나 많다는 것뿐.

"……어디 불편한 점은 없나?"

"괜찮습니다…… 아직은. 헌데 기생마나일 줄은 전혀 상상도 못했습니다. 기사로서 예상은 했어야 했는데……."

기생마나. 보통 몇몇 특수한 몬스터들은 신체 구조는 물론 체내에 흐르는 마나도 인간과 다르다.

그리고 이 기생마나는 몬스터 고유의 마나 중에도 아주 특이하고 까다로운 마나.

마나 자체가 '의지'를 가지고 생명체의 몸속으로 들어가 마나의 순환을 방해하여 강제로 쌓이게 만든다.

그리고 때가 되면 마나의 본체가 나타나 기생 마나를 통해 쌓여진 마나를 흡수한다.

그런 점에서 방금의 뱁새는 꽤나 대단한 놈이었다. 무려 기생한 대상이 무려 '김유린'이었고 고작 20초 남짓한 시간에 그녀를 죽음까지 몰고 갔으니까.

"……덕분에 살았습니다, 오크 씨. 진심으로 고맙습니다."

"필요할 때 불러라."

피식 웃은 오크는 바깥으로 나가려했다.

"……저기."

오크를 붙잡은 그녀는 이불 위로 얼굴만을 빼꼼 내뺀 채 귀엽게 덧붙였다.

"배가 조금…… 고픕니다."

"……기다려라."

오크는 금세 죽을 만들어서 가져다주었다.

"……손이 잘 움직이질 않습니다."

직접 먹여다 주었다.

"감사합니다."

그제야 만족한 김유린은 고요히 잠에 들었다.

그 이후로 오크는 흡사 집사 혹은 하인이 되었다.

배고플 때 죽 쒀서 주고 쇠약한 몸으로 운동하겠다고 나대는 그녀를 다시 들여보내고, 심심할 때 얘기 들어주고, 심지어 잠이 안 온다고 할 때 재워주기까지…….

그나마 나은 점은 그녀가 밖으로 잘 나오질 않아 쉬고 있을 때는 인간 김세진으로 숨을 고를 수 있다는 것 뿐.

그리고 그 모든 것들은 김유린에게 낯설고도 신선한, 무척 기분 좋은 경험과 추억이 되었다.

자신이 아주 소중한 사람이 된 것만 같은 소박한 행복감이었다. 그녀는 부하 기사들을 보살펴본 적은 많았어도 이렇듯 일방적으로 보살핌을 받은 적은 없었으니까.

어둠 속에 갇혀 있음에도 기생마나가 등에서 꿈틀거리고 있음에도 하루하루가 기분이 좋았다.

물론 그래도 사람인지라 잠에 들기 전에는 우울함과 두려움이 새록새록 솟았으나 침소까지 찾아와준 오크 덕분에 견뎌낼 수 있었다. 그래서 그녀는 오히려 이 전보다 미소가 잦아졌다.

그렇게 서로 의지하며 아니, 오크가 맹목적으로 의지의 대상이 되어주며, 약 일주일이라는 시간이 흘렀다.

마나는 수술을 하지 않는 이상 돌아오지 않을 테지만 그녀는 그래도 혈색은 되찾을 수 있었다.

"곧 구조대가 올 것 같다."

오크가 콘락을 쓰다듬으며 말했다. 이건 늑대의 동공으로 저 위쪽을 샅샅이 살펴서 알아낸 사실 이미 많은 기사와 구조대원들이 구조를 위한 제반공사를 끝마쳤다.

"······그렇습니까?"

하나 김유린은 기쁨도 슬픔도 아닌 뭔가 오묘한 기색이었다. 입술이 삐죽 튀어나온 그녀가 우쭈쭈 혀를 찼다.

콘락은 오크의 손에서 벗어나 그녀에게로 다가갔다.

오크가 그런 콘락을 어이없다는 듯이 째려보자 유린은 슬쩍 혓바닥을 내다보였다. 메롱.

"······올라가면 이제 다시 못 만나겠죠?"

말없이 콘락의 털만 쓰다듬던 김유린이 조심스레 스쳐가듯 물었다.

오크는 차갑게 대답했다.

"물론."

"······."

그녀는 침울한 표정으로 콘락의 털에 얼굴을 파묻었다.

갑자기 또 마음이 복잡해졌다.

몬스터가 인간을 만나지 않는 것, 어쩌면 당연하다. 아니, 지극히 당연하다. 근데 자꾸 한구석이 아려오는 것은 왜······.

김유린은 말없이 생각에 잠겼다. 자신과 오크에 대한 복잡한 상념이 가득했다.

그렇게 두 사람은 침묵 속에서 마지막이 될지도 모르는 날을 지새웠다.

다음 날. 김유린은 시끄러운 소리와 희미하게 내리쬐는 조명에 눈을 떴다. 저 위쪽에서 여러 말소리가 들려왔다. 드디어 구조대가 왔구나. 그녀는 찌뿌둥한 몸을 일으켰다.

목이 건조하고 몸 전체가 결렸다. 구조되는 날인데, 전혀 상쾌하지 않았다. 오히려 섭섭하고 쓸쓸했다.

―아래에 집이 있습니다! 그리고 오, 오크! 거 위에 누가 내 검 좀 던져줘!

그러나 가만히 있으면 사단이 날것 같은 상황이었기에, 김유린은 애써 바깥으로 나왔다.

나오자마자 돌침대에 걸터앉은 오크가 보였다. 그는 평소와 같은 무표정으로 말했다.

"일어났나?"

"……."

김유린은 아무런 말도 하지 않았다.

마음이 복잡했다.

솔직하게 그와 헤어지기 싫다.

누군가와 줄곧 함께 있고 싶은 기분, 그런 행복하면서 동시에 괴로운 감정을 오크에게 느낄 줄은 몰랐지만…… 그러나 사실이다.

이 어두운 곳에 갇힌 시간은 그만큼 길었고 오크의 정성어린 보살핌은 아픈 김유린의 마음을 양껏 뒤흔들었다.

"나는 이제부터 말을 하지 않겠다. 그러니 네가 알아서 말해라.

"……당신은 남겨두고 갈 겁니다."

"……뭐?"

"당신은 몬스터니까요."

오크가 어이없어하며 유린을 노려보았다. 그녀는 그날 선 눈빛을 피하지 않고 맞받아쳤다. 그러다 갑자기 섭섭해졌다. 왜 이렇게 냉정한지 조금은 살갑게 대해줄 수 있는 거 아닌가 속에서 무엇인가가 울컥 치솟았다.

"저한테는 어차피 안 만나줄 거라면 당신이 여기에 있든 밖에 있든 상관이 없단 말입니다……."

그녀는 울먹이면서도 그러나 결코 눈물을 보이지는 않았다.

"……그럼 어쩔 수 없지. 너 혼자 올라가라."

"아 진짜……."

마지막 방법까지도 단호한 오크에게는 먹히지 않았다.

그러는 사이 검을 든 기사들이 마법 도르래 위에서 소리쳤다.

"김유린 기사님! 맞습니까!"

"……네, 맞아요."

머뭇거리던 그녀는 어쩔 수 없이 대답했다.

"물러서십시오! 오크와 늑대는 저희가 처리해 드리겠습니다!"

그 말에 김유린은 오크를 보고, 콘락을 보고, 다시 시선을 위로 옮겼다. 그녀는 코를 훌쩍이고 촉촉하게 글썽이는 눈가를 훔쳤다.

그리고 말했다.

"아니요. 그럴 필요 없어요. 이 오크는 '영웅오크'거든요."

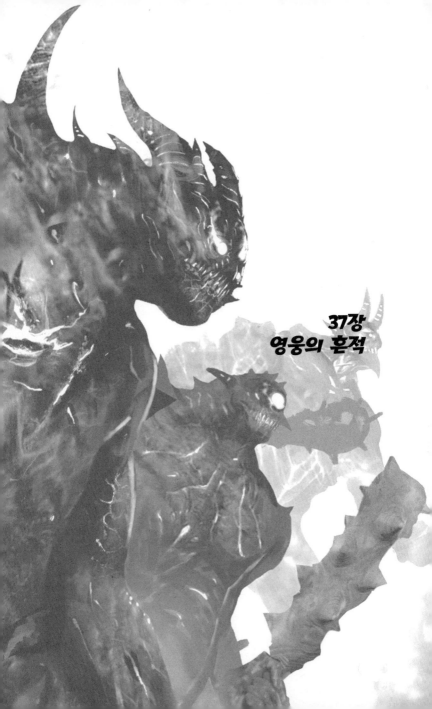

37장
영웅의 흔적

　오크는 김유린에게 정체불명의 '뱁새'에 대해 정확히 알릴 것을 당부하고서 도르래 위에 올랐다.

　"오, 올라가겠습니다."

　구조하기 위해 온 두 기사는 도르래를 움직이면서 오크를 힐끗힐끗 살폈다. 정확히는 그의 방어구와 무기를 살폈다. 모두 척 보기만 해도 탐 안 날래야 안 날 수 없는 명품들이었으니.

　오크는 그런 그들에게 손목 아대와 건틀렛 한 쌍씩 던져주었다. 두 기사는 서로 눈치를 살피며 창을 든 사내는 아대를, 주먹이 무기인 기사는 건틀렛을 손에 집어 들었다.

　주먹. 기사 중 한 명의 무기는 주먹이었다. 가슴팍에 진(眞)

이라는 문양이 황금색으로 박여진 것으로 보아, 진세한의 후예라고 봐도 되겠지.

"······고, 고맙습니다."

기사들은 갑작스러운 선물에 감사를 표했다. 동시에 햇볕이 따스하게 비쳐왔다.

"10분이면 곧 도착할겁니다. 조금만 참으십시오."

"알겠습니다."

김유린은 다소 사무적이고 위엄 있는 태도로 그들을 대했다. 오크는 들릴 듯 말 듯한 코웃음을 쳤다. 그 조소에 미간을 좁힌 그녀는 다시금 기사들에게 관심을 돌렸다. 질투 유발 같지 않은 질투 유발이었다.

"헌데, 진(眞)무도파이신가 봅니다?"

"아. 예. 부족하지만 9개월 전에 전향했습니다."

"전향한 지 9개월 만에 중상급이라. 재능이 빼어나시군요."

"하하! 감사한 말씀이지만 그렇지 않습니다. 저는 그저 스승님의 면면들을 관찰하고 베꼈을 뿐입니다. 그 과정에 운 좋게 재능과 기질이 맞았을 뿐이지요. 특성도 저를 도와줬구요."

진세한. 그는 사후 상급 기사로 승격되었고 명예 고위기사로 위촉되었으며 기사로서 최고의 영예라는 '명예의 전당'에 자신을 묻었다.

그런 진세한이 세상에 선보인 무예를 쫓는 생도는 현재 전 세계 약 10만 명에 이르고 1,000여 명의 기사가 원래 쥐던 무기를 내려놓고 주먹을 선택했다.

그들은 모두 과거에 남겨진 진세한의 영상을 보며 학습과 복습, 단련과 훈련을 하며 진세한을 영원한 스승이라 추종한다.

그가 수업용 영상을 남기는 것에 관대했던 덕에 그의 전투 스타일과 권법, 보법 등 값진 체술은 온전하고 자세하게 남아 수많은 제자의 등불이 되었다.

영웅의 흔적이 세계에 깊이 새겨진 것이다.

"그렇습니까. 존경해 마지않는 스승을 두셨군요."

김유린이 절도 있게 고개를 끄덕였다.

"……."

오크는 괜히 코끝을 긁었다. 그저 한낱 목적을 이루기 위한 수단으로 허비했던 '진세한'이라는 존재가 끼친 영향이 예상보다 훨씬 지대했기에 뭔가 부끄러움도 일었다.

그러는 사이 도르래는 어느새 지상의 목전까지 도달했다. 위치가 상급 지대였기에 많은 사람과 취재진은 없었다. 그저 서른 명 정도의 기사와 마법사만이 있었을 뿐. 그들은 영웅 오크와 거대한 늑대를 보며 침을 꿀꺽 삼켰다.

"……가실 겁니까?"

오크가 콘락의 등 위에 올라타자 김유린이 애처로운 목소리로 물었다.

오크는 가벼이 고개를 끄덕였다. 그리고 콘락에게 신호를 보냈다. 콱! 도르래를 딛고 하늘로 도약한 콘락은 쏜살같이 사라졌다.

그렇게 하염없이 멀어지는 오크를 김유린은 쓸쓸하게 바라보았다.

김세진은 집으로 돌아오자마자 유세정에게 한 소리를 들었다. 진심으로 화난 그녀는 '나도 한 달 동안 안 들어 올 거야!'라고 소리치고 집을 나섰다.

그날 김세진은 목걸이를 세공하느라 밤을 지새웠다. 그리고 바로 다음 날 그녀를 찾아가 미안하다는 말과 함께 선물했다. 길드의 숙직실에서 내심 그를 기다리고 있었던 그녀는 내키지 않는 척 그를 용서해 주었다.

"……오?"

어쨌든 극적 화해를 타결한 당일. 김세진은 진세한 관련 내용으로 노트북을 만지작거리다 흥미로운 사이트를 발견했다.

진세한 사후 만들어진 '공식' 진(眞)무도유파를 자칭하는 사이트였는데 그 위에 걸린 '이유진 23세, 단장'이라는 문자가 그의 눈길을 끌었다.

약력에 前(전)에덴 기사가 적혀 있는 걸로 보아 그녀는 진세한이 사망한 후 유지를 잇기 위해 에덴을 떠나 협회와 도장을 설립한 듯했다.

웃음기 가득한 얼굴로 사이트를 구경하던 김세진은 문득 김유손이 대신 써준 유서에 적혔던 내용을 하나 떠올렸다.

"재산을 제외한 나의 모든 것들은 아끼는 동료인 이유진에게 넘기겠다."

'그게 사람 한 명 인생을 바꾼 거였네.'

뿌듯해해야 할지, 아니면 미안해야 할지…… 일단 김세진은 사이트를 찬찬히 살폈다. 다행히 '후원' 부문이 있었다. 이거라면 제대로 도와줄 수 있지. 김세진은 '후원' 칸을 터치했다.

위잉.

이유진의 모습이 홀로그램으로 대문짝만 하게 떠올랐다. 영상이었다.

─안녕하십니까. 진(眞) 무도유파의 단장 이유진이라고 합니다.

씩씩하고도 그리운 얼굴이 김세진을 맞이했다.

"후……."

같은 시각. 이유진은 복잡한 머리를 움켜쥐며 기다란 탄식을 내뱉었다. 그녀의 앞에는 난잡한 숫자들이 뒤얽힌 장부가 놓여 있었다. 이익은 파란 펜으로, 손해는 빨간 펜으로 썼다. 흔치 않은 수작업이지만 컴퓨터에 문외한인 그녀로서는 어쩔 수 없었다.

"이걸 어떻게 메꾸냐……."

그러나 장부에는 오직 빨간색뿐. 이익은 없고 유지비, 관리비, 인건비 등등 비용만 가득하다.

물론 억지로 이익을 내려면 낼 수 있다. 수강료를 비싸게 받고, 자신에게 귀속된 진세한의 저작권을 단속하여 유료로 전환하면 어마어마한 수익이 쌓일 터.

그렇게 하면 대중들은 진세한을 팔아먹는다고 비난하겠지만 여러 기사 지망생들은 꾸준히 구매할 것이다. 진세한이 독자적으로 쌓아올린 무예는 충분히 그럴 만한 가치가 있으니까.

하나 이유진은 그러기 싫었다. 그럴 수 없었다. 진세한이 왜 하필 자신에게 모든 유지를 맡겼는지 그녀는 그 누구보다 자기 자신이 잘 알고 있다고 생각했기에.

진세한은 언제나 자신에게 "너는 나와 닮았다"고 말했었다. 그러면서 "너는 무기가 아니라 주먹을 쓰는 게 낫다"라고 덧붙였다.

당시에는 누구 인생 망칠 일 있냐며 짐짓 삐댔지만, 막상 그가 죽은 뒤 무기를 놓고 주먹을 쥐니 놀라운 일이 펼쳐졌다.

자신의 특성 "레벨 마스터리"가 그의 무예에 놀랍도록 절묘하게 감응한 것이다. 그렇게 그녀는 자신에게 귀속된 진세한의 모든 영상을 자양분 삼아 가파르게 성장했다. 두 달 만에 모든 체술을 익혔다. 에덴의 대우도 달라졌다.

그러나 진세한이라는 영웅을 경험한 에덴은 그 맛에 중독된 듯 이유진에게 그의 분신이 되어 언론에 노출할 것을 요청했다. 그녀는 그에 실망해 에덴을 퇴사하고 독자적인 진(眞)무도유파 도장을 차렸다.

이미 여러 기사 아카데미에서 관련 수업을 진행하고 있었지만, 진세한의 뜻을 이은 공식적인 도장은 이쪽이었기에 처음부터 화제가 일었다. 에덴 기사로서 이유진의 명성도 영향이 컸다. 차린 즉시 200여 명의 수강생이 몰려들었다.

하나 그게 다였다.

수강료는 터무니없이 쌌고 스승이 될 무예가들의 월급은 한없이 비쌌다. 도장을 차린 지 3개월 만에 모아두었던 돈과 대출받은 돈을 모두 탕진했다. 그러나 곧 '후원'이 들어올 것이란 기대로 하루하루를 버텼다. 진세한의 진짜 이름을 걸고 하는 도장이니까.

하나 기업과 기사단은 냉정했다. 그들은 후원을 하지 않았다. 오히려 여러 후원줄을 틀어막았다. 그러고는 진세한의 저작권을 팔 것을 강요했다. 만약 그걸 판다면 기사단이나 기업은 자신들이 독점하여 이익을 창출할 테고 관련된 욕은 오롯이 이유진이 감당하게 될 것이었으니. 장사치들이 가장 좋아하는 노 리스크 하이 리턴 그 점 때문에 기업과 기사단은 한없이 추악해졌다.

"유진아, 괜찮아?"

그때 옆에서 스승 겸 직원인 고윤종이 걱정스레 물어왔다. 이유진은 짐짓 미소를 지으며 고개를 끄덕였다.

"그럼. 내가 언제 이런 더러운 놈들한테 고개 숙이는 거 봤냐."

"이번에 네가 영상 올리고서 개인 후원이 늘었어. 그러니 조금만 참자, 우리."

"……그래, 그래야지."

삐위용삐위용. 삐위용삐위용.

갑자기 전화기가 요란한 벨소리를 뱉어냈다.

"야, 고윤종. 내가 그거 벨소리 바꾸라고 몇 번을 말했냐. 단장 말을 개떡같이 알아들어 진짜."

"……미안. 이거 어떻게 하는지 몰라서."

고윤종이 웃으며 전화를 받았다.

"네, '진(眞) 무도유파' 중앙 도장 부단장 고윤종입니다."

전화를 받는 고윤종을 뒤로하고, 이유진은 다시 장부에 시선을 옮겼다.

"……예? 아…… 네? 아…… 네? 아, 그게…… 네?"

근데 고윤종이 거슬렸다. 무슨 치킨이라도 시키는지 자꾸

네네 거리는 것이…….

"너 뭐해?"

"아니…… 잠깐만요. 잠시만요."

수화기를 내려놓은 고윤종은 어벙한 표정으로 이유진을 바라보았다.

"후원하고 싶대."

"그래? 좋은 일이네. 바로 정부에 적어야겠다. 얼만데?"

이유진은 별생각 없이 물었다. 하나 고윤종의 대답은 이유진의 상식을 크게 벗어났다.

"……100억."

"……."

자기가 뭘 들었나— 고개를 갸우뚱한 이유진은 이내 얼굴을 일그러뜨렸다. 또 장난 전화구나.

"누군데?"

"잠깐."

고윤종이 다시 수화기를 들었다.

"저…… 혹시 어디신가요? 기업 이름을…… 아. 예에? 정말요? 아, 잠시만요."

다시 수화기를 슬그머니 내려놓은 고윤종이 놀란 표정으로 말했다.

"김세진이라는데? 더 몬스터 길드장."

"하아…… 윤종아. 요 몇 달 새 김세진이 몇 번 전화 왔었지?"

"아…… 한 스무 번 정도 왔었지 아마."

"그래. 그냥 잘 타일러서 끊어."

"으응…… 저, 응원해 주려는 건 알겠지만 저희가 장난을 받아들일 여유가 없어요."

하지만 조곤조곤 타이르는 고윤종이 답답해 이유진은 수화기를 낚아챘다.

"저기요. 누구신지 모르겠는데, 이런 장난 전화하지 마요. 이럴 시간에 공부나 하세요, 공부. 가뜩이나 세상이 흉흉한데 이러고 싶습니까? 진짜 이런 말하긴 싫지만 한심하다고요, 한심해!"

─……하하하하……!

잔뜩 곤두선 이유진은 두다다다 말을 쏟아냈지만, 수화기 너머에서는 훨씬 여유로운 미소가 흘러나왔다.

─한심해서 죄송합니다. 근데, 이건 받기 싫어도 받아줘요. 100억만이라도. 더 드리고 싶어도 제가 지금 가지고 있는 현금이 그 정도밖에 없거든요? 일단 계좌 불러봐요.

"하아…… 사이트에 계좌 적어 놨거든요? 제발 장난 전화를 할 때도 좀 뭘 알아보고 하세요. 뭐든 최선을 다해서. 예? 알겠습니까?"

─아, 그래요? 잠시만요.

이유진은 고개를 절레절레 내젓고는 전화를 끊으려 했다.

띠링.

근데 핸드폰에 짧은 알림이 울리며 액정이 밝아졌다. 이유진은 무심코 액정을 확인했다가, 돌처럼 굳어버렸다.

문자의 내용은 보고도 믿기 힘들 정도로 충격적이었다.

[이유진 님의 계좌(260483-38*****)에 10,000,000,000원이 이체되었습니다.]

"어……."

부우우웅- 동시에 여러 자동차의 배기음이 창 틈 너머로 흘러 들어왔다.

-아마 곧 있으면 더 몬스터 직원이 갈 겁니다. 얘기 나눠서 후원 파트너쉽 체결하세요.

이유진은 말이 끝나자마자 헐레벌떡 뛰어가 창문에 달라붙어 바깥을 바라보았다. 웬 최고급 세단 네다섯 대의 문이 촤르륵 열리더니 정장을 입고 수트케이스를 든 남자들이 이쪽으로 다가오기 시작했다.

"……."

이유진은 차마 아무 말도 할 수 없었다. 수트케이스에 'TM', 즉 더 몬스터의 문양이 찬란하게 새겨져 있었으니…….

그녀는 문득 자기가 방금 이 남자에게 했던 말이 떠올랐다.

만약 이 남자가 김세진이 맞으면…….

심장이 터질 듯 박동하고 의식이 순간적으로 몽롱해진다.

똑똑.

뒤이어 도장의 문을 두드리는 노크소리가 울리고,

철푸덕!

이유진은 눈을 까뒤집고서 바닥에 쓰러졌다.

―병원에 가고 있습니다.

"……갑자기 병원은 왜요?"

―단장님께서 쇼크로 쓰러지셔 가지고…… 정신적인 문제
인지 포션을 먹여도 일어나지 않습니다.

"……풋."

김세진이 피식 웃었다. 예상 외로 유약하네.

"일단 오늘은 내버려두시고 내일 찾아가세요. 씩씩한 여
자니까 곧잘 나을 겁니다."

―예. 알겠습니다.

뚝― 전화를 끊은 김세진은 찢겨진 이불보 위에 나체로 누
운 유세정에게 새로운 이불을 덮어주고서 지하실로 향했다.

때아닌 조난 탓에 시간이 지체되어 버렸으나, 더 이상 상
황이 나빠지기 전에 본격적으로 '몰이'를 시작해야 될 때다.
이제 지체할 시간이 없다.

"우선 레비아탄이 입을 갑빠부터……."

그는 최고의 금속 미스릴 두 괴를 꺼냈다. 어느새 소환된 콘락이 헥헥 거리며 다가왔다.

"네가 입을 갑빠도 만들어 줄게. 기다려."

이제 곧 바토리를 잡으러 간다.

38장
사냥을 위한 준비

"시작해 볼까……."

그는 우선 미리 만들어둔 포션을 꺼내 마셨다. 집중력과 마나 감응력, 마력 등 여러 마나 관련 능력을 짧은 시간동안 향상시켜 주는 포션이다.

그 뒤 오크 폼을 취하고 미스릴에 단조를 사용한다. 그러면 우우우웅 짧은 공명음과 함께 미스릴이 흐물흐물한 푸른 액체로 녹아내린다. 그렇게 생겨난 미스릴과 마나의 혼합물을 고블린 폼으로 심혈을 다해 세공한다. 또한 방어구로서의 효용을 책임지는 여러 성질을 덧붙이고 레비아탄의 몸집은 하루가 다르게 성장하니 신축성도 추가한다.

언뜻 보기에는 쉬워 보여도 무릇 장인에겐 '장인 정신'이라는 필사(必死)의 마음가짐이 있는 법. 김세진은 한 땀 한 땀에 정신을 집중하고 최선을 다했다.

뚝.

약 2시간. 턱 끝에 고인 땀이 방울져 떨어졌을 때 단조가 완료되었다.

[완벽한 방어구가 완성되었습니다.]

[A등급 피해경감]

물리적인 공격에 피격당했을 시 위력의 50%가량을 경감합니다.

[A등급 마법상쇄]

마법에 피격당했을 시 위력의 40%가량을 경감합니다.

[S등급 신축성]

아무리 크기가 커져도 웬만하면 끊어지지 않습니다. 한 몸과도 같음.

[B+등급 마나보관]

3000만큼의 마나를 보관할 수 있습니다. 수치의 기준은 일반 성인의 평균 마나수치로, 일반 성인의 평균 수치는 10입니다.

[C등급 공간왜곡]

마나를 소모하여 공간을 왜곡할 수 있습니다. 최대 거리는 1km.

[F등급 시간왜곡]

극히 많은 량의 마나를 소모하여 시간을 왜곡할 수 있습니다. 최대 시간은 1초.

여러 성질이 부가된 레비아탄 전용 갑옷. 갑옷이라기보다는 웬 천 쪼가리처럼 생겼지만, 여기에 부가된 성질 중 몇몇은 '사소한 기적'이라 부를 수 있을 만큼 대단할 터.

"와! 드디어 시간왜곡…… 으아아! 어지러워 죽겠네……."

완성품에 흡족한 그는 바닥에 철푸덕 드러누웠다. 포션의 효능도 끝난 것 같고, 집중의 후유증으로 머리가 어질어질하다.

그렇게 약 10분정도를 멍 때리고 있던 김세진은 이내 방어구 착용을 위해 레비아탄으로 변했다.

2.5m 남짓한 몸체에 타올같은 은색 방어구를 두른다. 타올(?)은 몸에 닿자마자 살가죽처럼 비늘에 딱 달라붙어 레비아탄의 몸을 감쌌다. 그러자 전체적인 빛깔이 청록색에서 찬연한 은색으로 변했다.

원래 색과는 다른 느낌으로 폼이 나는데, 일단 더 강해진 것 같기는 하다. 아마 세간이 자신을 발견하면 청룡이 진화했다며 난리 굿판을 벌이지 않을까.

'……여기에 망토 하나 더 붙일까.'

헌데 너무 애기 장난감처럼 될 것 같아서 그만뒀다. 안 그래도 요즘 청룡 인형이 많이 나오고 있다는데.

"크응…… 코옹…… 그르르릉! 뀨웅……."

거울을 들여다보며 여러 근엄하거나 뾰루퉁하거나 귀여운 포즈를 취하고 있는 와중에 김세진은 문득 한달 전에 심부름을 시켰던 일이 떠올라 조한성에게 전화를 걸었다.

뚜루.

조한성은 대기음이 한번 채 울리기도 전에 전화를 받았다.

-네, 길드장님.

"한성 씨, 제가 전에 말했던 거 있죠?"

-……아, 아하. 그거 말입니까? 예, 기억하고 있습니다. 절대 잊어버리지 않았지요.

묻기 전까지는 새까맣게 잊어버렸던 것 같던데. 김세진은 살포시 웃으며 말을 이었다.

"네, 뭐. 그래서 경과를 좀 물으려고요."

-아, 근데 그것이…… 바다괴수 마나석이 희귀하고 또 값비싼 터라……

바다괴수의 마나석. 즉 김세진은 레비아탄의 꼬붕을 구하고자 심부름을 시켰다.

"못 찾았습니까?"

-아뇨…… 여태 너무 비싸서 팔리지 않고 있는 게 하나 있습니다. 효용에 비해 가격이 너무 비싸서, 수집가들도 엄두를 내지 못하고 있지요.

순간 김세진이 몸을 벌떡 일으켰다. 안 팔릴 정도로 비싼 몬스터라니, 휘몰아치는 흥분에 몸이 저릿하다.

"뭐, 뭔데요? 몬스터 이름이?"

-그…….

조한성은 약간 머뭇거렸다. 그에게는 TM사의 CEO로서

회사의 재정을 안전하게 관리해야 하는 의무가 있다. 하나 이 마나석은…….

"빨리 말해요."

―아 그…… '크라켄'입니다.

'크라켄'. 조금 폼 안 나게 말하면 거대한 오징어, 그러나 이 웅대한 몬스터는 엄연히 신화의 한 자락을 차지하는 괴수다.

"크, 크라켄?!"

그 영롱하게 빛나는 듯한 이름 석 자를 듣는 순간 김세진의 심장이 두근 뛰었다. 조한성의 심장도 마찬가지로 철렁했다. 혹시라도 김세진이 산다고 할까 봐.

―하, 하지만! 측정된 평가금액만 700억입니다! 게다가 기사단에서는 그보다 100억 높은 금액을 원하고 있고요. 터무니없이 비싼 가격입니다.

"와. 비싸네. 근데 크라켄은 어떻게 잡았대요? 신변은?"

―지중해 쪽에 상주하던 '아마리'라는 크라켄입니다. 로마 기사단이 기사 세 명을 잃으면서 처단한 놈이라, 흥정은 씨알도 안 먹힐 겁니다.

조한성이 침을 꿀꺽 삼켰다. 아무리 크라켄 고유의 특수마나가 빵빵하게 들어 있는 마나석이라 하더라도, 경제적 효용은 400억의 값어치도 못한다. 하나에 800억은 너무 비싼…….

"사오세요."

쿠구구궁.

CEO로서 조한성의 가슴이 하염없이 무너져 내렸다. 800억이면 1년 동안의 인건비…….

"대신 기사단이라니까 물물교환으로 하면 되겠네. 무기랑 아티펙트 원하는 성능으로 4개까지 맞춰준다고 하세요. 너무 터무니없는 건 말고 리미트 정해서."

—……아.

그러나 조한성은 잊고 있었다. 김세진은 황금알을 낳는 아니, 미스릴 알을 낳는 한국 토종 오골계라는 것을…….

적어도 기사단 혹은 마탑과의 협상에서 실패할 염려는, 단언컨대 없다.

—예, 알겠습니다. 아마 그럼 당장 공문을 보내겠습니다.

"네, 최대한 빨리 부탁해요."

세진은 전화를 끊고서 휘파람을 휘휘 불었다.

대충 네스만 한 놈이면 만족하려 했는데, 그보다 더한 거물이 걸려들었네.

이제 크라켄까지 더하면 심장에 담아둘 수 있는 남은 몬스터 수는 1마리. 그러나 남은 한자리는 무조건 남겨둘 예정이다. 그때 그 브레스를 뿜어대던 뱁새를 담아두기 위해.

김세진이 즐거워하던 그때, 김유린은 정반대의 우울함으

로 밤을 지새우고 있었다.

밤은 깊어가지만 잠이 오지 않았다. 본래 기사는 잠이 적은 족속이지만, 이틀 새 한숨도 자지 못한 건 조금 심각하다.

게다가 매사에 힘이 없고, 혼자 있기 싫어졌다. 혼자 있기 싫은데 집 밖을 나가는건 더 싫다. 무슨 이야기냐면, 누군가와 단 둘이서 함께 있고 싶다.

갑자기 이게 웬 빌어먹을 우울증인지는 모르겠으나…… 아니, 솔직히 모르지도 않다. 이유는 충분히 알고 있다.

동료기사들에게는 기생마나를 떼어낸 수술 후유증이라고 어찌어찌 둘러대었지만…….

"……."

보고 싶다. 이곳에 없는 향긋한 체취가, 기억에 남아 코끝에 아른거린다.

그 오크는 지금 뭐하고 있을까. 내 생각을 하지 않을거란 건 당연히 안다. 또 치고 박고 싸우거나, 아니면 고요히 무기나 방어구를 다듬고 있겠지.

김세진, 문득 그가 생각났다. 그는 어떻게 오크와 친해졌을까. 어떻게 했기에 그 오크에게 '소중한 인간'이라는 말을 들을 수 있었던 것일까. 궁금하고 부럽고 질투가 난다.

링딩동.

그때 핸드폰이 울었다. 그러나 만사가 귀찮아 전화가 오는 채로 가만히 놔두었다.

그녀는 정말 오랜만에 아니, 기사단에 입단하고 13년 동안 난생 처음으로 휴가를 쓰고 싶다는 생각했다.

오늘 오전. 더 몬스터는 이유진이 단장으로 있는 진무도유 파와 파트너십을 체결했음을 공표하였다. 내용은 심플했다. 진세한의 유지를 잇는 단장 이유진을 전적으로 신뢰하고 존중하기에, 후원은 물론 지속적인 투자를 통해 근처 부지까지 매입하여 도장과 협회의 규모를 빠르게 늘려가겠다고.

그 짧지만 강렬한 소식은 더 몬스터가 3개월 전 공표한 '신입 단원 선발'과 맞물려 여러 루머들을 재생산해냈다.

[진무도유파 협회장 이유진, '더 몬스터' 가입하나?]
[더 몬스터 신입단원에 관해 급물살을 타는 루머와, 세간의 관심을 받는 후보들.]

언론에서는 이미 후보까지 메기고 난리가 났다. 떡 줄 놈은 생각도 않는데, 단 한 번도 고려해 본 적 없는 기사들을 물망에 올리면서.

심지어 몇몇 언론사는 그렇게 후보에 올려진 기사들의 인터뷰까지 땄다.

[유력후보, 상급 기사 김원종 단독 인터뷰]

─요즈음 유력 후보라고, 이런 말하기는 그렇지만 세계적인 배팅사이트에서도 가장 낮은 배당률을 받고 계시는데…… 혹시 어떻게 생각하시는지?

─하하. 아닙니다, 아니에요. 아직 알려진 사항도 없고, 저는 더 몬스터의 단원이 될 만한 실력과 자질이 부족하다고 생각합니다.

─그렇다면, 입단 제의가 오더라도 거절하겠다는 뜻인가요?

─어허허. 아니요. 그럴 리가 있겠습니까. 만약 제의가 온다면 더 몬스터가 제 가치를 높게 사준다는 뜻인데, 그에 걸맞을 수 있도록 지금보다 더욱 많은 노력을 할 뿐이지요.

대백 기사단의 상급 기사 김원종의 인터뷰였다. 이렇듯 쿨하고 겸손하게 인터뷰한 남자는, 더 몬스터 직원에게 뇌물을 들이밀다가 걸렸다.

그렇게 한국 안팎이 더 몬스터와 관련된 소식으로 시끄러울 때.

'대현생명'의 부사장실에는 때 아닌 고성과 욕설이 오고갔다.

"……이런 씨발! 야이, 개새꺄. 그게 말이 돼!"

술에 진탕 취해 음란하게 노느라 오늘의 소식을 늦게 접한 김종혁, 그는 욕설을 내지르며 책상을 박살 냈다.

"죄송합니다. 정말 갑자기 벌어진 상황인지라……."

"아니, 아니. 왜? 그 새끼들이 갑자기 무슨 바람이 불어서?"

"그게, 김세진이 전화를 걸어서 다짜고짜 100억을 입금했다는 소문이 돌고 있습니다…….."

"그 시발새끼가 하다하다 별짓을 다 하는구나. 지가 무슨 씨발 자선 사업가야? 천한 놈이 운 좋게 좋은 특성 얻었다고 핏줄까지 달라진 줄 착각을…… 아오!"

김종혁은 기업과 기사단을 주도하여 이유진을 압박한 주동자였다.

여러 기업과 정부까지 암묵적으로 동의한 사항이었으니 곧, 정말 곧 있으면 될 일이었다.

한국에서 잉태되고 한국에서 자란 영웅 진세한이 독자적으로 창조한 '무예'가 전 세계에 아무런 대가없이 퍼지는 것은, 국가적 차원에서도 그다지 유쾌한 일은 아니니까.

"어, 어떻게 할까요……?"

"아니, 씨발. 이제 와서 어떻게 하긴 뭘 어떻게 해, 이 개같은 새끼야! 니들이 곧 될 거라고 낙관적인 염병 떨다가 이렇게 된 거 아니야!"

김종혁이 책상 위에 들린 재떨이를 바닥에 내다꽂았다. 그렇게 때리고 부술수록 응어리진 분노는 더욱 격렬하게 치솟았다.

"그 씨발 새끼를 내가…… 죽이고 싶은데 죽일 수도 없고……아오, 씨발 진짜!"

김세진, 그 개새끼 때문에 유치장에도 갇히는 수모를 겪었다. 그럼에도 아버지의 말을 따라 화를 삭이며 넘어갔다. 아니, 그럴 수밖에 없었다. 그 빌어먹을 놈의 대가리를 잘라 버리기에는 이미 너무 커져 버렸으니까.

"꺼져. 꺼져, 이 개씨발. 꺼져 당장!"

"죄, 죄송합니다."

김종혁은 발길질을 하며 비서를 쫓아냈다. 그럼에도 분을 못 삼킨 그는 사무실을 모조리 때려 부수기 시작했다.

그렇게 정갈한 부사장실이 쓰레기장이 되고 나서야, 그는 정신을 차리고서 의자에 몸을 파묻었다.

"⋯⋯아."

그러다 돌연 생각이 났다. 협상할 생각이 있느냐고 물었던, 음험하게 생긴 마법사가.

뱀파이어 특유의 불쾌한 기운 때문에 쫓아내긴 했지만⋯⋯

그는 이내 서랍을 열고 그 안에 놓인 핏빛 수정구를 툭툭 건드렸다.

유세정이 기사단으로 출근한 자유의 오후. 조한성이 마나석을 품에 안은 채 김세진을 찾아왔다.

"여기 있습니다."

"⋯⋯무슨 하루 만에 도착해요?"

김세진은 마나석이 담긴 걸로 추정되는 보합을 받아들며

고개를 갸우뚱했다. 분명 어제 아니, 고작 12시간 전에 부탁한 걸로 기억하는데.

"아, 연락 주셨을 당시 로마 기사단이 막 업무를 개시한 시점이라서 빨랐습니다. 저희가 조건을 말하니 더 묻지도 따지지도 않고 바로 물건부터 보내고 나서 연락을 하더라고요. '이미 보냈으니 거래 취소 불가'라면서."

"하하, 다행이네요."

김세진이 보합을 천천히 열자, 자그마한 틈새에서부터 새까만 빛이 폭포수처럼 터져 나왔다.

"오우. 오우."

그는 그 감춰지지 않는 영험함에 연신 감탄하며 보합을 완전히 개봉했다.

보합 안에는 과연, 역시.

크라켄답게 어마어마한 크기를 자랑하는 마나석이 성스러운 비단에 싸인 채, 김세진이라는 주인을 다소곳이 기다리고 있었다.

김세진은 크라켄을 소환하기 앞서 우선 해안가로 가기 위해 차에 올랐다.

동해는 피서 온 사람들로 가득하니 목적지는 남해.

부우우웅.

최고급 스포츠카의 청량한 배기음을 즐기며 요선동을 지

난다.

거리 구석구석마다 로브를 뒤집어 쓴 연금술사들이 있어, 요즘 세계적인 연금술의 메카라 불리는 요선동의 활황이 새삼 실감되었다.

근데 이 모든 변화가 고블린 연금술사 덕분이라는 사실에 괜히 뿌듯해지네? 김세진은 어깨를 으쓱이며 핸들을 꽉 쥐었다.

그렇게 천천히 요선의 시내를 구경하며 가던 와중 익숙한 뒷모습이 보였다.

세진이 직접 만들어 준 새하얀 로브라서 단박에 눈에 띄었다.

그러나 걸음걸이가 이상하다. 비척비척 비틀비틀 술이라도 취한 양 힘없고 매가리 빠져 있다. 세진은 고개를 갸웃했다. 내가 아는 하젤린의 걸음걸이는 도도함의 끝판왕인데.

김세진은 속력을 줄이고 하젤린으로 추정되는 여인 옆으로 슬그머니 다가갔다. 하관이 힐끗 보였다. 여느 때와는 달리 입술이 건조하게 부르텄긴 했지만 하젤린이 확실했다.

어느새 미소를 지은 김세진이 창문을 활짝 열었다.

"하젤린 씨."

"어, 엄마야! 꺄악!"

그러나 너무 갑작스러웠기 때문일까, 하젤린은 비명을 내지르며 앞으로 나자빠지고 말았다.

쾅!

면상이 맨홀 쪽에 그대로 내다꽂혔기에 세진은 화들짝 놀라 차에서 내렸다.

"허, 괜찮아요?"

"……."

세진이 그녀의 어깨를 잡아 일으켜 세우자 로브 아래 살짝 드러난 어두운 눈 한 쌍이 그를 바라보았다. 그 아래, 빨갛게 부어오른 콧구멍에서 새빨간 핏물 두 줄기가 주르륵 흘러내렸다.

"어우. 아프겠다."

그는 재빨리 손수건을 꺼내 그 피를 닦아주었다. 그녀는 제 얼굴을 이리저리 닦아주는 그의 손길을 가만히 느끼다가, 일순 먹먹한 목소리로 말했다.

"……아, 정말. 깜짝 놀랐잖아요…… 왜 갑자기 사람 이름을 그렇게 크게 부르는건디요."

"아, 미안해요. 갑자기 넘어질 줄은 몰랐어요."

"……흐읍. 진짜 너무하다……."

별안간 그녀의 눈가에 눈물이 글썽였다. 이따금씩 흐느끼는 듯한 소리도 새어나와 주변의 시선이 콱콱 꽂힌다.

"저, 잠깐! 이, 일단 타세요. 저 이래봬도 알아보는 사람이 많거든요."

"아뇨, 저 집에 갈 거거든요. 이거 놓으……."

"그럼 데려다 드릴게요."

세진은 하젤린을 조수석에 밀어 넣고서, 재빨리 운전석에 앉았다. 다행히 주변의 행인 대부분이 연금술사인지라, 별 관심 없이 물 흐르듯 지나갔다.

"후…… 집이 어디시죠?"

"……."

하젤린은 대답하지 않았다. 다만 뚱한 얼굴로 흘러내리는 코피를 집어삼키고 있을 뿐.

"휴지 드릴까요?"

"……마법 쓸 거니까 필요 없어요."

"아…… 예."

근데 왜 자꾸 코피를 삼키시는지…… 그러나 농담을 던지기에는 상황이 안 맞았다.

"어. 일단 알케미 하우스 쪽으로 갈까요?"

세진의 물음에 하젤린은 엉뚱하게 대답했다

"왜 답장 안 했어요?"

"……예?"

"전화도 안 받고. 요 한 달 동안."

"……아."

그는 순간 낭패어린 얼굴이 되었다. 갇혀 있는 동안 핸드폰이 없었고 탈출하고 나서는 업무와 직원들의 문자만 무려 2,000개 이상 와 있어서 누가 문자를 보냈는지 확인하지도 못했다.

"그게 사정이 좀 있어서…… 일이 바빴거든요. 오, 오늘 집에 가신 다음에 문자 보내보세요. 5분만에 답장할 테니까."

"……."

하젤린은 그런 그를 어이없다는 듯 노려보았다.

'이 나쁜 사람이 진짜…….'

요 한 달간 내가 무슨 고민과 번민으로 밤을 지새웠는지 알기나 할까.

혹시나 내 감정을 알아차리고서 거리를 두려는 것인지 아니면 그냥 내가 귀찮아진 건지, 얼마나 절망했었는데.

"세정이가 말 안 했어요?"

"걔가 그걸 저한테 왜 말해줘요."

상당히 날카로운 목소리였다.

"……크흠. 어디로 갈까요?"

"김세진 씨는 어디 가시는데요."

"예?"

"당신이 가는 곳으로 가요. 어차피 세정이도 근무 시간인데 혼자 가는 거잖아요. 말벗이라도 되어 줄게요."

김세진은 남해, 일반인 출입 금지 지역에 도착했다.

쏴아아.

바다 소리를 내며 출렁이는 남해는 동해와 또 다른 매력이 있었다.

'뭐지 이 기분?'

그런데, 묘하게 익숙했다. 기시감(既視感)이라고나 할까. 바다가 익숙한 게 아니다. 바닷결을 타고 어디선가 흘러오는 낯익은 기운이 그 원인.

"저기요?"

김세진이 기이한 감회에 빠진 채 한참동안 남해의 머나먼 수평선을 바라보고 있는데, 옆에서 누군가가 그의 팔을 툭툭 건드렸다.

하젤린이었다

"뭐하세요?"

"……아, 뭔가 이상하게 익숙해서요."

그제서야 김세진은 정신을 차리고 마나석을 꺼냈다.

"남해 와본 적 있으신가 봐요?"

하젤린은 마나석을 힐끗 살폈다가 다시 김세진에게로 시선을 옮겼다.

"아뇨. 없는데…… 저 멀리, 아주 깊은 곳에서 뭔가 동질감이 느껴져요."

바다의 내음 속에서 희미하고 아련한 기운이 전해져온다. 무엇인지는 몰라도 익숙하고 편하면서, 동시에 불편하고 께름칙하다. 모순되는 형용이지만 그렇게밖에 설명할 수 없다.

"아마, 그때 말하셨던 몬스터와 동화되어가는 부작용인가

보네요. 바다괴수에 동질감을 느끼시는 거 맞죠?"

"……예?"

하젤린이 걱정스러운 얼굴로 물었다. 그것과는 다른 감각이지만 그러나 달리 설명할 방법이 없어 세진은 대충 고개를 끄덕였다.

"뭐, 그런가보네요."

"……조심하세요."

그러자 별안간 하젤린이 그의 팔을 걱정스레 끌어안았다. 여태 로브에 가려져 있던 차원이 다른 볼륨감이 전해졌다.

"아, 예. 괜찮습니다. 일단…… 보여드린다고 한 것부터 보여드릴게요."

김세진은 짐짓 웃으며 팔을 빼냈다.

"갑니다."

축구공의 절반 크기만 한 마나석에 마나를 불어넣는다. 그러자 크라켄의 마나석이 흑색 기운으로 산화하여 몽실몽실 피어올랐다. 이후 한 번의 호흡, 안개처럼 넓게 퍼져가던 모든 기운이 그의 심장으로 흘러들어간다.

[신화 속 괴수 '크라켄'을 흡수합니다!]

[전사의 심장에 크라켄이 스며듭니다.]

[소환수 목록에 크라켄이 추가됩니다.]

[주인의 현재 능력치에 따라, 크라켄의 위상이 상향조정됩니다.]

[현재 크라켄의 강함 등급은 (측정이 불가능한 최상급)수준입니다. 그러나 술사가 인간형인 지금은 (상등급)으로 격하됩니다.]

떠오르는 알림창을 느끼며, 그는 바다 한가운데에 크라켄을 방류했다.

촤아아아-!

물살을 가르며 거대한 오징어가 크게 치솟았다.

태양을 가릴 듯 웅장한 높이, 매끈하고 쌔끈한 여덟 개의 다리, 그리고 왠지 모르게 나른한 두 눈까지.

과연 선원의 재앙, 크라켄다웠다.

"와……! 이거 뭐…… 뭐야?"

크라켄이 만들어낸 그늘 속에서, 두 사람은 그를 멍하니 바라보았다.

하젤린은 충격 속에서 헤엄치고 김세진은 '최상급'이라는 등급에 만족하고 있는 와중에.

촬싹!

크라켄이 다리로 해수면을 강타해 물이 쏟아졌다.

"으어, 하지마!"

김세진이 소리쳤으나 크라켄은 멈추지 않았다. 오히려 더욱 강하게 반복한다.

첨벙! 첨벙! 첨벙! 첨벙!

"하지마라고 했다! 어푸, 푸, 퓍!"

"푸! 세진 씨 쟤 좀. 푸우 푸우, 푸우, 아 나 숨을 못 쉬게써!"

특히 하젤린을 집중공격을 하는 건지, 그녀는 아예 전신이 물에 흠뻑 젖어선 눈도 뜨지 못하고 있다.

"야이 개색…… 푸웹!"

"아웃, 너 어디에 물을 쏘는 거…… 프흡! 하지 마! 하지 말라고 했다!"

하젤린의 사타구니 사이로 물길이 휘어들자 크라켄의 눈이 호선으로 휘었다. 진짜 죽여 버리고 싶을 만큼 치명적인 눈웃음이었다.

"세진 씨, 아, 아니 이 미친 오징어새끼가!"

외침이 사자후처럼 들끓었다.

동시에 크라켄이 몸을 담근 해수가 살벌하게 얼어붙어갔다. 당황한 크라켄은 몸을 이리저리 움직여보았으나, 바다 전체가 깡깡 얼어붙어 옴짝달싹할 수 없을 따름이다.

"일단 교육부터 해야겠네…… 저기 세진 씨,"

그녀는 겁에 질린 오징어의 두 눈을 응시하며 서늘하게 읊조렸다.

"혹시 오징어 다리 좋아하세요?"

잠깐 동안의 끔찍했던 체벌이 끝난 이후.

"이름을 짓는 게 어때요?"

"……이름이요?"

얌전히 고개를 숙인 오징어를 앞에 두고, 두 사람은 서로 대화를 나누고 있다.

"그래도 애완동물이나 마찬가진데 '사랑이'로 하죠?"

"저 몸집에 사랑이라고요?"

"네, 저와 당신의 사랑이."

"……예?"

갑작스러운 고백 '같은' 말에 김세진이 흠칫 뒤로 물러섰다.

"풋, 뭐가 그렇게 예민해요. 그냥 사랑이로 하죠? 태풍 같은 경우도 그렇게 이름 짓잖아요. 흉포할수록 더 보드라워지라고 유한 이름을 붙이는데."

"아…… 흠."

잠시 고민하던 김세진은 이내 고개를 끄덕였다.

"예. 뭐, 그렇게 합시다."

"그럼 사랑이로 된 거네요? 야, 사랑아, 이리 와보렴. 너 방금 왜 그랬니?"

하젤린이 미소 지으며 오징어에게 다가갔다.

그러나 오징어의 시야에는 또다시 악귀가 도래하는 모습이었고 사랑이는 절망에 몸을 떨었다.

서유럽, 이탈리아에 악마 '아스모데우스'가 출몰했다. 지옥에서 막 걸어 나온 모양새의 놈은 대지와 사람과 하늘을 불사 지르며 거침없이 진군했다. 놈이 지나간 자리에는 오직 타오르는 지옥의 업화만이 흔적으로 남았고 하늘마저 어둡게 물들어 태양조차도 놈에게는 대항할 수 없는 듯하였다.

"······근데 그걸 왜 저한테 부탁한답니까?"

그리고 그 사건 때문에, 유백송은 김세진과의 만남을 추진했다.

"청룡을 구슬려 달라고 하네. 상성 쪽에서도 청룡이 우위이니 어렵지 않게 처치할 수 있을 테지."

야옹.

그녀의 품에 안긴—이라 쓰고 '갇힌'이라 읽는다—고양이가 발버둥 치며 울었다. 그러자 유백송이 우쭈쭈 거리며 고양이를 달랜다.

그 모습을 가만히 보던 김세진은, 자신의 무릎에 고양이처럼 누운 유백송의 모습을 잠시 상상했다.

꽤나 귀여웠다······.

"크, 크흠. 근데 제가 청룡을요?"

"시치미 떼지 않아도 돼. 이미 알 사람은 다 알고 있으니까. 청룡 사이트, 그거 네가 운영하는 거잖아."

"……아. 들켰네."

"그렇지. 그래서 각하께서 직접 나한테 부탁하셨어. 너를 만날 수 있는 건 나뿐이라면서."

으쓱으쓱- 유백송의 어깨가 신명나게 춤을 췄다.

"……거절하면요?"

"어? 어…… 독일에서 아스모데우스의 전리품과 1억 유로를 준다는데도?"

"흠."

김세진은 생각했다. 바토리와 일전을 앞둔 이상, 아마데우스의 전리품은 탐나지만 직접 가기에는 싫다.

그러나 대신 보낼 만한 존재가 지금은 있다.

'크라켄.'

야옹!

그때 그녀의 품에 갇혔던 까만 고양이가 유백송의 손가락을 깨물고 세진에게로 날아왔다.

"어이구. 네 주인보다 내가 더 좋아?"

갸르릉.

고양이는 몸을 비비적거리며 격이 다른 애교를 표현했다.

"아니, 저게 진짜……."

"이름이 뭐예요?"

"……킹 오브 시베리아, 세비지 블랙 레오폴드 타이거 카이저 2세."

"……."

김세진은 말없이 고양이를 쓰다듬었다. 할짝– 할짝– 고양이는 혀로 보답했다.

"그래 까망아. 옳지."

"이름 제대로 불러."

"……카이저 2세."

"풀네임을 불러야 좋아하는데."

유백송이 슬그머니 다가왔다.

"근데 얘가 이렇게 애교 부리는 건 처음이네. 역시 체취가…….'

'킹 오브 시베리아, 세비지 블랙 레오폴드 타이거 카이저 2세'가 이런 애교를 피우는 건 유백송으로서는 난생 처음 보는 모습이었다. 그녀는 세진의 배에 얼굴을 비비적거리는 카이저를 귀여워 죽겠다는 듯 바라보았다.

그리고 김세진은 카이저에 정신이 팔린 그녀의 쫑긋 솟은 귀와 머리카락을 은근슬쩍 매만졌다.

"옳지. 귀여워 귀여워……."

쓰다듬을수록 새하얀 꼬리와 귀가 쫑긋쫑긋 반응한다.

"제 무릎에 올라오실래요?"

"……응? 뭐라고 말했나?"

"……아, 아니 그…… 독일에 크라켄 말고 청룡. 아니, 청룡 말고 크라켄을 보내도 되냐고 물었어요."

세진의 품에서 벗어나기 싫어하는 카이저의 목덜미를 움켜쥐고, 유백송은 다시 의자에 앉았다.

"크라켄? 너 그런 것도 조종 가능해?"

"아 조종은 아니고…… 뭐 맞다고 할 수도 있겠네. 제 노예예요."

아스모데우스와 격전을 벌이는 이탈리아 서부의 방어전선. 기사단은 정규군과 합작하여 아스모데우스를 지중해로 유인하는 것까지는 성공했다.

"원군은 아직입니까?!"

아스모데우스는 신장이 피사의 사탑과 비슷하였고, 오우거보다 육중한 몸을 지녔다. 그러나 몸놀림은 우람한 몸체답지 않게 기민하여 기사들의 날렵한 합공에도 쉬이 당하지 않았다.

"조금만 기다려라!"

로마 기사단의 단장 브레폰이 처절하게 외쳤다. 김세진과 약속된 바는, 지중해로 '크라켄'을 파견할 테니 크라켄과 합작하여 아스모데우스를 처치하라는 것. 청룡이 아닌 크라켄을 보내는 대신 로마 쪽에서 지불해야 하는 비용이 줄긴 했지만……

'도대체 언제 오는 거야!'

그가 그런 원망을 김세진에게로 품었을 때에서야 비로소, 지중해가 거칠게 일렁였다.

쿠구구구구.

바다거품이 피어오르는 바닷속에서 크라켄이 지중해의 뜨거운 태양을 가리며 높게 솟았다. 크라켄의 등장은 마치 바다의 한 면이 통째로 치솟은 것처럼 요란했고 그만큼 웅장한 크라켄은 아스모데우스를 크기에서부터 압도했다.

－쿠르르…….

아스모데우스를 노려보던 크라켄은 곧장 기다란 다리를 활용하여 놈을 감쌌다. 놈은 순간적으로 업화를 뿜어냈다.

놈의 업화는 사그라지지 않는다.

그러나 '열기'는 빼앗을 수 있다.

크라켄은 빨판에서 혹한의 냉기를 뿜어냈고 그 냉기는 업화의 열기를 중화시켰다.

그제야 놈은 당황한 듯 뒷걸음질을 치기 시작했다.

"트, 틈을 놓치지 마라! 돌격! 돌격!"

그와 동시에, 계속 물러서기만 하였던 기사들이 아스모데우스에게로 뛰어들었다.

"저 크라켄은 지원군이다! 돌격하라!"

"유로 대신 받아온 아스모데우스의 뿔과 마나석입니다."

김선호가 전리품을 건넸다. 세진은 그것들을 살펴보며 넌

지시 물었다.

"사랑이는 얼마큼 활약했답니까?"

전투가 이뤄지는 동안에는 레비아탄으로 변해 사랑이-크라켄-에게 힘을 실어주긴 했다만 아스모데우스를 상대로 얼마나 선전했는지는 아직 전후복구 중인지라 밝혀진 바가 없다.

"로마 기사단의 말로는, '압도적'이었다고 합니다. 크라켄이 뿜어내는 먹물이 아스모데우스의 불길을 얼렸다며 거듭 격찬하더군요."

"⋯⋯다행이네요."

김세진은 만족스레 고개를 끄덕였다. 마나 문신으로 크라켄이 지닌 수(水)속성을 강화시켜 주고 빨판에 A등급 급속 냉각 무기를 달아준 보람이 있었다.

"그래서 말입니다만 그 크라켄을 이런 의도로 계속 사용하는 것도 나쁘지는 않을 것 같다고 김유손 단장님 아니, 아버지께서 말씀하셨습니다."

"⋯⋯그래요?"

그러다 문득 흘러나온 김유손의 이름에 김세진이 씁쓸하게 고개를 끄덕였다.

"김유손 씨는 괜찮으십니까?"

병상에 누운 김유손은 요즈음 깨어 있는 시간보다 잠든 시간이 많아졌다.

김세진은 언젠가 한번 그의 병문안을 갔던 적이 있었다. 한 손에는 심혈을 기울여 만든, 거의 엘릭서에 준할 효능의 포션을 가지고서.

하나 그는 포션을 들이켜지 않았다. 김세진도 강요할 수 없었다.

몸과 정신이 쇠잔해진 그는 이제 더 이상 특성이 발현되지 않는다고 했다. 그러나 입가에 새겨진 밝은 미소를 미루어보아 그는 오히려 더없이 행복해 보였다. 미래로부터 해방된 꿈은 이제 과거의 행복을 비추기 시작하였으니…….

"……의사 말로는 3개월 남짓한 시간이 남았다고 합니다."

김선호는 그렇게 말하며 주먹을 꽉 쥐었다. 떨리는 목소리였다.

코끝이 찡해진 김세진은 괜히 헛기침을 하며 화제를 돌렸다

"큼. 그렇군요. 근데 방배동 마법사는 요즘 어떻답니까?"

1년도 안 되어 23권의 마기서 수정이라는 압도적인 재능.

방배동 마법사는 무미건조하던 마법계에 혜성처럼 등장하여 최고로 뜨거운 셀럽이 되었다.

특이하게도 방배동 마법사의 마기서는 권당 5억 수준으로 가격이 무척 싸다. 그러나 그는 수정본을 워낙 적은 량, 오직 '100부'만을 판매하기에, 냈다 하면 품절이라 만성품귀에 시달린다.

증쇄해 달라는 마탑들의 요청은 물론 씨알도 먹히지 않았

고 결국 그들은 선착순에 모든 사활을 걸어야만 했다.

서로 사이좋게 공유하면 좋으련만. 이기적이고 시기어린 폐쇄적인 마탑이 그럴 리는 당연히 없었다.

그렇게 시간이 지나 현재, 방배동 마법사가 낸 마기서는 총 23권.

하나 위에 말한 특성 탓에 이 희귀한 마법서를 전권 소장한 마탑은 세계 어느 곳에도 없다. 그래서 마탑의 '방배동 마기서 보관함'에는 1권이 있으면 2~3권이 없고 4권이 있으면 5~6권이 없는 등, 조각을 잃어버린 퍼즐마냥 군데군데가 비어 있다.

"하하…… 덕분에 우리 길드 품격이 한 단계 올라갔습니다. '마탑도 소장하지 못한 방배동 마법사의 마기서 전권이 더 몬스터의 길드원 전용 도서관에 있다!'라는 식으로요."

김선호는 핸드폰을 꺼내 그 현황을 직접 보여주었다.

[(속보) 방배동 마법사, 방배동 마법서 No.24 8월 발매 예정. 마탑들은 벌써부터 치열하게 경쟁 중.]

-와. 마기서 원래 이렇게 빨리 쓰는 거 아니지 않나? 슈퍼 천재네 진짜;

-방배동 마법사 때문에 방배동에 마법사들 존나 많아졌음ㅋㅋ 술집 하는 우리 외삼촌은 엄청 좋아하시던데. 돈 막 쓴다고.

-근데 마기서 다 한글로 쓰인 탓에 마법사들 한글 배우고 난

리 났음. 요즘 방배동에 한국어 학원 많이 생긴 거 그거 다 외국인 마법사들 때문임ㅋㅋㅋ 내 친구가 교사인데 외국 애들이 가입동기에 '원서를 읽으려고 한국어를 배운다.'라고 함ㅋㅋ

김세진은 웃으며 감상하고서 핸드폰을 돌려주었다.

"어쩌면 당연한 일이지요. 방배동 마법사는 다른 마법사가 10년에 할 일은 1년 만에 해내고 있으니까요."

"하하. 그런가요? 아 맞다. 선호 씨, 저 그리고…… 아, 아닙니다. 일단 일 보러 가세요. 저 할 일이 있거든요."

바토리를 솎아내려는 계획은 일단 김선호에게도 비밀이다.

"예, 알겠습니다."

김선호는 별다른 생각 없이 자리에서 물러났다.

그가 돌아가고 난 뒤 김세진은 아스모데우스의 전리품을 들고 지하 개인 훈련실로 발걸음을 옮겼다.

김세진은 아스모데우스의 마나석은 흡수하고 한 가지 스킬을 얻었다.

[지옥의 업화] [숙련도: D등급]

화속성의 공격에는 피해를 입지 않고, 화속성의 공격을 할 시에는 '업화'라는 불길이 솟습니다. 업화는 술사의 의지가 아닌 이상 결코 사그라들지 않습니다.

꽤나 좋은 스킬이라 할 만하다. 레비아탄의 폼이든 인간의 폼이든 이제 '화염 브레스'를 사용할 수 있는데, 그 화염이 '업화'로 등급이 상승하는 것이니까.

'업화(業火)의 브레스' 듣기만 해도 뭔가 위엄 있지 않은가.

그리고 뿔은 갈아서 포션으로 만들었다. 심장을 비롯한 근육 전반은 물론 '마나'에도 스며들어 강함을 2배 이상 증폭해 줄 비장의 포션이다.

"이 정도면……."

이제 어느 정도 준비가 됐겠다 싶어 그는 노스페라투와 통하는 수정구를 꺼내 들었다.

"……들리십니까."

지지직 거리는 소리 뒤, 얼마 지나지 않아 릴리아의 음성이 들려왔다.

-네, 들립니다.

"저는 준비가 된 것 같은데 그쪽은 어떠세요?"

-…….

잠시 동안의 침묵.

-저희는 괜찮습니다만…… 너무 시일이 빠른 게 아닌가 싶어서 걱정되네요. 다시 한번 말씀드리지만 바토리는 그렇

게 쉽게 볼 위인이 아닙니다. 오히려 역으로 잡히실 수도 있어요.

"그래도 성체 레비아탄의 비늘이 있잖습니까."

드래곤에 견줄 만한 바다의 괴수, '성체 레비아탄'.

레비아탄 폼으로 그 성체의 비늘을 섭취하면, 비늘에 담긴 성체 레비아탄의 관록과 마나를 이해할 수 있고, 그것으로 말미암아 급격하게 성장할 터.

그러면 바토리 따위는 두려운 존재가 아니다.

─정 그러시다면. 알겠습니다. 저희도 내부 세작을 풀어서 동해 쪽에 사람이 없을 12월에 바토리를 유도해 보겠습니다.

"그럼 너무 멀지 않나?"

─아니요. 그동안 결계를 비롯한 제반 준비가 필요합니다.

"흠. 예, 뭐. 알겠습니다."

김세진이 송신을 끊으려던 찰나에, 릴리아의 목소리가 이어졌다.

─아, 그리고 혹시 능력이 뛰어난 마법사 한 명을 지원해 주실 수는 없을까요?

"……마법사는 왜?"

─당신이 믿을 만한 마법사가 필요해서요.

"…… ."

김세진은 잠시 고민하다가 이내 '믿을 만한 뛰어난 마법사'라는 범주에 어울리는 여인 한 명을 떠올리며 고개를 끄덕였다.

　그로부터 일주일 뒤, 더 몬스터 길드 사옥.
　하젤린은 도서관에서 방배동 마법사 저(著) 마기서를 꼼꼼히 들여다보고 있었다.
　"아. 그러니까 여기는 이렇게 움직이는 게 더 편하구나……."
　왜 마법사들이 방배동 방배동 하는지 이제야 알겠네. 하젤린은 호오 입을 벌리며 감탄했다.
　그리고 그렇게, 하젤린이 방배동 마법사─하젤린은 방배동 마법사가 김세진이라는 사실은 모른다─마기서의 효율이 배가된 직관성과 친절함에 감탄하고 있을 때.
　"언니? 뭐하세요?"
　"……!"
　어느새 유세정이 불쑥 다가온 물었다. 세정은 표지를 슬쩍 훑어보고는 눈을 동그랗게 떴다.
　"방배동 마법사…… 요즘 유명한 마법사가 발매한 마기서네요?"
　"어? 어. 그렇단다. 원래 익혔던 마법이긴 한데, 더 효율적으로 수정됐다기에."
　하젤린이 슬그머니 마기서를 덮었다. 이상하게 쪽팔렸다.

오래전에 마법계를 떠난 자신이 그것도 – 공식적으로는–데 뷔한 지 1년도 안된 후배 마법사의 마기서를 열심히 공부하고 있다는 게……

"근데 갑자기 웬 마기서예요?"

유세정이 지닌 여자로서의 직감이 '의문'이라는 물음표를 띄웠다. 심지어 그녀는 하젤린의 옆자리에 앉기까지 했다.

"나, 나도 왕년에 마법사였잖니."

하젤린은 그런 그녀가 불편하고 미안했다. 김세진에게 품은 자신의 감정은 말로만 사랑이지 세정의 입장에서는 영 몹쓸 감정에 불과하니까.

"흐음…… 이 마기서 희귀한 거 아니에요?"

"으, 으응. 그렇더라고? 나도 의문이었단다. 왜, 이 마법사 마기서는 출간되자마자 품절되잖니. 근데 어떻게 우리 길드에……."

"……그거는 뭐, 오빠 능력이죠~"

유세정이 말꼬리를 늘리며 즐겁게 웃었다. 그리고 하젤린은 왠지 모를 쓰디쓴 뒷맛을 느끼며 힘없이 고개를 끄덕였다.

"그럼 저도 공부나……."

승리감에 살짝 도취된 유세정은 그녀의 옆을 떠나지 않았다. 오히려 노트북과 여러 전문서적을 피고 지적인 뿔테안경까지 촥 끼더니……

벌컥!

순간 휴게실의 문이 급히 열어젖혀졌다.

"아 깜짝……."

유세정이 급히 안경을 벗고 뒤를 돌아보았다. 동시에 커다란 외침이 천둥처럼 터져 나왔다.

"신입 단원 이유진입니다아앗-!"

"으꺄! 으. 뭐니 쟤?"

하젤린이 귀를 부여잡으며 미간을 찌푸렸다.

"저……. 아 맞다. 우리 신입단원 뽑았지."

요 근래 이뤄졌던, 더 몬스터와 13개소 기사단이 함께 나서서 '더 몬스터에 누가 어울립니까?'라는 대국민 투표까지 실시했을 정도로 반향이 컸던 신입단원 선별.

"이유진. 아. 저 사람이 됐구나."

아직 공식적인 발표는 나지 않았지만 김세진은 분명 뽑았다 말했다.

유세정은 자리에서 일어나 그녀에게 다가갔다.

"축하드려요."

"아, 넵! 감사드립니다!"

"잘 지내봐요, 우리."

그 뒤를 이어 김세진이 들어왔다. 그는 유세정을 발견하곤 몸을 흠칫 떨었다.

"어, 오빠? 무슨 일이야?"

"……어, 나……."

사실 하젤린과 중요한 대화를 나누러 온 것이었다. 말만 '도와주세요'라고 했을 뿐이지 정확한 내막을 말하지는 않았으니까.

"이유진 씨 소개시켜 주려고 했지."

그러나 유세정과 그녀가 함께 있을 줄은 예상하지 못하였기에 대충 이유진을 앞으로 들이밀며 변명했다.

"얘기들 해."

"아, 오빠 잠깐."

"……왜, 왜?"

김세진이 고개를 갸웃하자 세정은 그의 코앞까지 다가갔다.

그러곤 까치발로 서서 그의 목에 손을 두르고 입을 맞춘다. 단순한 입맞춤이 아닌 진하고 깊은 키스였다. 옆에 선 이유진이 그 혀의 얽힘을 보며 얼굴을 붉힐 정도로.

"……뭐야 갑자기."

1분 정도 이어진 키스를 끝내고 김세진이 멋쩍어하며 물었다.

"그냥. 하고 싶어서."

유세정은 웃으며 김세진의 어깨를 툭툭 두드렸다. 그는 볼을 긁적이며 밖으로 나갔다.

그리고 그 광경을 괴롭게 지켜보던 하젤린은 이를 꽉 깨물 수밖에 없었다.

"……."

부럽다. 마음이 많이 아프다. 무슨 칼로 후벼 파는 것처럼.

게다가 무의식적으로 상상까지 해버렸다. 그와 자신이 키스하는 모습을. 유세정 대신에 자기였다면, 까치발을 하지 않아도 되었을 텐데.

만년필이 으스러져라 세게 움켜쥐었다. 눈물까지 핑 돌았다. 진짜 너무 부러워서, 질투도 나서, 근데 아무 말도 할 수 없다는 게 너무 힘들어서…….

"흠흠~"

유세정이 콧노래를 부르며 다시금 하젤린의 옆자리에 앉았다. 하젤린은 애써 감정을 꾹꾹 누르며 마기서에 집중했다. 유세정은 그런 그녀를 힐끗 살피고선 슬그머니 웃었다.

브레스.

마나를 가장 순수한 원소 상태로 분출해 내는 '마법'.

과거 드래곤이 애용했다 하여 고귀함으로 남았으나 정작 그것이 행하는 파괴는 패악과 더욱 닮아 있다.

김세진은 레비아탄폼과 인간폼의 핵심적인 무기가 될 그 '브레스'를 단련하기 위해 몬스터 필드로 나왔다. 난데없는 로브를 뒤집어 쓴 채, 카메라—드론—와 고상하게 생긴 작대기까지 들고서.

고목이 쭉 뻗어져나가다가 끄트머리에서야 원형으로 휘어진 모양새의 이 작대기는 김세진이 직접 단조하여 만든 '마법 지팡이'다. 멀리서 보면 그저 나뭇가지를 꺾어서 만든 걸로 보이나 가까이서 보면 꽤나 빈티지한 멋이 있다.

게다가 '마나 증폭', '위력 강화'를 새긴 루비까지 붙여놓았으니, 아마 시가로 따지면 못해도 300억은 넘지 않을까. 마법사 놈들의 씀씀이는 장난이 아니니까.

"……음."

그는 오늘만큼은 방배동 마법사로서 중상급 지대로 발걸음을 옮겼다. 블로그 업로드 용 드론이 잘 날아다니고 있나 확인도 하고.

일부러 해가 지는 시간대에 왔기에 헌팅 중인 사람은 적었다. 그럼에도 세진은 로브 후드를 더욱 깊게 푹 눌러쓰고서 몬스터 필드를 돌아다녔다.

"끼에에엑!"

30분정도 배회했을까. 드디어 하늘에서 제 존재감을 자랑하는 와이번 한 마리를 발견했다. 그리핀이라면 몰라도 와이번은 보통 상급 몬스터인데…… 요즘음 얼마나 몬스터들이 날뛰는지를 알려주는 대목이었다.

"잘 걸렸다."

김세진은 지팡이를 와이번에 향한 채 체내의 마나를 지팡이로 집결시켰다. 그러자 루비에 붉은 마나가 모여든다. 선홍빛의 마나기류는 점차 화염으로 변해가며 들끓더니.

콰아아아아아!

창공의 와이번에게로 굽이치며 내달렸다.

지상의 김세진이 쏘아낸 업화의 브레스가 와이번에게 닿기까지 1초면 충분했다.

끼에에엑–!

업화가 와이번의 전신을 뒤덮어갔다. 놈은 고통스러운 비명을 내지르며 날개를 퍼덕였다.

그러나 업화는 결코 사그라지지 않는다.

우우우웅.

그는 지팡이에 다시금 마나를 끌어 모았다. 이번에는 붉은색이 아닌 얼음을 닮은 새하얀 마나였다.

지팡이에 고인 혹한의 마나는 세상을 급격히 냉각시켜갔다. 공기가 서리분진이 되어 흩날리고 로브에 성에가 짙게 서린다.

쩌저적.

김세진이 디딘 땅까지 하얗게 얼어붙었을 때 이번에는 혹한의 브레스가 분사되었다.

창천을 얼리며 와이번에 당도한 혹한의 브레스는 콰아아앙! 업화와 감응하여 거대한 폭발을 일으켰다.

하늘을 가릴 만큼 거대했던 와이번은 그렇게 얼음의 서리와 화염의 재가 되어 지상으로 하롱하롱 가라앉았다.

"……호오."

사체가 전부 소멸되어 전리품은 안 남았지만 술사인 김세진도 감탄하지 않을 수 없는 위력. 인간 폼으로도 이럴지언정, 레비아탄은 이보다 얼마나 강대할까. 더욱 자신감이 붙었다.

"녹화 잘 됐나?"

그러다 돌연 그는 하늘을 날아다니는 드론을 보며 중얼거렸다.

"무슨 반응을 할라나."

콧대가 높고 고집도 더럽게 센 마법사들이 놀라워하는 모습이 그리고 질투와 시기로 방배동 마법사 깎아내리면서도 속으로는 방배동의 마기서를 탐하는 이중적인 면모가 요즘은 너무나도 즐겁다.

이 영상을 올리면 그들이 또 무슨 반응을 할까.

다 지팡이 덕이다. 라고 부르짖으며 현실을 외면할까, 아니면 격의 차이를 인정하고 무릎을 꿇을까. 물론 여태 마법사 놈들이 내비쳤던 행패들로 미루어보면 거의 대부분이 전자겠지만.

"……음?"

그렇게 그가 만족하고 있던 때 하젤린에게서 문자가 왔다.

[세정이 갔어요. 이제 얘기해도 돼요.]

김세진은 짧게 답장을 보내고서 출구로 향했다.

김세진은 하젤린과 만나 모든 이야기를 자세하고 세세하

게 늘어놓았다.

김유손이 봤던 앞으로 펼쳐질 끔찍한 미래와 그것을 막기 위해 뱀파이어 '분파'라 할 수 있는 노스페라투와의 협력해야 한다고.

아주 민감한, 결코 발설해서는 안 되는 기밀이나 마찬가지 이지만 상대가 하젤린이라 그렇게 큰 부담이 있지는 않았다. 그만큼 그녀는 믿을 만한, 믿어도 되는 인물이었으니.

"……."

모든 얘기를 들은 하젤린은 붕어처럼 눈을 동그랗게 뜬 채 입만 뻐끔거릴 뿐 아무 말도 하지 않았다. 아니, 할 수 없었 다. 지금 그녀의 입장에서 김세진이 한 말은 모두 초현실적 인 공상이나 다름이 없으니까.

"……도와주실 수 있나요?"

"……예? 아니…… 자, 잠시만요. 그, 그러니까 한번 세진 씨가 해준 얘기를 정리를 해 보면."

하젤린이 머리카락을 쓸어 넘겼다. 별안간 흘린 식은땀 때 문인지 왕창 젖어 있었다.

"앞으로의 미래가 뱀파이어 때문에 멸망 직전까지 흘러가 는데. 그걸 막기 위해 뱀파이어와 협력해서 뱀파이어의 거두 를 죽여야 한다. 맞죠?"

"흠…… 그렇긴 한데 일단 노스페라투는 뱀파이어와 구분 해서 말해주세요. 헷갈리니까."

노스페라투, 물론 아직 믿기 힘든 족속이기는 하다. 하나 '레비아탄의 비늘'을 건네주었다는 점. 그리고 그것이 틀림없는 진퉁이라는 점으로 미루어보아 협력 자체가 불가능한 존재들은 아니다.

게다가 본진에 정보원 파견을 허용하면서 '만약 배신할 기미라도 보이면 비늘먹은 레비아탄으로 저희를 다 죽여주세요.'라고 말하기까지 하였으니.

"그, 근데 노스페라투는……."

그러나 그 사실을 모르는 하젤린에게 뱀파이어는 다 똑같은 뱀파이어였다.

"저희도 뱀파이어랑은 원수관계인데."

그녀는 괴로워하며 얼굴을 감싸 쥐었다.

마피아, 삼합회, 야쿠자, 반란군, 정규군 등등…… 다양한 진영에서 많은 의뢰를 받아왔던 그녀로서도 이런 원대한 스케일 그리고 뱀파이어와 '협력'해야 하는 경우는 난생 처음이었으니.

"……영 아니다 싶으면 거절하셔도 됩니다. 근데 들으신 모든 내용은 비밀로 해주셔야 해요."

김세진이 말했다. 그러자 하젤린이 얼굴을 감싸던 손을 내려 턱을 괴더니 뭔가 모호한 눈길로 그를 바라보았다.

"……비밀이요?"

"예, 당연하죠. 제가 이 사실을 하젤린 씨 말고 누구한테 말해요. 제가 아는 사람 중에는 하젤린 씨가 처음이에요."

'엘프는 믿음을 저버리지 않는다.'는 종족적 특성의 덕도 크긴 하지만 김세진은 하젤린을 믿었다. 굳이 늑대의 동공으로 속을 꿰뚫지 않아도 그녀는 가장 오랜 세월동안 이어진 인연이니까.

"……세정이도 몰라요?"

"네? 아…… 네. 그, 그렇죠."

그러나 이 대답을 하기에는 조금 눈치가 보였다. 세정이에게 말하지 않은 이유는, 이 일이 위험하기 때문이다. 생각하기에 따라서는 사람차별이라고 생각할 수 있을 터.

"그래요?"

하나 평안을 되찾은 눈매와 씰룩이는 입가 그리고 작게 벌렁대는 콧구멍까지. 하젤린은 묘하게 기분 좋은 낯빛이 되었다.

김세진은 머리를 긁적이며 다시 한번 물었다.

"결정하셨나요?"

"……근데 참여한다고 결정하면 자주 보고 그래야 되지 않나~? 계획을 짜야 한다면서요."

하젤린은 제 머리카락을 배배 꼬며 짐짓 지나가듯 물었다.

"네, 그래야 되겠죠? 근데 원하신다면 원격 수정구로 참여하셔도……."

"아뇨, 할 거면 본격적으로 해야죠. 저는 이 세상에서 대충대충을 제일 싫어하는걸요."

하젤린이 갑자기 엄숙한 얼굴로 일어났다.

"하겠습니다. 세진 씨가 부탁하시는데, 게다가 이런 일은 언젠가 한번 해보고 싶었거든요. 세상을 구한다, 폼 나잖아요? 여자 엘프로 태어나서 그 정돈 해야지."

"……."

김세진은 하젤린을 보며 미소를 지었다.

"고마워요."

그러고는 서랍 속에서 수정구를 꺼낸다.

"릴리아? 마법사님이 응낙했습니다."

"……예? 지, 지금 바로?"

"앉으세요. 계획 설명해 드릴게요."

"네."

하젤린이 앉자마자 릴리아의 음성이 흘러나왔다.

-감사드립니다. 마법사님. 저희는 아주 위험한 바다를 건널 배를 탔습니다. 그리고 그 첫 해협은 뱀파이어의 차기 제왕이 될 여인을 죽이는 것이지요.

"예…… 알아요. 이미 세진 씨에게 자세히 들었는걸요."

-다행이군요. 그럼 우선 계획부터 차근차근 설명해 드리겠습니다.

계획의 내용은 이렇다.

우선 노스페라투 일족이 동해와 세계를 격리시키는 결계

를 비밀리에 설치하고 그 결계 안에 여러 마법 함정들과 마나석을 준비해 놓는다.

그리고 만약 김세진이 바토리를 잘 유인하여 바토리가 결계에 갇힌다면 그 함정이 발동되고 그 다음이 바로 하젤린의 차례다.

그녀가 사용해야 할 것은 김세진이 과거 뱀파이어의 인형을 처단하고서 얻어낸 '인공 심장'.

인공 심장 안에 담긴 '일순간 마나를 다루지 못하게 하는 마법'을 바토리에게 시전하면 아주 한 순간 바토리가 무척 취약해진다. 그러면 그때 여러 마법들을 쏟아 부어 놈을 죽인다.

이론적으로 계획의 시행과 마무리까지는 아주 찰나 고작 3초 남짓에 불과하다. 하나 릴리아 폰 노스페라투는 그 3초 동안 바토리를 사살하지 못하면 계획의 70%가 실패한 것이라 생각하라고 덧붙였다.

─근데 아쉽게도 저희 노스페라투는 대부분이 마법사인지라…… 조금 더 물리적으로 시간을 끌어줄 기사가 한명 더 있으면 좋을 텐데요.

릴리아는 아쉬운 듯 중얼거렸다

"기사요?"

그에 김세진이 눈을 밝혔다. 기사라고 하면…… 떠오르는 사람이 한 명 있긴 하다. 몬스터 사태로 복잡한 이때에 수술 후유증 때문에 일을 못하겠다며 동해로 휴가를 떠난 김유린.

─네, 어차피 많아봤자 어중이떠중이라면 방해만 될 테니 제대로 된 기사 한 명이요.

"……흠."

김세진은 고민했다.

그리고 그의 옆에 하젤린은 안절부절못했다.

그는 유세정은 이 계획에 포함시키지 않겠다고 했다. 그렇다면 남는 기사 중 가장 강력한 기사는…….

다음 이어진 말에 하젤린의 심장이 철렁 내려앉았다.

"김유린 기사님한테 한번 넌지시 물어볼까요?"

물론 인간 김세진과 김유린 간의 관계는 그리 돈독하지 않다. 영웅오크라면 몰라도.

그러나 그녀는 정의감과 기사도 정신이 투철한 여인. 바토리를 사냥하는 것이 이 몬스터 사태를 끝낼 수 있는 일이라고 설득한다면 흔쾌히 승낙할 만한…….

한데 갑자기 하젤린이 고심하는 김세진의 팔을 붙잡았다.

"……저기, 세진 씨?"

"네?"

그러나 그녀는 불편한 얼굴로 몸을 베베 꼬기만 할 뿐 아무런 말도 하지 못했다.

비단 과거 그 사건이 부끄러웠을 뿐만 아니라 김세진의 앞에서 지나간 사랑 이야기를 하기 싫어서였다.

"왜요? 혹시 김유린 기사님이랑 불편하세요?"

끄덕.

"그러면야…… 기사는 아니지만 대부분의 기사보다 강한 사람이 있는데 그분은 어때요?"

―괜찮아요. 어차피 바토리를 조금이라도 버텨줄 만한 사람이 필요한 거니까요.

게임의 포지션으로 치자면 탱커. 김세진은 피식 웃으며 결코 탱키하지 않는 것처럼 생긴 쪼그마한 흰색 고양이―유백송―를 떠올렸다.

"주지혁 기사님은 어때요? 상급 기사로 승격했던데."

그때 하젤린이 조심스레 물었다.

"오…… 맞네요. 지혁 기사님도 있었네."

―주지혁이라면 그 대검사(大劍士) 말하시는 건가요?

"네."

―그 분이면 괜찮겠네요.

내 인맥의 질이 새삼 어마어마하구나. 김세진은 흡족해하며 노트에 명단을 적어내려 갔다. 물론 그들이 이 위험천만한 일에 참여해 줄지는 아직 모르지만.

"휴우……."

안도의 숨을 내쉬는 하젤린을 뒤로하고 김세진은 먼저 주지혁에게 전화를 걸었다.

"아, 이 전에. 까먹을 뻔 했네."

그러다 돌연 생각난 사실, 김세진은 영체화 된 채 몸속에 스며있던 마법지팡이를 꺼내 하젤린에게 건넸다.

자신의 것과 비슷하지만 그녀에게 어울리도록 더욱 깔끔하고 아름답게 세공한 지팡이다. 보석도 루비가 아닌 다이아몬드가 달려 있고.

"자, 받으세요."

"······이건 뭐예요?"

"선물이에요. 승낙하셔서 주는 거예요. 엄청 좋은 증폭기능이 달려 있거든요.

"아······ 근데 이거 많이 비싸 보이는데······."

그녀는 무척 아름다운 지팡이를 넋이 나간 채 바라보다가, 이내 침을 꿀꺽 삼키고서 제 품으로 소중히 껴안았다.

"하하. 앞으로 걔랑 친해지세요. 엄청 좋은 거라 잘 길들여질 거예요."

'엄청 좋은 거다'라는 걸 강조하며 생색내는 김세진은 무척이나 귀여웠고 하젤린은 순간 그를 껴안고 싶다는 충동이 일었다.

"어······?"

아니, 실제로 그렇게 해버렸다.

머리보다 몸이 먼저 반응했다.

그녀는 김세진을 품에 꼭 안은 채, 천천히 중얼거렸다.

"고마워요."

39장
겨울나기

"……하젤린 씨?"

둘뿐인 사무실에 김세진의 목소리가 나지막하게 가라앉았다. 그러나 하젤린은 포옹을 풀지 않았다. 오히려 그의 가슴팍에 얼굴을 비비적거리며, 갑작스러운 충동이 일궈낸 행복을 잠시나마 만끽했다.

"……."

김세진은 제 품에 안긴 하젤린을 물끄러미 바라보았다. 가녀리게 떨리는 어깨는 뒷수습을 두려워하는 듯하였으나, 허리를 더 강하게 껴안은 두 팔은 그렇지 않았다.

−무슨 일이신가요?

그때 수정구에서 릴리아의 음성이 흘러나왔다. 말꼬리가

위로 올라가는 것이, 아마 고개를 갸우뚱 하고 있지 않을까.

─음…… 아, 오늘 날짜가…… 그럼 이만.

릴리아는 이상한 말을 하더니 송신을 끊었다. 주말인데 오늘 뭐 바쁜 일이 있나?

김세진은 최대한 시답잖은 생각을 하며, 잔뜩 놀란 몸과 마음을 거듭 진정시켰다. 그럼에도 평정이 되찾아지지 않아 심호흡까지 했다.

"후우……."

사실 그녀가 자신에게 어떠한 감정을 품고 있었는지, 완전히 예측하지 못했던 바는 아니다. 다만 굳이 깊이 생각하려고 하지 않았을 뿐.

많이 비겁하지만 어쩔 수 없었다. 비록 연인이 되지는 못하더라도 그녀는 더없이 소중한 사람이다. 그렇기에 잃기 싫었다. 그래서 그녀의 감정이 애정일 수도 있다는 가능성을 혹시라도 인정하지 않았고, 돈독한 우애이길 바랐다.

하나 누군가 그랬던가. 남녀 사이에 결코 친구사이는 없다고.

"하젤린 씨?"

김세진은 다시 한번 그녀의 이름을 불렀다. 그러나 그녀는 들으려 하지 않았다.

"하젤린 씨."

한층 더 단호해진 목소리에 하젤린이 어깨를 크게 들썩였

다. 그제야 그녀는 포옹을 풀고서 고개를 푹 숙였다. 그러고
는 어느새 붉어진 코를 훌쩍이며 떨리는 목소리로 말한다.

"……미안해요. 지팡이가 너무 마음에 들어서…… 엄청
고마웠는데…… 갑자기 속에서 뭔가 울컥 하고 북받쳤어요.
제가 그걸 도저히 참을 수가 없어서…… 알죠? 엘프는 그런
거. 그래서 그랬어요……."

그녀는 자신의 충동적인 행동을 종족 탓으로 돌렸다.

그리고 김세진은 그런 그녀를 보며 이를 꽉 깨물었다.

하젤린은 소중한 사람이다. 아무리 이기적일지언정 그녀
를 잃기는 싫다.

그러니까…… 굳은 얼굴을 풀고 억지로라도 미소를 지어
보이자. 아무것도 모른다는 듯 웃으면서 말하자. 못된 말이
지만 지금 그녀에게 해줄 수 있는 말은 이것밖에 없다.

"……하하. 이 지팡이가 그만큼 좋았어요?"

태연한 목소리로 갈 곳을 잃은 하젤린의 두 손에 마법 지
팡이를 쥐어준다.

"엄청 비싸고 좋은 거니까. 잃어버리지 마요."

"……."

그가 그렇게 말한 순간. 하젤린은 아랫입술을 꽉 깨물고
지팡이를 으스러져라 움켜쥐었다.

그의 말이 무슨 뜻인지 어렴풋이 알 수 있다. 이해도 된
다. 근데 밉다. 인정하기도 싫다.

그래서 그녀는 아무 대답도 하지 않고 바닥에 시선을 처박은 채 고민했다.

멀리서 지켜보는 것과 가까이서 함께하는 것.

둘 다 '가질 수 없다'를 전제했을 때 어느 쪽이 더욱 괴로울까.

도저히 가늠하기 어려운 문제다. 아마 두 명제를 천칭에 올려놓으면 평생 동안 수평을 유지하지 않을까.

하나 그녀는 지금 그에게 대답을 들려줘야만 했다. 그리고 엘프로 태어난 이상 어쩌면 어쩔 수 없는 건지도 모른다.

같은 공간에서 대화를 나누고 적어도 함께 있을 수는 있다. 그것만으로는 만족할 수 없을지 모르지만, 멀리서 지켜보기만 하는 것 보다는 낫다. 지켜보기만 하는 건 정말 참을 수 없는 괴로움일 테니까.

그래서 그녀는 메인 목을 최대한 쥐어짜낼 수밖에 없었다.

"……네, 그래야지요. 절대 안 잃어버릴…… 게요."

가까스로 자아낸 목소리는 예상 외로 떨리지 않았다. 그러나 하젤린은 고개를 들어 올리지는 않았다. 그의 눈을 바라보고 싶지만, 한사코 눈물을 참아내느라 그렁그렁한 눈매를 보여주긴 싫어서.

그리고 김세진은 그런 그녀의 손을 감싸 쥐어주었다. 부드럽고 자상하게.

"고마워요."

하젤린은 눈물을 왈칵 쏟을 뻔했다.

그래, 이제 이 정도로만 만족하자. 벌을 받는다고 생각하고 그저 함께 있을 수 있다는 사실만으로 만족하자. 욕심보다는 감사를, 슬픔보다는 만족을. 너무 큰 욕심으로 과거의 잘못을 반복하지는 말자.

"뭐가요."

하젤린이 눈가를 훔치고서 고개를 들어올렸다. 잔뜩 붉어진 눈과 코는 형편없겠지만 그래도 웃어 보였다.

"오히려…… 제가 고마워해야 하는걸요."

하젤린을 잘 달래서 돌려보내고 나서 김세진은 밤늦게 집으로 도착했다. 세정이는 아마 그를 대신하는 길쭉한 베개를 꼭 껴안은 채 새근새근 자고 있었다. 입가에 절로 미소가 그려지는 모습이다.

세진은 침대에 걸터앉아 그녀의 머리를 부드럽게 쓰다듬어주었다. 그는 약 5분 정도 동안 가만히 그러고 있다가 그녀의 이마에 입맞춤을 하고 물러섰다.

침대 다음의 행선지는 안방 한편에 놓인 아담한 책상이었다.

그는 의자에 앉자마자 책상서랍 속 일기장을 꺼냈다.

일기를 쓰는 건 꽤나 오래전부터 이어져온 습관이다. 매일매일은 아니지만 주에 1~2번 정도 몬스터의 본능에 잠식되지 않기 위해 또 인간성을 잃지 않기 위해 인간으로서 일기를 쓰는 것.

이 습관은 아마 필름이 끊긴 채 뱀파이어를 살해했던 날 이후로 시작했던 걸로 기억한다. 물론 누구에게도 보이지 않기 위해 일기장에는 특별한 마법 처리가 되어 있다.

"후우⋯⋯."

그는 펜을 들고, 한숨을 토해내듯 한 글자 한 글자 꾹꾹 눌러썼다.

그런데 얼마 지나지 않아 침대 쪽에서 바스락거리는 소리가 들려왔다. 세진은 재빨리 일기를 끝마치고서 서랍에 넣었다.

"⋯⋯오빠, 또 일기 써?"

잠이 가득한 목소리에 뒤돌아보니 산발의 유세정이 게슴츠레 뜬 눈으로 자신을 바라보고 있었다.

"어, 근데 다 썼어."

엷은 미소를 지어주고서 그녀에게로 천천히 다가간다. 그녀의 몽롱한 눈동자가 그를 멍하니 좇는다. 그는 세정의 뒷목을 잡고서 가볍게 입을 맞췄다. 하나 얼마 지나지 않아 그녀가 그의 가슴팍을 밀쳐내며 거부했다.

그가 의아해하며 고개를 갸웃하자, 그녀는 부끄럽게 한마디를 덧붙였다.

"나 입 냄새 나…… 방금 일어났잖아, 바보야."

"……풋. 나는 괜찮은데?"

"내가 안 괜찮아요."

그를 찌릿 흘겨본 세정은 제 손에다 하~ 숨결을 뱉고 그 냄새를 맡았다. 다행히 그리 고약하지는 않았는지 안도의 한 숨을 내쉰다.

"아 귀엽네, 진짜."

그건 실로 참을 수 없는 귀여움이었다. 그래서 김세진은 그대로 그녀의 몸을 파고들었다.

"잠깐! 나 방금 일어났다니까요……. 아핫, 간지러, 간지러~!"

그녀는 일단은 반항해 봤지만, 그의 짓궂음을 이겨낼 수는 없었다.

실크로 된 잠옷은 힘없이 찢겨졌고 그녀는 속옷을 입고 있 지 않았다.

그날 김세진은 정말 최선을 다했다.

그리고 다음 날 유세정은 월차를 사용해야만 했다.

─방배동 마법사가 자신이 발명한 새로운 마법 '브레스'를 블로그에 업로드했습니다. 와이번을 단 두 합으로 처단한 전

례 없는 엄청난 위력을 두고 마법계는 충격에 빠졌습니다. 세계 마탑 순위 1위의 미국 '라그랑스' 마탑은 이 마법이 합성이라고 의심하였지만…….

김세진이 마법을 업로드하자마자 역시 난리가 터졌다. 그리고 예상대로 처음은 날조 혹은 합성 의심이었다. 하나 전문가의 소견과 몬스터 필드 내부 자료가 그것이 명백한 사실임을 증명해 주었다.

[서울 마탑 상급 마법사, 엘프 '레멜린']
─이 마법지팡이를 보시면 마법을 사용하는 순간 루비에 엄청난 량의 마나가 증폭됩니다. 이는 하급 마법사가 중상급 이상의 위력을 낼 수 있을 정도의 어마어마한 증폭입니다. 그러니 방배동 마법사는 이 마법 지팡이라는 도구의 힘을 빌린 것으로…….

그다음 깎아내리기는 과연 '지팡이'였다. 어쩜 이렇게 예측을 벗어나지 않을까. 김세진은 헛웃음을 터트리며 TV뉴스를 바라보았다.

─위의 여러 논란들에도 불구하고, 현재 가장 활발한 마법사 '방배동 마법사'는 세계 마법사 순위 1,000위 안에 포함되며 파격적인 행보를 계속하고 있습니다. 그가 수정하고 발매한 마기서는 세계 여러 유수의 마탑들도 없어서 못 구하는

진귀한 보물이 되었으며 이번에 발매될 'No.24 방배동 마기서'는 벌써부터 그 내용을 추측하는 여러 루머와 흥분으로 들끓고 있습니다.

그러나 그런 시기와 질투를 받으면서도 방배동 마법사는 제 명성의 범위와 세력을 늘려가고 있을 뿐이었다.

"저 방배동 마법사도 김세진 길드장님이었을 줄이야……."

주지혁이 경탄과 외경이 잔뜩 베인 목소리로 중얼거렸다.

이곳은 더 몬스터의 길드 사옥 지하 극비리에 축조된 비밀 회의실. 최고급 아티펙트와 장비, 포션과 여러 편의 시설들이 즐비한 이 회의실에는 총 7명의 인원이 모여 있었다.

엄숙한 분위기와는 달리 다소 자유로운 자세로 소파에 앉아 TV를 째려보는 7인은 차례로 김세진, 유백송, 주지혁, 하젤린, 이혜린, 김선호와 수인 레젠이다.

"저 방배동이 진짜 자넨가?"

주지혁에 이어 유백송이 물었다. 김세진은 말없이 고개를 끄덕였다.

"흠. 방배동이 만드는 마기서는 마탑 주식을 들락날락하게 만든다고 들었는데…… 충격이군."

일례로 18권과 23권을 연속으로 구매하는 데 성공한-김세진이 그럴 수 있도록 배려해주었다. 유일하게 겸손한 마탑이었기에-강원도 소재 '파름 마탑'의 주식은 주당 이만 원에서 삼만 원으로 치솟았다.

"음? 특별 수사대 우두머리가 그걸 모르셨습니까?"

"저희 첩보원이 지키는 정보는 그렇게 쉽게 세어나가지 않습니다."

김선호가 대신 대답했다. 자부심이 잔뜩 묻어나오는 어조였다.

"참…… 잘나셨네요, 잘나셨어. 나는 뭐 하러 20년 동안 마법 공부했지…… 특성 하나면 다 되는걸……."

이 힘없는 목소리는 약 20분 전 김세진의 '내가 방배동 마법사다.'라는 고백을 듣고 나서부터 넋이 나간 하젤린의 것이었다.

그때 TV 옆에 놓여 있던 수정구에 빨간 불이 들어왔다. 주지혁이 재빨리 TV를 끄자 릴리아의 목소리가 흘러나왔다.

─모두, 무척 힘든 일에 참가하시겠다고 결정을 내려주셔서 감사합니다. 하지만 바토리는 최악의 강함을 지닌 여인. 지금 빠져나갈 수 있을 때 다시 한번 고려해 보셨으면 합니다.

계획은 이미 김세진과 하젤린이 손짓발짓 다해가며 아주 자세히 설명해 놓았기에 릴리아는 그 각오와 결의만을 되물었다.

"……바토리의 강함은 익히 들어 알고 있었지. 그래서 사태가 더 심각해지기 전에 처치해야 한다는 의견은 동의하는 바야."

그러자 유백송이 카이저 2세를 쓰다듬으며 말했다. 정작 카이저 2세는 오직 김세진만을 바라고 있지만.

—네.

"하지만 너희들을 믿기도 힘들군."

—…….

유백송의 눈이 야수의 그것처럼 사선으로 좁혀졌다.

"흡혈귀란 결코 믿을 수 없는 족속인데 적어도 모습을 드러내는 성의는 보여야 하는 것 아닌가?"

그녀의 귀가 빳빳이 세워졌다. 그리고 김세진은 그런 그녀의 양쪽 귀를 힘껏 움켜쥐었다.

"으아! 뭐, 뭐하는 짓이냐!"

갑작스러운 접촉에 팔짝 튀어 오른 그녀를 두고 김세진이 혀를 끌끌 차며 말했다.

"신용은 제가 보증합니다. 그리고 로드도 잠에서 깨어난 이 시점에 세작이 어떻게 밖으로 나옵니까?"

"……무, 물어 볼 수는 있는 것 아니냐. 그렇다고 왜 귀를 꼬집어."

유백송이 쪼끄마한 귀를 어루만지며 입을 삐죽 내뺐다. 그 귀여움에 모인 사람들 모두 짧은 웃음을 터트렸다.

"어쨌든 다들 결정 하신 겁니까? 죽을 수도 있는 위험한 일에 참여하기로?"

김세진이 굳은 얼굴로 물었다.

모두 각자 다른 말로, 그러나 아주 힘차게 대답했다.

"좋습니다. 그러면 당장 문신실로 오세요. 한 달에 하나씩. 몸이 받아들일 수 있는 한계만큼 빡세게 새겨서 강해집시다."

앞으로의 유예는 약 5개월. 김세진은 계획에 참여한 일원들에게 한 달에 한 번 씩, 마나 문신을 새기기로 했다.

"아프…… 아픈 거 아닌가?"

"할 때는 안 아프니까 좀 가만히 좀 있어요."

"할 때는? 그럼 그 다음은?"

다른 사람은 모두 어렵지 않게 끝마쳤는데, 유백송만큼은 세진의 손길을 이리저리 피해 다녔다.

"놔, 놔라! 어흥! 어흐으응!"

"가만히 좀! 끝나면 엄청 맛있는 거 사줄 테니까!"

세진은 먹이를 미끼로 삼아 가까스로 그녀를 붙드는 데 성공했다. 그녀도 입을 꾹 다물고 문신을 받으려고 하는 듯했다.

그러나 문신 기구가 제 날을 번뜩인 순간. 그녀는 놀란 고양이가 솟구치듯 하늘 높이 도약하더니 별안간 큰 소리로 부르짖었다.

"아니! 생각해 보니 나는 그런 거 필요 없이도 강하다!"

"……"

김세진은 고개를 절레절레 젓고는 그녀의 얼굴에 새하얀 포션을 뿌렸다.

"아악! 뭐 하는 짓이……."

입에 들어간 액체를 퉤퉤 뱉어내며 소리치던 그녀는, 그러나 고작 3초 뒤에 흐물흐물 녹아내렸다.

이건 수면의 효과가 있는 포션의 효능이다. 물론 상대가 상대이니만큼 효과가 5분 정도로 짧겠지만 그 정도면 충분하다.

"후……."

김세진은 한숨을 내쉬며 문신작업을 재개했다.

움찔움찔.

문신을 새길 때마다 그녀의 자그마한 몸이 간헐적으로 떨렸다.

더 몬스터 지하의 회의실에는 단원들이 일신의 성장을 착실히 도모하고 있었다. 기사들은 마나 문신을 길들이는 훈련을 게을리 하지 않았으며 하젤린은 인공 심장을 다루는 데 차츰차츰 익숙해져 갔다.

"와. 그러면 완전한 신수화도 가능하신 겁니까?"

"흐흠. 그렇지. 비록 짧은 시간동안이지만, 백호의 현신은 그 어느 무엇도 두렵지 않다네. 신수계통 수인이 괜히 세계의 주목받는 게 아니야. 예전에는 나를 자기 나라로 서로 데려가겠다고 알력다툼까지 벌였을 정도라니까."

서로 간에 전력을 다했던 대련 이후의 휴식 시간.

주지혁이 유백송을 떠받들자 그녀는 팔짱을 낀 채 자부심 넘치는 콧김을 씩씩 내뿜었다.

저렇게 유세를 부리는 그녀는 어딘가 괜히 괴롭혀주고 싶은 구석이 있어 세진은 슬그머니 다가가 팔랑이는 꼬리를 강하게 움켜쥐었다.

"흐앗!"

하늘로 폴짝 솟구쳐 오른 유백송이 별안간 뒤쪽으로 발길질을 했다. 그러나 짧은 다리는 긴 팔의 김세진에게 닿지 않았을 따름이고…….

"놔, 놔라!"

그녀는 분기탱천하여 소리쳤으나, 세진이 손바닥으로 꼬리를 문지를 때마다 서서히 적의를 잃어갔다. 좋은 냄새가 나는 인간한테 꼬리가 만져진다는 건, 묘하게 기분 나쁘면서도 기분 좋은 감각이었다.

"놔, 놔…… 으아!"

결국에는 뭍으로 나온 물고기처럼 허우적거리며 눕는다. 김세진은 음흉한 미소를 지으며 자그마한 몸체에 비해 쓸데없이 기다린 꼬리를 앙 깨물었다. 그러자 다시금 격렬한 반응이 터져 나왔다.

"……아무리 생각해도 유백송 씨는 괴롭힘 받는 걸 즐기는 것 같은데요?"

유백송이 김세진이라는 마수에서 겨우 헤어 나왔을 때. 이혜린이 놀리는 투로 말했다.

"그건 무슨 개소리냐."

"아니, 뭐…… 저기 백송 씨. 혹시 S랑 M이라고 아세요?"

"……그건 또 뭐야."

"그냥 알파벳인데…… 아, 한번 골라보실래요? S랑 M중에 뭐가 제일 마음에 들어요?"

왠지 모를 의심스러운 태도에 유백송이 미간을 좁혔다. 하나 이혜린은 능글맞게 웃으며 선택을 종용할 뿐이었다.

"빨리요."

단원들의 호기심어린 시선이 집중되었다. 그래서 꼭 해야 되는 건가? 싶었던 유백송은 찬찬히 고민하다가 조심스레 입을 열었다.

"……M?"

동시에 많은 웃음이 터져 나왔다. 유백송은 의아한 얼굴로 고개를 갸우뚱했고 김세진은 웃음을 참고서 그녀의 옆에 섰다. 그러곤 그녀의 쬐끄마한 정수리를 툭툭 두드리며 엄숙하게 말한다.

"그만하세요. 애기 놀리는 게 그렇게 재밌습니까?"

"……누가 애기라는 거냐. 물어 죽이기 전에 적당히 해."

"……크흠."

그렇게 서로 재미있게 웃고 떠드는 와중에, 오른편의 '결계실' 문이 열렸다.

터벅터벅.

잔뜩 초췌해진 하젤린이 고개를 푹 숙인 채 힘없이 걸어나온다.

"하젤린 씨, 괜찮아요?"

그는 미리 준비해 둔 활력 회복 포션 겸 커피가 담긴 머그잔을 그녀에게 내밀었다.

"……한번만 안아 주면 괜찮아 질 것 같은데."

머그잔을 받은 그녀는 주위 눈치를 슬쩍 살피고는 속사포처럼 속삭였다.

"아, 그……."

하나 그녀의 마음을 아는 김세진은 마냥 농담으로 받아들일 수 없었다. 그에 하젤린이 먼저 웃으며 말해주었다.

"농담이에요, 농담."

하젤린은 머그잔을 홀짝이며 단원들이 모인 소파로 다가갔다. 보통 다크 엘프들은 사람을 꺼리는 편이지만 그녀는 그네들과 썩 잘 어울리는 것 같았다. 워낙 착하고 배려 깊은 사람들뿐이니 당연하겠지만.

"근데, 김유린 기사님은 지금 뭐하고 계신답니까? 벌써 두 달 가까이 지나지 않았나요?"

주지혁의 말이었다. 일순 머그잔을 쥔 하젤린의 손이 미세하게 경련했다.

"동해의 오두막에서 편히 쉬고 계셔요. 아무래도 평생 동안 쌓였던 피로가 이번 사건을 계기로 역류한 것 같아요. 대장님, 17살에 기사단 입단했으면서 지금까지 휴가 한 번도 안가졌거든요."

"……흐음."

김세진은 복잡한 얼굴로 머그잔에 커피를 내렸다. '오두막'이라는 단어가 괜히 신경 쓰였다.

"찾아가 보셨어요?"

"그럼요. 가서 엄청 놀랐죠. 갱년기가 온 거냐, 애완동물 못 키운 게 한이 되었느냐 아니면 영웅오크한테 차여서 이렇게 침울한 거냐……."

흠칫.

김세진이 몸을 살짝 떨었다. 마지막 게 상당히 찔리네.

"근데 뭐…… 그냥 씁쓸하게 웃으면서 아무 말도 안 하던데요. 부정도 안 하고, 긍정도 안 하고. 그냥 쉬고 싶을 뿐이라고 하면서 같이 밥 먹자고 밥상을 차려주더라고요."

김세진은 약간의 죄책감을 느꼈다.

'……설마 상사병은 아니겠지.'

"아, 그 얘긴 나중에 하고. 길드장님. 길드장님 특성은 언제 가르쳐 주실 거예요?"

그때 이혜린이 재빨리 화제를 돌렸다.

"예? 아…… 내 특성."

김세진은 아직까지 이들에게 자신의 '특성'을 밝히지 않았다. 그러니까 일단은 김선호와 하젤린 만이 알고 있다는 뜻.

하나 밝히더라도 레비아탄 폼 이외의 다른 건 말할 생각이 없다. 아니, 밝힐 수가 없다. 늑대 폼은 '라이칸'이고, 오크 폼은 김유린과의 관계가…….

"한두 달쯤 뒤에 알려드릴게요."

김세진은 그렇게 말하며 방긋 웃었다.

"예? 그게 뭐에요~ 우리는 다 밝혔는데~"

이혜린의 야유를 뒤로하고 김세진은 방금 하젤린이 들어갔던 결계실로 발걸음을 옮겼다.

"……와우."

과연 하젤린의 마법 훈련 성과인지 결계실에는 성한 구석이 없었다. 모두 긁히고 패이고 드러나고 박살 나는 등…….

"흠흠."

그는 우선 바닥에 패인 크레이터에 풀썩 주저앉았다.

그리고 손에 늑대의 손톱을 드러내고서 스킬창을 띄운다.

[체인 클로] [숙련등급: B+]

여기에 더해서 한 손에는 전격마법을 응집시킨다. 파지직—눈이 멀 듯한 순백의 전광이 터져 나왔다. 그런데 상태창은 이 중급 '마법'에도 적용되었다.

[라이트닝 볼트] [숙련등급: A]

이렇듯 상태창은 참으로 편리하여서 스킬이 아닌 마법도 기록되어 여러 방면으로 활용할 수 있게 도와준다.

예를 들어 스킬 조합이라든가, 마나 문신이라든가…….

그리고 지금 사용할 것은 '스킬 조합'이다.

꽤나 오래전에 몇 번 사용했는데 사용하면 사용할수록 그 '결과물'의 등급에 비례하여 쿨타임이 길어져서 많이 사용하지는 못했다.

이 스킬 조합의 사용법은 간단하다. 그저 '조합하고 싶다'는 의지를 마음에 품고 두 스킬을 맞댄다.

그러니까 지금처럼 타오르는 전격을 번뜩이는 손톱날과 합치면.

끼이이이이이익-!

무슨 칠판을 긁는 것 같은 불쾌한 전기의 소리, 뒤이어 펑! 커다란 폭발이 일었다.

[스킬 조합이 완료되었습니다.]

[결과물 : 라이트닝 체인클로]

-손톱 모양의 전격을 쏘아내거나, 손톱 자체에 전격의 속성이 깃듭니다. 숙련도에 따라 전격이 대기 중에 포함된 전자를 무한동력삼아 끊임 없이 퍼지게 할 수 있고, 상대방의 혈액과 감응하여 상대의 감전사를 도모할 수도 있습니다.

-등급 판정(중상)에 따른 재사용 대기시간은 [99일 23시간 59초]입

니다.

"오우."

그저 방배동 마법사의 No.24 마기서에 기록할 마법을 조합할 의도였는데, 예상보다 너무 좋다.

"뭐…… 대충 위력 낮춰서 발매하면 되겠지."

그러나 그는 대수롭지 않게 생각하고서 텅 빈 마기서 한 권을 꺼냈다.

펜을 쥐고 인체 구도를 쓱싹쓱싹 그려가며―고블린의 손재주 덕분에 아주 세세한 표현도 가능하다―마나의 효율적인 이동 경로와 마법을 편히 사용할 수 있는 팁까지 적는다.

참고로 이건 여태 방배동 마법사가 해왔던 수정작업이 아니라 마법의 '창조'다.

'전격'이라는 마법이 기초가 되긴 하였지만, 탄생한 마법은 전격 따위와는 격이 다른 위력을 발휘할 테니까.

"허허."

헌데 이렇게 쓰다 보니 자꾸 입가에 미소가 곁들어졌다. 승부욕도 슬그머니 끓어오른다.

만날 표절가, 수정가 이따위로 염병하며 깎아내리던 마탑 놈들이 이 마법을 두고는 어떻게 말할까. 아마 이번만큼은 그렇게 잘하던 정신 승리도 못하게 될 터.

'마법사는 말이 아니라 마법으로 말한다.'

시간은 참 유수와 같아 한 순간도 멈추지 않고 흘렀다.

푹푹 찌는 듯했던 한여름의 태양은 어느새 시들고 단풍이 물드는 가을이 찾아왔다.

그리고 서늘한 바람에 꽃잎이 쓸쓸하게 낙화하는 전경이 TV에 비춰지는 날.

방배동 마법사의 No.24 마기서 [연쇄번개손톱]이 발매되었다.

이는 여태 기존에 있었던 마법서들을 수정, 보완, 향상하여 내놓았던 것과는 달리 완전히 새로운 종류의 마기서였다. 다시금 블로그에 업로드 된 마법 시연장면과 흠을 잡으려야 잡을 수 없이 완벽한 마기서의 구성으로 마탑은 다시 한번 충격을 겪어야만 했다.

하나 이번은 양상이 조금 달랐다. 마법의 수정은 몰라도 '창조'만큼은 수위의 마법사들도 해내기 힘든 업적이기에 여러 마탑은 마기서에 오류가 있었을 것이라는 추측에 매달렸지만 먼저 마법서를 공급받은 '파름 마탑'의 탑주가 일주일 동안 연구한 끝에 마법을 문제없이 ─ 미약하게나마─구현해 내자 어쩔 수 없이 인정할 수밖에 없었다.

보통 '새로운 마법'은 1년에 5~6개 정도가 탄생된다. 물론 나라에 따라 다르지만 그래도 대개 두 자리 언저리에서 맴돈다. 한국에서만 5만이 넘는 마법사의 수를 생각해 보면 창조 야말로 마법사가 언제나 꿈꾸는 영광스러운 업적이라 할 수 있겠다.

한데 그 어려운걸 마탑 소속도 아니고 심지어 마법 아카데 미도 졸업하지 않았다는 '방배동 마법사'라는 우스꽝스러운 이름의 마법사가 해내 버렸으니.

마탑의 마법사들은 압도적일 만큼의 재능 차이에 이번에 야말로 좌절했다.

-방배동 마법사가 창조한 마법, [연쇄번개손톱]은 현재 마기서를 최초로 발주한 파름마탑이 심사를 진행 중이 고…… 문제없이 새로운 '마법'으로 판명이 날 것 같습니다.

1년 새에 23권의 마기서를 효과적으로 수정한 것은, 물론 새로운 마법까지 창조한 건…… 대단한 재능이라고 밖에 형 언할 수 없겠군요.

방배동 마법사에게 특히 적대적이었던 서울마탑-서울마 탑은 특히 출신 마법 아카데미와 혈통을 따진다-의 탑주, 엘 프 '로메인'이 직접 나서서 인터뷰를 했다.

김세진에게는 항복 선언이라고 들려질 법한 헌사였다.

그 항복 선언 이후, 방배동 마법사의 블로그에는 세계 여 러 유명 마탑의 간부들이 작성한 축하댓글과 마기서의 구매 를 간청하는 글로 가득 차게 되었다.

하나 그 뿌듯함을 오랫동안 만끽할 수는 없었다.

어느새 결전의 날이 성큼 다가왔으니.

"저기, 저거 맞지?"

그리고 이곳은 동해.

김세진은 꽤나 오래간만에 레비아탄 폼을 취하고 나들이를 나왔다.

"청룡…… 어?"

김세진의 언질을 받고서 미리 취재를 나온 기자들은 그러나 별안간 청룡의 비늘색이 변해 있자 어리둥절한 표정을 지었다.

참고로 이건 계획의 일부다. 바뀐 청룡의 모습을 보여주어 바토리의 호기심과 소장 욕구(?)를 더욱 부풀리게 하는 것.

"뭔가 많이 바뀌었는데?"

리포터와 기자들이 어리둥절한 얼굴로 중얼거렸다. 그러나 그들은 곧 프로 의식을 발휘하여 본업에 집중하였다.

김세진 또한 자태 뽐내기에 들어갔다. 자신을 찾아온 물고기를 보며 해맑게-최대한 귀엽게-웃어도 주고 파도를 살짝쿵 일으켜서 서핑도 하였으며 짐짓 근엄한 얼굴로 태양을 올려다보기도 했다.

카메라들은 그 보물 같은 한 컷도 놓치지 않고 모조리 담았다.

"오랜만에 모습을 드러낸 동해의 수호신은 모습이 많이 바뀌어 있었습니다. 비늘의 색깔이 명랑한 청색에서 은은하지만 고고한 은빛으로 바뀌었지요. 청룡이 한층 더 성장한 것인지 아니면 털갈이와 비슷한 비늘갈이를 하는 것인지는 모르지만 물고기와 어울리는 청룡은 더욱 믿음이 가는 모습이었습니다."

한 시간 정도 그러고 있다 보니 드디어 기자의 클로징 멘트가 들려왔다. 그제야 연기의 피로가 몰려왔다.

"됐다."

기자는 땀을 닦으며 일을 끝냈지만 카메라맨은 계속해서 청룡을 담았다.

그 탓에 김세진은 조금 더 연기를 해야 했다.

영상으로 보여 지는 청룡의 면모는 그야말로 풍부했다. 동해에 둥지를 튼 물고기들을 사랑하는 모습은 뭇 사람들의 입가에 절로 미소가 새겨지게 만들었고 혹시라도 괴수가 다시금 나타날까 바다의 아득한 수평선을 멀리 내다보던 수호신의 위엄은 감동적일 만큼 믿음직스러웠다.

또한 더욱 미려한 은색으로 변한 비늘은─호칭에 관한 문제는 좀 생기겠지만─여러 대중들에게 호기심과 탐구욕을 불러일으켰다.

"……아."

그리고 이곳은 최고급 호텔의 최상층.

로드에게서 권좌를 물려받을 유력한 후보, 여왕 바토리는

202 레벨업하는 몬스터6

영사기에서 흘러나오는 청룡을 멍하니 감상하고 있었다. 새로워진 청룡을 보고 있노라니 빌어먹을 아랫것들의 만류 때문에 오랫동안 참아야만 했던 여러 충동적인 감정들이 다시금 고개를 치켜들었다. 그것은 소유욕이었고 호기심과 동시에 설렘이었으며 도착적인 욕망이기도 했다.

─그릉, 그르릉.

자신이 수호하는 생명(물고기)들을 보며 환히 웃는 모습을 보라. 저 웃는 낯짝은 볼 때마다 타락시키고 싶다. 지금보다 보다 더 저열하게 난폭하게 흉악하게. 오직 나에게만 굴복하고 나 이외의 잡것들에게는 흉험한 이빨을 드러내는 그런 모습을 보고 싶단 말이다…….

"바토리 님……."

동동동동.

자신도 모르는 사이 발을 구르고 있던 바토리에게 사도가 걱정스러운 말을 건넸다.

"왜."

단 한 음절이었지만, 등골에 한기가 서늘하게 오를 정도로 위협적인 목소리였다. 사도는 감히 그녀와 눈을 마주하지 못하고, 바닥만을 내려다보며 말을 이었다.

"말했다시피…… 동해는 보는 눈이 많습니다."

여왕을 알현할 수 있는 최소의 신분에 속하는 '사도'들은 여태 바토리를 필사적으로 자제시켜왔다. 그녀는 하고 싶은 건 해야만 직성이 풀리는 고집스러운 성격의 소유자였지만 '고향으로 돌아간다.'는 원대한 계획을 핑계로 그나마 막을 수 있었다.

"나도 알다마다. 로드님과 대화도 나눈 마당에 내가 저런 거에 신경을 왜……."

—흥냐아아.

그렇게 말한 순간.

청룡이 하품과 동시에 기지개를 켜는 유니크한 장면이 나왔다. 바토리는 멍하니 그것을 바라보다 침을 꿀꺽 삼켰다.

"……저런 거에 신경을 내가 왜 쓰겠니."

말과는 달리 그녀의 눈은 한쪽 벽면에 영사되는 영상에 고정되어 있을 따름이다.

"그러면 다행이……."

"그렇게 가지고 싶으시다면 겨울에 도모하면 되지 않겠습니까?"

그런데.

갑자기 이름 모를 사도가 나섰다. 요 근래에 무력이 급상승하여 바토리 근위대에 이름을 올린 젊은 사도였다.

"네, 네이놈! 무슨……."

"음, 무슨 말이니?"

간신히 그녀를 막고 있던 늙은 사도가 질겁하며 속삭였으나 방금 그가 꺼낸 말은 이미 바토리의 흥미를 잔뜩 돋워 버

린 듯하다

"바토리 님! 아니되옵니다! 지금은……."

"너는 입 닥치고, 어서 말해보렴."

바토리는 가느다란 손가락으로 입술을 매만지며 젊은 사도를 바라보았다.

"바토리 님의 넓은 식견으로는 이미 알고 계셨겠지만……그래도 설명을 해드리자면, 우선 겨울은 춥고 먹이가 없습니다. 그래서 몬스터가 더욱 난폭해집니다. 당장 혹한기에는 바깥 외출도 자제하는 인간들인데 바다까지 나오겠습니까? 그러니 사람의 눈은 줄어듭니다."

그의 이름은 로스한델. 과거 김세진에게 사로잡혀 '탁기의 고리'에 얽매인 그는 김세진의 노예나 다름이 없었고 김세진이 비밀스레 전달한 정보를 착실히 읊었다.

"그리고 또 저는 예전부터 바토리 님의 생각이 오히려 저희 계획에 도움이 된다고 믿어왔습니다. 다른 사도님들은 그렇게 생각하지 않으시는 것 같지만 저런 어마어마한 신수를 세뇌할 수 있다면 실로 엄청난 전력이 되는 건 당연한 소리가 아니겠습니까? 그런 만큼 일정량의 손해는 충분히 감수할 수 있다고 봅니다."

"나이도 어린놈이…… 바토리 님, 믿어선 안 됩니다. 겨울에는 보는 눈이 줄어드는 게 사실이지만 세뇌가 가능하다는 보장은……!"

"저는 바토리 님이라면 믿어 의심치 않을 뿐입니다."

로스한델은 최선을 다해 아부를 하였으나 그를 보는 바토리의 얼굴에는 의심이 번져갔다.

여제로서 살아오면서 그녀는 수많은 간신을 만나왔다. 그렇기에 너무 일방적인 금칠이 간신의 미덕이란 것은 아주 자연스레 터득했다.

그 적막감에 얼굴이 굳은 로스한델은 그녀가 더 의심을 하기 전에 핸드폰의 액정을 허공에 투사했다.

"저는 여태 바토리 님을 위하여 '사방신 청룡 사이트'의 등급을 차근차근 쌓아왔습니다. 모임에도 참가하고, 엄청난 액수의 기부금도 냈지요. 그 결과 청룡의 활동 반경을 파악할 수 있었습니다."

확실히 그의 계정으로는 '사방신 청룡'의 VVIP급 정보 열람이 가능했다. 참고로 이 사이트는 등급 선정이 꽤나 까다로워, 몰래 가입한 바토리도 고작 GOLD등급에 불과하다.

"……으음."

그러자 바토리의 표정이 살짝 풀린다. 그것을 빠르게 감지한 로스한델은 재빨리 가장 최근의 내용을 읊어주었다.

"성장기의 청룡은 잠이 많아짐에 따라, 다음 산책 시기는 아마 12월 25일 '밤'이 될 것 같다…… 고 합니다. 최적이지요. 겨울 그리고 가족과 함께 지낼 크리스마스에 바다로 오는 사람은 없을 겁니다."

거기까지. 로스한델은 말을 끝냈다.

하나 감히 고개를 들어 올릴 깜냥은 없었다. 그녀가 어떤 표정을 짓고 있을까 혹시 당장에라도 자신의 피를 모조리 뽑아낼 준비를 하고 있지는 않을까……

"너, 꺼져."

로스한델의 심장이 철렁 내려앉았다. 당장 그녀의 눈앞에서 사라져야 하는데, 몸이 떨려서 그러지를 못했다.

이대로 죽는 건가 싶었지만, 그러나 다행히 그녀의 일갈은 그를 향한 게 아닌 듯하였다.

"바토리 님! 저희에게는 청룡 따위보다 더 원대한 계획이……."

늙은 사도의 절박한 외침이었다.

"어느 안전이라고 소리를 지르는 거니?"

로스한델은 깜짝 놀라 고개를 들어올렸다. 늙은 사도가 고개를 조아리며 사죄하는 모습이 보였다.

"……죄송합니다."

"네가 간신이 아닌 건 알아. 근데 이 일에는 얘가 더 쓸모 있을 것 같단 말이지. 어이, 아가야?"

"예, 예!"

바토리가 로스한델을 훑어보며 혀로 입술을 쓰윽 핥았다.

"앞으로 여기서 머물러."

"그, 그렇다면……."

"승진이네? 축하해. 물론 그 자리가 언제까지 갈 지는 모르겠지만 말이야."

그녀는 빙긋 웃으며 자신의 발바닥을 쭉 내밀었다. 창백하리만치 희고 고운 발에는 새빨간 선혈이 패디큐어처럼 칠해져 있었다.

이건 바토리가 즐기는 충성과 굴복의 서약이다. 로스한델은 아주 조심스럽게 그녀의 발가락을 핥았다.

겨울이 한 발자국 앞으로 다가온 11월, 단원들이 모인 회의실에는 묘한 긴장감이 맴돌았다.

ㅡ작전 날은 12월 25일, 성탄절입니다.

책상 위의 수정구에서 릴리아의 목소리가 흘러나왔다.

"좋네요. 사람들이 크리스마스에 바다로 나올 일도 없고…… 우리만 괴로우면 되죠 뭐. 일 년에 하루 있는 날인데."

이혜린이 짐짓 장난스럽게 투덜거렸다.

"근데 아직도 안 믿겨지는 게…… 단장님 진짜 청룡 아니, 레비아탄으로 변하는 게 특성이에요?"

김세진은 말없이 고개를 끄덕였다. 이혜린과 주지혁은 그를 빤히 쳐다보다가, 조심스레 물었다.

"혹시……."

"보여주시면 안 되나요오……?"

"안 됩니다."

물론 할 수는 있다. 그러나 하기가 싫다. 거의 장난감처럼 다뤄질 게 분명하니까.

그에 주지혁은 아쉽다는 듯 과자를 씹었고, 이혜린은 얼굴을 찡그리며 소파 등받이에 몸을 파묻었다.

그때 띠링.

문자가 왔다. 이혜린의 핸드폰이었다. 그녀는 주섬주섬 핸드폰을 꺼내 내용을 확인하더니, 별안간 한숨을 내쉬었다.

"저기, 이거 세정이한테는 끝까지 말하면 안 되는 거 맞는 거죠?"

"……방금 문자 세정이에요?"

"네, 저보고 길드장님이랑 같이 있냐고 묻는데요."

"모른다고 업무 중인 것 같다고 그러세요."

김세진은 그렇게 말하며 겉옷을 입기 시작했다. 이혜린은 오-입을 벌리며 의외라는 표정을 지었다.

"가시게요? 예상외로 가정적이시네~?"

"……예상외라니요."

"아니, 지금 상황은…… 누가 보더라도 불륜이거든요."

이혜린이 그의 허벅지를 가리켰다. 웬만한 돌베개 못지않게 튼튼한 그 허벅지 위에는, 유백송이 쎄근쎄근-잔잔한 코골이를 하며 편안히 잠든 채였다. 게다가 방금까지 세진의 오른손은 그녀의 귀와 머리를 왼손은 꼬리를 쓰다듬고 있었지 아마.

"……너무 귀여워서 어쩔 수 없잖아요. 그리고 지가 슬그머니 와서 기댄 거예요. 내가 종용한 게 아니라."

……살짝 유도하긴 했지만.

그는 변명 아닌 변명을 하며 유백송의 귀를 톡 건드렸다. 촉각에 예민한 귀는 쫑긋! 솟았다가 다시 앙증맞게 가라앉는다. 이어서 꼬리를 한번 쥐어보니,

"갸르릉……."

웬 고양이 소리를 낸다.

이혜린도 애정어린 눈길로 그런 유백송을 바라보았다.

"확실히 귀엽긴 한데……."

"게다가 인간 나이로 치면 15~16살이잖아요? 그냥 여동생 느낌이에요."

"뭐, 그렇긴 하겠지만…… 저도 만져 봐도 돼요?"

이혜린이 슬그머니 손을 뻗었으나, 탁! 세진의 손길은 냉담했다.

"하얀색에 때탑니다."

"……뭐요? 제 손은 더럽다는 길드장의 횡포입니까?"

"아뇨, 익숙한 손길 아니면 깨서 그래요."

으으응—때마침 유백송이 허벅지에 얼굴을 비비적거리며 잠꼬대를 피웠다. 김세진이 손을 바삐 움직여 코와 귀와 꼬

리를 비롯한 여러 부분을 만질만질해주니 다시금 깊은 잠에 빠진다.

"깰 뻔했잖아요."

"······참 애기 잘 키우시겠네요. 세정이는 좋겠다."

김세진이 유백송을 내려다보며 흐뭇하니 웃었다. 하나 유백송을 깨우지 않기 위한 김세진의 노력이 무색하게.

"아아아악!!"

결계를 뚫고 거대한 비명이 울려 퍼졌다. 그 즉시 잠에서 깬 유백송은 세진의 허벅지를 벗어나 하늘 위로 솟구쳤고 단원들은 모두 결계실로 달려가 문을 벌컥 열었다.

"하젤린 씨! 괜찮······."

"됐다! 됐어!"

하나 들려오는 소리는 비명이 아니라 환호였다. 모든 단원들은 벙 찐 채로 그녀를 바라보기만 했고 하젤린은 폴짝폴짝 뛰어오르며 소리쳤다.

"방금 제 목소리 새어 나갔죠?!"

"예······ 아. 인공 심장, 성공하셨어요?"

"네. 완벽하게 다뤘는걸요!"

하젤린이 꺅꺅 환호를 내지르며 성큼성큼 달려왔다. 그러고는 주지혁을 내팽개치고 유백송과 이혜린을 지나 가장 뒤에 서 있던 김세진의 품에 폭 안긴다.

"완벽, 완벽 그 자체! 어떻게 해야 할지 확실히 감 잡았어요!"

"……저, 하젤린 씨?"

"……이건 진짜 누가 봐도 빼도 박도 못 할 불륜이네~"

이혜린이 의문스러운 눈길로 둘을 쏘아보았다. 김세진은 슬그머니 하젤린을 떼어냈고, 그녀도 무안해하며 세 발자국 너 물러났다.

"큼, 아 미안해요. 너무 기뻐가지고……."

그러나 이미 늦었는지, 회의실 내부에는 기묘한 적막이 가라앉았다.

"저기. 나 밥 줘."

김세진의 소맷자락을 붙잡으며 배고파하는 유백송만 제외하고는.

12월을 하루 앞둔 11월 30일.

김세진은 동해의 해변가에 서서 제 손에 들린 레비아탄의 비늘을 바라보았다. 이걸 섭취하면 레비아탄의 성장률이 급증하고, 본신의 위력 또한 비교할 수 없을 정도로 배가될 터였다.

하나 그런 만큼 걱정도 컸다. 급성장한 압도적인 강함에, 이번에야말로 '자아'가 휩쓸리는 것이 아닐까.

릴리아는 그럴 걱정이 없을 것이라 말했다. 아니, 확신했다. 그 자신감의 근저가 무엇인지는 모르겠지만…… 그래도 지금은 믿고 먹어야 한다. 한층 더 성장한 레비아탄의 몸을 익숙하게 다룰 수 있도록 연습을 해둬야 하니까.

"후……."

두려움을 몰아내고 용기를 담아내는 심호흡.

김세진은 레비아탄 폼으로 변한 뒤, 비늘을 입속으로 털어넣었다.

─끄으으으…….

온몸의 뼈마디가 수축하고 늘려지는 듯한 고통과 동시에 수많은 알림창이 떠올랐다.

[성체 레비아탄의 비늘을 섭취합니다!]

[성장률이 25%로 급격히 상승합니다! 한계 '1단계 성장'에 부딪힙니다!]

[성체 레비아탄의 비늘의 도움으로 한계를 이겨냅니다! 성장률이 25%에서 33%로 상승합니다! 레비아탄의 등에 자그마한 날개가 돋아납니다!]

[스킬 '레비아탄의 이해'와 '마나 지체'가 한 단계 더 격상합니다!]

[해신(海神) 스킬이 해금됩니다]

…….

전신이 강제로 늘어나는 감각이었다. 온 사방에서 자신의 수족과 머리를 붙잡고 끌어당기는 고통. 과거 죄인의 사지와 머리를 말에 묶고 달리게 하여 사지를 찢어 죽였던 거열(車裂)형의 격통이 이러할까. 신음을 내지를 성대조차 막힌 기분이어서, 그저 가만히 눈을 꽉 감을 수밖에 없었다.

그러는 사이 레비아탄의 육체에 신묘한 변화가 생겨났다.

인간으로 치자면 유아가 청소년으로 성장하는 순간이었다.

꼬리는 더욱 미려하게 뻗어지고, 몸체는 길고 크게 불어났으며, 정수리에서 솟아난 뿔은 마치 보석처럼 청청한 아름다움을 빛냈다.

얼굴은 여전히 앳된 티가 났으나, 모난 곳 없이 깔끔하고 반듯하다. 어류와 파충류와 포유류, 그러니까 상어와 도마뱀과 늑대를 섞어 놓은 듯한 형상. 신화속 용(龍)의 모습을 어느 정도 닮은 모습이었다.

"……."

그러나 그런 일대사(一大事)적인 변화를, 정작 레비아탄 본인은 느낄 수 없었다. 그저 전신을 내달리는 고통의 급류에 휩쓸려 바다 위에 축 늘어졌을 뿐.

몸체만 장장 7미터에 달하는 드래곤을 닮은 괴수가 사체처럼 축 널브러져 있는 것은 꽤나, 아마 잇속이 밝은 사냥꾼이 본다면 로또라고 생각했을 법한 신묘한 광경이었다.

하나 다행히 어두운 남색하늘 아래 목격자는 존재치 않고, 레비아탄은 성장통을 씻어낼 온전한 시간을 가질 수 있었다.

새벽의 푸르스름이 바다를 적시는 이른 새벽, 격통에 혼절한 김세진은 꼬박 6시간 만에 눈을 떴다.

"부아! 푸으으……."

죽지 않고 살아남았다. 게다가 통증도 더 이상 없다. 안도한 그는 한숨을 크게 내쉬었다. 하나 그 한숨은 하늘을 뒤덮는 흉악한 해일이 되어 동해의 반대편으로 굽이쳤다.

"아."

단지 한숨이 일으켰다고 하기에 너무 흉험한, 20m는 가벼이 넘을 법한 해일이었다. 그는 낭패어린 얼굴로 '저걸 어떻게 막지' 생각했다.

그런데.

단지 생각만 했을 뿐임에도 힘차게 내달리던 해일에 거품이 부글부글 끓더니 귀여운 물방울로 해체되어 수면으로 가라앉았다.

"……?"

아무 짓도 안했는데?

김세진이 고개를 갸웃하자, 알림창이 대신 알려주었다.

['해신' 스킬의 숙련도가 상승합니다.]

[해신] [숙련도: 35%]

-단지 '의념'만으로 바다를 조종할 수 있다. 물론 마나소모를 동반하지

만. 바다 위 레비아탄에게 마나의 한계란 존재할까.

'오!'

세진은 그 이후로 여러 물장구를 한번 쳐봤다. 그가 몸을
움직일 때마다 해일, 폭풍우를 비롯한 여러 바다재해가 일
었다.

그렇게 난데없는 패악을 부리던 세진은 이내 인간형으로
조용히 변해 동해의 뭍으로 나왔다. 동시에 핸드폰이 띠링-
울렸다.

[경보! 오전 4시 53분, 지진해일이 감지되었습니다.]

"……자제해야겠네."
그는 피식 웃으며 집으로 발걸음을 옮겼다.

그 이후로 김세진은 급성장한 레비아탄의 힘에 적응하는
데 시간의 대부분을 할애했고, 단원들은 각자 무력을 갈고
닦으며 하루가 다르게 성장했다.

그렇게 하루 이틀, 사흘, 나흘…… 하루하루는 빠르게 흘
러갔다.

"크라켄 출동이요?"

"예, 이번에는 영국입니다."

계획 시행 15일 전, 모두가 한창 예민해져 있을 때.

조한성이 직접 김세진의 사무실을 찾아왔다. 영국 외교부에서 직접 크라켄 출동 부탁을 했기 때문이었다.

"거기는 또 왜요?"

"페나인 산맥 쪽에서 보스 등급 몬스터 망사사(亡邪蛇)가 똬리를 틀었다고 합니다. 지리 조건이 전투하기에 영 좋지 않지만, 그렇다고 그냥 놔두는 건 더욱 불안해서 전전긍긍하고 있던 찰나에 이탈리아의 사례를 떠올린 듯합니다."

"……흠."

평소와 같았다면 응낙했을지도 모르지만, 이번에는 고민된다. 크라켄은 바토리와의 결전에서도 사용해야 하니까.

"얼마랍니까?"

"그때와 똑같이 가장 핵심적인 전리품을 지불하겠답니다."

가장 핵심적인 전리품이라 하면, 아마 마나석과 핵심적인 사체(뱀이라면 아마 이빨)을 말하는 것이리라.

"흠…… 한성 씨, 의견은 어떠세요."

"저는 별다른 의견이 없습니다. 그들이 제안하는 보수는 회사에 도움이 되는 게 아니라 길드장님의 향응과 관련된 것이니까요."

"……."

김세진이 눈을 모로 좁히고서 그를 노려보았다. 언젠가부터 갑자기 회사가 최우선이 됐단 말이야…….

그 불만스러운 눈빛을 눈치챈 조한성이 급히 말을 이었다.

"크흠. 그러나, 저라면 하겠습니다. 크라켄이 닳는 것도 아닌데 수익을 창출할 기회를 놓치는 건 조금 그렇지 않습니까. 게다가 외무차관께서 직접 저희 길드를 방문하셨을 정도이니, 꽤나 절박한 것 같기도 하고요."

"그래요? 근데…… 며칠 정도면 된답니까?"

보내는 건 상관이 없다. 그러나 바토리와의 결전에서 사용해야 하니 적어도 25일 전에는 회수할 수 있어야 한다.

"왕복은 하루면 가능하니, 나흘이면 될 것 같다고 하시더군요."

"음…… 네 좋아요. 관련 날짜 알아서 저한테 말해주세요."

그렇게 말한 김세진은 조한성에게 응낙 서류를 넘기려고 했다.

"아, 저기 그게 사실…… 앞에서 기다리고 계셨습니다."

"……예?"

"들어와 주세요!"

조한성이 소리치자 정갈한 정장을 입은 색목인들이 우루루 쏟아져 들어왔다. 무려 15명, 넓은 사무실의 반절 이상을 메운다.

"만날 수 있게 해주셔서 감사합니다!"

차관으로 보이는 남자가 다소 서투른 한국어로 외치고선 허리를 90도로 숙였다. 뒤이어 그의 부하들도 따라 숙인다.

김세진은 엉거주춤 자리에서 일어나 그들을 자리에 앉혔다.

"예, 예. 앉으세요…… 갑자기 뭔 일인지는 모르겠지만."

"우선 무례를 불구하고 본론을 먼저 말씀드리겠습니다. 이건 보스 몬스터 망사사의 모든 정보입니다."

그들은 가져온 슈트케이스에서 여러 서류들을 차례대로 꺼냈다. 15명이 꺼내니 너른 회의 탁자가 순식간에 종이무덤으로 변했다. 그 탓에 김세진만 뜨악한 얼굴이 되었다.

"이 서류에는 저희가 보스 몬스터를 처단했을 시 제공할 보상이 적혀 있습니다. 또한 저희 정부에서는 단지 출동비로만 1,000만 파운드를 제공하겠다고 하였습니다. 이는 망사사를 처단하지 못하여도……."

차관의 말이 바쁘게 이어졌다. 김세진은 눈을 굴려 조한성을 찾았으나 그는 이미 사무실 밖으로 나간 후였고 결국 그는 혼자서 모든 관련 내용과 브리핑을 약 30여분 동안 들어야만 했다.

"……이와 같습니다. 김세진 길드장님, 부디 지원을 부탁드립니다."

"부탁드립니다."

"부탁드립니다."

모든 브리핑이 끝나고 모든 외교관들이 간절한 얼굴로 고개를 푹 숙였다. 15명이나 되는 외교관이 단체로 이러니 뭔가 기분이 미묘하다. 부끄러운데 흐뭇하고 부담스러운데 으쓱하다고나 할까.

"근데 영국은 인재가 많지 않나요? 그런데 왜……."

"저희 유나이티드 킹덤(United Kingdom)에는 현재 망사사와 '프레벤'이라는 보스 몬스터가 두 개체 있습니다. 저희는 일단 도심부, 옥스포드 근처에서 활발히 활동하는 프레벤을 집중하고 있습니다. 그런데 만약 망사사가 그 틈을 노려 둥지를 벗어나 아래로 남하하기라도 한다면……."

차관의 똘망똘망한 벽안은 부담스럽게 빛났다.

김세진은 짐짓 심각하게 고민하는 척 10여 분간 관자놀이를 짓누르고 있다가, 천천히 입을 열었다.

영국 런던에 위치한 보스몬스터 사태 특별관리팀.

전방의 거대한 화면은 보스 몬스터의 동태를 비추고 부채꼴로 늘어선 기다란 책상에는 셀 수 없을 만큼 많은 서류가 쌓여 있다.

이 관리팀에 모인 수많은 관료들은 모두 숨을 죽인 채, 한국으로 날아간 외교관들의 대답만을 기다리고 있었다.

─협상이 끝났습니다.

차관의 목소리에 순간 일대 소란이 일었다.

"……결과는 어떻게 됐나?"

영국의 외교부 장관 '레이든'이 조심스레 물었다. 그는 아직까지도 불안했다. 혹시 차관이 아니라 자신이 직접 가야 했던 것이 아닐까, 괜한 국격을 따지다가 일을 그르친 것이 아닐까…….

−하아…….

기나긴 탄식이 먼저 들려왔다. 실패의 징조인 것 같기에, 모든 관료들이 동시에 한숨을 내쉬었다.

하나 그건 차관의 짓궂은 장난일 뿐이었다. 그는 무척이나 상기된 목소리로 크게 외쳤다

−성공했습니다! Sir 김세진께서는 지금 당장 크라켄을 출발시키겠노라고 말씀해주셨습니다!

잠시 동안의 적막이 흘렀다. 그들은 아직 차관의 말을 이해하지 못한 듯했다.

"지, 진짠가?"

가장 먼저, 정신 차린 레이든 장관이 안경을 고쳐 쓰며 되물었다.

−물론입니다!

그 즉시 환호성이 울려 퍼지며 여러 서류들이 하늘로 솟구쳤다.

마치 할리우드 영화의 한 장면 같았고, 관료들은 그제야

재난영화의 클리셰처럼 자리 잡은 장면이 결코 과장이 아님을 이해했다.

  ─김세진의 '크라켄'이 다시 한번 큰 활약을 보였습니다. 이번에는 영국이었는데요. 크라켄은 아스모데우스와 싸웠을 때 보다 훨씬 강력한 위엄을 보였습니다. 김영호 기자가 취재했습니다.

  김세진은 간과한 사실이었지만 레비아탄도 성장한 만큼 크라켄도 성장을 했다. 그래서 크라켄은 망사사와 거의 1 : 1 로─런던 기사단의 로멜로 기사가 마지막 일격을 도운 것만 빼곤 완전히 1 : 1─싸워서 이겼다고.

  "쟤도 우리 계획에 포함되는 거 맞죠?"

  이혜린이 크라켄의 압도적인 무위를 감상하며 물었다.

  "근데 웬…… 오징어가 번개를 쏘는 거야? 되게 신기하네."

  물론 김세진이 '라이트닝 체인 클로'를 빨판에 문신으로 새겨주었기 때문이다.

  "네, 크라켄도 참가합니다."

  "사랑이, 사랑이도 참가하죠."

  하젤린이 정정했다.

  "네, 사랑이."

"······이름이 사랑이냐?"

유백송이 고개를 갸웃하며 되물었다.

그때 TV에서 다시금 소리가 들려왔다.

─······이 믿음직한 크라켄의 한국 이름은 '사랑이'로 더 몬스터의 길드장 김세진의 애완동물로 알려져 있습니다. 이 출동으로 한 시름을 덜은 영국 정부에서는 김세진에게 직접 감사 인사를 보내는 한편, 원활한 협상을 도운 한국 정부에게도······.

"봤죠? 이름이 사랑입니다. 근데 일단 TV는 끕시다."

김세진이 TV를 껐다. 이게 마지막 TV시청이었기에 모두 아쉬워하는 기색이었으나 어쩔 수 없다.

오늘은 12월 22일, 계획을 사흘 앞둔 지금은 초침의 움직임에도 예민하게 반응해야 한다.

─······할 일은 끝나셨나요?

릴리아의 수정구였다.

"예."

─그럼 우선 김세진 님을 제외한 모든 분들은 결계실로 모여주세요. 특수한 장치가 되어 있으니, 우리가 있는 쪽으로 오실 수 있을 겁니다.

"······세진 씨는요?"

하젤린이 의아해하며 물었다.

─김세진 님은 바토리를 유인하는 역할이십니다.

"너무 위험하지 않나요?"

―위험하지 않습니다. 우리보다도 위험하지 않습니다. 바토리의 목적은 어디까지나 '청룡의 생포'이니까요.

"……아. 맞네."

하젤린이 손뼉을 짝 치고는 몸을 일으켰다. 뒤이어 주지혁, 이혜린, 김선호, 수인 레젠이 그녀를 따랐다.

"……유백송 씨? 안 가세요?"

유백송만 제외하고.

그녀는 몸을 꼬물거리며 김세진의 옆에서 떨어지지 않았다.

"어서 안 오고 뭐하는 거니?"

하젤린이 약간 불편한 목소리로 그녀를 불렀다.

사실 놀랍게도 하젤린과 유백송은 동갑이었다.

"괜찮아요. 나중에 또 만날 수 있는데 왜 이러실까."

혹시 헤어지기 싫어서 이러나. 김세진은 그녀를 대견해하며 머리를 쓰다듬어주었다.

순간 하젤린의 눈에 불길이 솟았으나, 그걸 모르는 유백송은 고개를 살짝 젓고는 쑥스럽게 말했다.

"아니, 그게 아니라……."

"네? 말해요."

"……준다고 했잖아 너, 그……."

그러나 유백송은 차마 끝까지 말을 잇지 못하고 과부하에 걸려 버렸다. 도대체 뭘 말하려고 이러지?

시뻘게진 그녀의 얼굴을 바라보며, 김세진은 흐뭇하게 웃었다.

"저. 기. 요. 안 오고 뭐하냐니까?"

하젤린의 목소리에 가시가 돋쳤다. 유백송은 그에 떠밀려 결국은 말해 버렸다.

"너 냄새, 네가 없어도 맡을 수 있게 해준다면서…… 손수건 준다고 했잖아."

"……아."

세진은 그제야 납득했다. 분명히 몇 주 전 그런 말을 한 적이 있었다. 정작 자신이 찬밥신세 될까 만들어 놓고 안 줬지만.

"당연히 준비해 왔죠."

그는 떨떠름해하며 뒷주머니에서 손수건을 꺼냈다. 마나 문신을 통해 만들어낸, 늑대의 체취가 진하게 배어나오는 손수건이다.

"……고마워!"

유백송은 그걸 휙 낚아채고는 김세진의 곁에서 재빨리 벗어나, 발을 동동 구르는 하젤린에게로 쏜살같이 달려갔다.

약간 허탈했다.

역시 그녀에게 김세진이라는 본체는 그저 부수적인 부분일 뿐이다. 오직 냄새만이 실체일 뿐……

"그건 뭐니?"

"김세진 냄새가 나."

"……줘봐."

김세진은 그들의 대화소리를 들으며 피식 웃었다.

"싫다."

"왜. 친구끼리는 나눠야 하는 거라고 하잖니. 나한테도 한 번 줘보렴."

"꺼져."

"……뭐라고? 너, 너 방금 뭐라고 말했니?"

그러나 얼마 지나지 않아, 결계실의 문이 쾅-닫히고 말았다.

남은 것은 적막뿐.

사람 냄새가 가득했던 소파에 홀로 앉은 김세진은 왠지 모를 쓸쓸함을 느끼며 자리에서 일어났다.

**40장
기묘한 일**

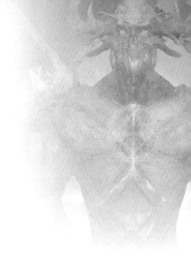

집으로 돌아오니 세정이가 기다리고 있었다.

얼굴에 불만이 가득 번져 있긴 하지만, 다행이다. 기사단에 있는 줄 알았는데.

"오빠, 요즘 무슨 일 하는 거야?"

팔짱을 끼고 있던 그녀는 나를 보자마자 퉁명스레 쏘아붙였다. 나는 그저 웃으며 대답했다.

"여러 가지. 근데 오늘로 끝났으니까. 이제 계속 같이 있을 수 있어."

"……그래?"

그녀의 화가 살짝은 풀린 듯했다. 안도의 한숨이 저절로 나온다. 하나 그 선부른 안도가 그녀의 심기를 거슬러 버렸다.

"아직 화 풀린 거 아니거든. 오빠 요즘 한 달간 외박만 몇 번인 줄 알아?"

"……미안해."

사과를 읊조리며 세정이를 꼭 안는다. 그녀는 "이런 걸로 넘어가려고 하지 마!"라고 소리치며 발버둥을 쳤지만, 포옹을 풀지는 않았다. 그렇게 3분 정도 지나니 그녀도 잠잠해졌다.

"……오빠."

"응?"

귓가를 간질이는 세정이의 목소리에는 불안이 짙게 배어 나왔다. 역시 여자의 직감이란 것일까. 나는 최대한 평온하게 대답했지만, 그녀는 여전히 두려워하며 떨리는 목소리로 말을 이었다.

"바람피는 거 아니지?"

"……"

그래, 빗나갈 때도 있으니까 직감인 법이지. 내가 약간은 허탈한 얼굴로 바라보자, 그녀는 더욱 불안해하며 말을 이었다.

"만약 바람 피는 거라면…… 걸리지만 마."

얘는 또 뭔 소리를 하는 거냐. 나는 한숨을 내쉬고서 그녀의 이마에 꿀밤을 박아 넣었다.

"으앗!"

앙증맞은 비명이 울려 퍼진다.

"그게, 나 좋아하는 여자는 되게 많거든?"

짐짓 허세를 부리며 그녀를 내 가슴팍에 안았다.

"……자랑이시네요 증말."

볼멘소리가 흘러나온다.

"……"

"뭐야. 말 안 해? 오빠 좋아하는 여자 되게 많은데 그리고 뭐."

"그냥. 내가 좋아하는 건 너밖에 없다고."

같은 공간에서 오랜 시간 동안 함께 지내왔다. 그만큼 무척 익숙해져서 인생에서 없어지면 안 될 것 같은 사람, 그게 세정이다.

물론 거창한 설렘이 동반하는 격정적인 사랑은 아니다. 하나 나에겐 그런 불길 같은 감정보다, 잔잔한 노랫말처럼 마음을 편안하게 해주는 그녀가 더욱 소중하다.

"……뭐야. 그게 다야?"

유세정이 짐짓 눈을 흘기며 내 양 볼을 움켜쥐었다.

"겨론하자."

그 탓에 조금 발음이 새긴 했지만 문득 하고 싶었던 말은 충분히 전달할 수 있었다.

그러자 그녀는 순간 내 볼을 붙잡은 손을 내려놓더니, 멍한 얼굴로 나를 바라보았다.

"지금도 아니고 올해도 아니고 내년도 아니지만 언젠가는. 마음 편안히 결혼식을 올릴 수 있을……."

짜악!

한쪽 뺨에서 강렬한 통증이 화르륵 타올랐다.

"악! 뭐야, 왜!"

"그, 그런 소리를 지금 이런 상황에서 하면 어떻게 해! 이 바보야!"

그녀는 울먹이면서까지 말을 이었다.

"아, 이런 프러포즈가 어딨어, 진짜……."

"어? 아. 아 이거 프러포즈 아니야. 그러니까 프러포즈, 프러포즈지. 곧 있으면 프러포즈를 하겠다는 프러포즈……."

"시끄러! 비켜!"

세정이는 나를 밀어내고는 쿵쾅쿵쾅 부엌으로 걸어갔다. 화가 많이 난 건가 싶었지만, 다행히 부엌에서 들려오는 말을 보면 그건 아닌 듯했다.

"오빠, 배 안고파? 케이크 있는데 먹을래?"

12월 25일, 성탄절의 늦은 밤.

김세진은 유세정과의 짧은 만남을 마치자마자 동해로 나왔다. 그러곤 레비아탄으로 변해, 목 윗부분만을 빼꼼히 내뺀 채 동해를 유영한다. 갑자기 3배 가까이 거대해진 크기에 바토리가 흥미를 잃거나 도망가지 않게 하기 위해서였다.

스산한 바람이 스치고, 잔잔한 물결 소리마저도 불길하게 느껴지지만 걱정할 것 없다. 이곳은 바다. 그 어느 무엇도 두려워하지 않아도 된다.

그렇게 그가 물길을 가르던 어느 순간이었다.

뇌리에 서늘한 인기척이 스쳤다.

굳이 육안으로 확인하지 않아도 누군지는 알 수 있다. 하나 세진은 내색 않고 헤엄만을 계속했다. 릴리아가 설치한 결계가 있는 곳으로.

뒤따라오는 움직임이 희미하게 느껴진다. 김세진은 천천히 바다를 유영하며, 놈을 잡을 덫으로 스물스물 움직였다.

결계가 설치된 위치는 세 개의 돌섬을 꼭짓점 삼아 만들어 내는 삼각형의 안. 김세진은 바토리가 따라오길 고대하며, 돌섬 너머로 신중하게 움직였다.

그리고 때마침 그가 결계의 중심부에 다다랐을 때.

허공에 적색 돌풍이 일었다.

돌풍은 점차 그 크기를 불려 나가며 물길을 휘젓다가, 일순 멈췄다.

적색 바람이 흩어지고 물길이 잔잔해진다. 그렇게 시야를 가렸던 바람이 멈추자 환한 미소를 짓는 고혹적인 미녀가 그 우아한 자태를 드러냈다.

바토리였다.

"안녕?"

청룡에게 인사를 건네는 바토리 뒤에는 이쪽을 바라보며 흐뭇해하는 로스한델의 모습이 보였다. 김세진은 마찬가지로 미소를 지어주었다.

"어머어머. 쟤 웃은 거니 지금?"

바토리는 청룡의 입가에 새겨진 호선을 가리키며 호들갑을 떨었다.

"네, 그런 것 같습니다."

"맞지? 나 좋아하는 것 같은데?"

로스한델이 열정적으로 동의했다. 하나 그녀의 마음 편한 즐거움은 오래가지 못했다.

순간. 심해의 저변에서부터 마나가 부글거리더니, 물길과 함께 하늘로 치솟아 세 사람을 감쌌다. 돔 형체의 결계였다.

"으음……? 아가야. 이게 뭐지?"

"저도 모르겠습니다. 청룡의 능력이라고 밖에는…….."

"그래? 근데 너는 왜 그쪽에 가 있는 걸까?"

바토리는 애써 미소를 유지한 채 로스한델을 응시했다. 그는 이미 청룡의 뒤에 꼭꼭 숨어 있었다.

파바밧!

이윽고 결계에 내재되어 있던 여러 이동진이 발동하면서 많은 인원이 전송되었다. 검은 로브를 뒤집어 쓴 마법사들은 이미 고위마법을 격발하기 위한 영창을 외워둔 채였다.

살짝 당황했던 바토리는 그러나 이내 방긋 웃으며 말했다.

"노스페라투…… 역시 너희들이었구나. 그럴 줄 알았어. 잡종들이 순혈과 어울릴 수 있을 리가 없지."

바토리는 조소를 나부끼며 전신에 마나를 끌어올렸다.

아니, 끌어올리려 했다.

그러나 마나가 움직이지 않았다. 마치 혈관이 꽉 막힌 것처럼.

일순 다급해진 그녀는 이 기묘한 술식을 부리는 대상을 찾아 헤맸다. 하나 모두 똑같이 검은 로브를 뒤집어쓰고 있어 분간이 불가능했다.

"이 빌어먹을 놈들이……!"

분노한 바토리는 부지불식간에 발을 굴러 돌격했다. 마나 따위는 필요 없다. 오직 바토리로서 지닌 육체, 그 탁월한 강골만으로도 저 잡종 연놈들을 쓸어버릴 수 있을 터이니…….

채앵!

그러나 어디선가 나타난 우람한 대검이 그녀의 앞길을 가로막았다. 주지혁이었다. 그는 바토리를 약 2초간 막아내는 성과를 세웠지만,

"꺼져!"

진노한 그녀의 격공을 막아낼 수는 없었다.

쾅! 대검이 힘없이 밀려나가고 주지혁은 결계의 구석에 처박혔다.

하나 기사는 주지혁이 끝이 아니었다. 튕겨나간 주지혁의

머리 위에서 뱀처럼 휘는 날카로운 검격이 흘러나와 바토리
의 머리카락을 살짝 베어낸다.

샤륵.

적색의 머리카락이 결계바닥으로 가라앉는다.

무의식적으로 뒷걸음질을 친 바토리는 얇게 베인 자신의
머리카락을 확인하고는 분기탱천하여 소리쳤다.

"……Kobac Grohack!"

정체불명의 언어를 뇌까리며, 그녀가 이혜린에게 쇄도하
려던 그 순간이었다.

수많은 마법이 바토리에게로 쏘아졌다.

암적색의 섬광, 패기가 응집된 구체, 원한서린 저주까지.
극렬하게 치닫는 마법의 해일에 바토리는 일순 동작을 멈출
수밖에 없었다.

쏴아아아!

마법의 위력은 결계에 흠집이 새겨질 정도로 대단했고 일
렁이는 폭발은 모인 이들의 귓전에 피가 날 만큼 거대했다.

하나 아직 필살기라 형언하기 부족함이 없는 공격이 하나
더 남아 있었으니.

지금 청룡의 입가에 모이는 '기공포'가 바로 그것이다.

레비아탄의 비늘을 섭취함으로써 알아낸 필살기. 체내의
마나는 물론 바다의 마나까지 모조리 끌어올려 발사함으로
써, 궤적에 놓인 모든 대상을 말살하는 필멸(必滅)의 기술.

대상이 무엇이든, 기공포에 닿는 만물은 흔적도 남지 않고 사라진다. 형체의 유무, 성질의 차이, 속성의 구분도 없다.

심지어 '빛'마저도 소멸되어 기공포가 지나간 경로에는 세계마저도 새까맣게 물들고 만다.

그러니 아무리 바토리라도 레비아탄의 기공포를 버텨낼 수는 없으리라.

"……!"

그때 별안간 검은 로브를 뒤집어 쓴 마법사 중 한 명이 쓰러졌다.

동시에 마법사들의 마법폭격이 집중되었던 지점에서 마나가 용솟음쳤다.

바토리, 그녀는 시뻘건 마나를 사방으로 내뿜으며 녹아내린 피부와 토막 난 신체를 복구하고 있었다.

"저지를!"

누군가가 소리치자 이혜린과 유백송, 레젠이 동시에 나섰다. 하나 이혜린의 마나는 바토리에 닿는 순간 힘없이 바스러졌고 그녀의 가슴으로 새빨간 채찍이 향했다. 채찍에 직격 당한 이혜린은 피를 토하며 쓰러졌다.

"크아아아ー!"

유백송이 신수화를 취하고서 달려들었다. 백호가 거대한 앞발을 휘둘렀으나 바토리는 한 손으로 막아내고서 백호의 옆구리에 섬전을 쏘아냈다.

바로 그 순간 백호의 가랑이 사이로 레젠이 튀어나와 바토리의 심장에 검을 박아 넣었다.

"읏!"

바토리는 재빨리 마나를 재조정하여 레젠의 두 팔을 베어 냈지만 콰아앙! 동시에 백호의 앞발이 그녀의 머리통을 후려쳤다.

"……아프잖니."

하나 바토리는 죽지 않았다. 오히려 여유로운 미소를 지으며 백호의 거대한 목을 움켜쥘 뿐.

그으으으.

백호는 괴로워하며 연신 바토리의 대가리를 가격했다. 그러나 바토리는 아무런 반응도 없이 더욱 강하게 백호의 목을 옥죄었다

"내 마나는 불멸이란다, 아가야."

그때였다.

"비키세요!"

총 20초..

전장에서는 지독하리만치 길었던 시간이 지나 기공포의 충전이 완료되고 릴리아가 크게 외쳤다. 유백송은 재빨리 신수화를 해제하고 뒤로 크게 물러났다.

그리고 백색의 굵다란 섬광이 바토리를 집어삼켰다.

이후. 결계 안의 소리가 절멸된 듯한 착각이 일었다.

숨 쉬는 소리도, 침을 삼키는 소리도 존재치 않았다.

다만 멍하니 기공포가 휩쓴 공간을 바라볼 뿐. 마치 세계가 까맣게 그을린다면 이러할까. 결계 안의 모두가 공간에 새겨진 부자연스러운 흑색면을 감상하던 와중 다급한 외침이 찢어지듯 울렸다.

"잠깐! 손가락!"

릴리아가 바닥에 나뒹군 손가락에 마법 창살을 쏘아냈다.

그러나 이미 늦어버리고 말았다.

바토리의 손가락 한 마디는 마나를 거칠게 뿜어내며 적들의 공격을 막고 순식간에 재생을 거듭하더니.

"……이상한 마법 하나에 네 번이나 죽었네."

다시금 원래의 바토리로 복구되었다. 바토리는 관절을 풀며 그들을 스윽 훑었다.

"너네, 용용이랑 돈독한 관계인가 봐?"

바토리가 그네들을 둘러보며 말했다.

오늘 겪은 죽음은 총 다섯 번. 이곳에 있는 잡종들을 모조리 찢어죽이고 싶지만 이제 한 번만 죽으면 끝. 결계도 부숴버려야 함을 생각하면 안타깝게도 더 이상의 위험을 감당할 여력이 없다.

게다가…… 저 용용이는 지금 바다에서 마나를 끌어올리고 있다. 조금이라도 더 지체하면 방금의 무지막지한 공격이 한 번 더 쇄도할지도 모른다.

"근데 뭐…… 상관없어. 난 남의 걸 뺏는 게 더 좋거든."

바토리는 복구가 덜 되어서 너덜너덜한 옆구리를 움켜쥔 채, 결계에 화력집약형 단발 마탄을 쏘아냈다. 결계를 유지하는 술사들의 마나가 쇠잔해진 지금 야구공만 한 마탄은 결계를 쉽게 뚫어내었다.

마법사들의 낯빛이 절망으로 물든다.

하나 바토리도 이 이상 지체할 시간이 없었다. 그녀는 그 즉시 레비아탄에게 쇄도하여 놈의 목덜미를 움켜쥐었다.

그러고는…….

뿅!

사라졌다.

영창과 마법진이 모두 필요 없는 술식, 마법보다는 마도라는 말이 어울리는 '순간전이'였다.

"……어?"

모두의 생각이 잠깐 동안 끊겼다.

방금 무슨 일이 벌어졌는지 이해도 쉽지 않았다.

결계가 쩌저적 갈라지고 나서도 그들은 한참 동안 아무 말도 할 수 없었다.

순식간에 공각이 전이되는 감각은 예상보다 훨씬 불편하고 불쾌했다. 전신이 우그러진 뒤에 다시 재조립되는 흉측한 느낌 뒤에 김세진은 비틀거리며 눈을 떴다.

새까만 공간 속 바토리가 바닥에 엎드려 피를 토하는 광경이 보였다.

문득 든 생각은 '이게 기회가 아닐까' 하는 것이었다.

하나 기공포는 체내와 체외의 마나까지 깡그리 끌어 모아 뿜어내는 필살기. 아쉽게도 지금은 남은 마나가 별로 없다.

"구웨에에엑!"

바토리는 기괴한 소리를 내뿜으며 피를 토했다. 하나 김세진은 저 행위가 자신의 죽은피를 쏟아내고, 신선한 혈액을 체내에 공급하는 회복의 과정이란 걸 이미 알고 있었다. 아마도 레비아탄의 비늘을 섭취하면서 얻은 여러 가지 지식 중 하나일 것이었다.

왜 뱀파이어의 지식이 비늘 속에 들어 있었는지는 모를 노릇이지만.

어쨌든, 그는 저 고통이 분노로 치환될 멀지 않은 미래가 두려웠다.

바토리는 가학을 즐긴다고 하니 필사적으로 뇌를 가동시켜야만 한다.

그러다 김세진의 머릿속에 돌연 '탁기의 고리'가 떠올랐다. 거듭 진화하여 여러 부가적인 기능들이 덧붙여져 무척 쓸모가 있어진 스킬이다.

그 부가적인 기능들 중 김세진의 머릿속에 번뜩인 문장은 다음과 같았다.

[탁기(濁氣)의 고리]

-공포와 두려움을 비롯한 '감정'뿐만 아니라, 고통과 쾌락 같은 '감각'에도 고리를 연결할 수 있습니다.

-그러나 '감각'을 매개로 고리를 연결할 경우에는 느끼는 감각을 공유할 뿐, 그 이상의 기능은 발현되지 않습니다.

물론 바토리 같은 거물에게 공포나 두려움을 야기시키는 굴복의 고리를 이을 순 없다. 하나 이 '감각'의 고리는 가능할 터. 게다가 지금 그녀는 그 어느 때보다 또렷한 고통을 느끼고 있다.

하지만 탁기의 고리는—아무리 레비아탄이 강하다 하더라도—라이칸슬로프인 상태로 사용해야 효율이 높아지는 스킬. 그래도 그는 일단 레비아탄 폼을 유지한 채 바토리에게 슬그머니 다가갔다.

"허튼 짓은 하지 마렴. 너는 나를 죽이지 못한단다. 여긴 바다가 아니…… 우웨에에엑!"

서늘한 음성 뒤 게걸스러운 구역질, 김세진은 조심스레 늑대의 동공을 발현했다. 토악질을 하는 그녀의 등허리 위로 고통의 그림자가 보였다. 하나 레비아탄인 상태로는 그 기운을 끌어모아 자신과 결부시킬 수 없었다.

눈 딱 감고. 한번만 성공하면 된다.

보통 가학적인 성향의 존재들은 피학에 적응하지 못하는

법이니까…….

레비아탄의 몸이 슬그머니 축소되기 시작했다.

용의 얼굴은 인간의 머리통이 되고, 몸체는 축소되어 수족이 달린 형체로 바뀐다. 웬만한 남자 머리통 5개는 얹어놓을 수 있을 것 같이 떡 벌어진 어깨와, 죽 뻗은 근육질의 팔. 그리고 그 모든 탄탄한 육체를 따뜻하고 견고하게 가리는 은빛의 털까지.

그는 라이칸슬로프가 되었다.

야수의 눈으로 보니 그녀의 위에서 아른거리는 고리가 더욱 선명하게 보였다.

지금 만질 수 있는 것은 고통 뿐. 김세진은 손가락을 뻗어 고통의 고리를 끌어당겼다. 고리는 손가락 주위를 빙빙 돌았다. 김세진은 그것을 신중하게 관찰하다가, 순간. 꽉! 움켜쥐고 아가리 속으로 삼켰다.

그때 바토리의 눈길이 이쪽으로 향하고, 동시에 여러 알림창이 떠올랐다.

[압도적인 존재와 고리가 연결됩니다!]

[조건 완료: 창천을 집어삼키다(1/2)]

[라이칸 슬로프의 전체적인 능력이 크게 강화합니다!]

[라이칸 슬로프의 고유스킬 '울프 센스'를 습득합니다!]

[앞으로 조건 하나를 완료하면 최종진화를 하게 됩니다.]

뼈와 근육이 우그러지며, 라이칸 슬로프의 몸체가 비약적으로 성장하기 시작했다. 불온한 인기척에 뒤돌아선 바토리는 그 모습을 보고는 소스라치게 놀랐다.

"악! 뭐야, 이 징그러운 새끼는!"

그녀가 손을 거칠게 휘둘렀다. 김세진은 두 팔을 들어서 가까스로 막아냈으나, 이건 전혀 상상치도 못한 충격이었다. 팔의 뼈가 먼지처럼 으스러졌고 충격파는 체내를 강타하여 몇몇 장기를 폭발시켰다.

인간이었다면 그 즉시 사망했을 무지막지한 일격.

그러나 이 고통은 그녀와도 공유된다. 객관적인 고통이 공유되는 것이 아니다. 자신이 느끼는 주관적인 고통을, 그녀도 똑같이 느끼게 된다.

그러니 그녀가 하이톤의 비명을 내지르는 것도 어쩌면 당연한 일이었는지도 모른다.

"꺄아아아악!"

바토리가 비명을 내지르며 쓰러졌다. 이제부터는 회복력과 인내력 싸움이다. 누가 더 빠르게 회복하여, 다음 고통을 견뎌낼 수 있는가.

하나 김세진은 자신이 있었다. 본래 전설 속 라이칸슬로프의 생명력과 회복력은 타의 추종을 불허하여서, 무려 '불로불멸의 종족'이라고 까지 불리기도 하였으니. 한데 거기에 더해, 지금은 몸속에 스며들어 있는 회복 포션은 무려 100여개가 넘는다.

과하다 싶을 정도로 든든하게 준비해왔는데, 역시 과유불급은 개소리다. 다다익선이 최고.

"Kobhack!"

어느새 몸을 회복한 그녀는 욕설 비스무리한 소리를 뇌까리며 김세진에게 손을 내뻗었다.

그렇게, 일방적인 구타와 쌍방적인 고통의 연쇄가 시작되었다.

회의실은 자못 무거운 분위기에 휩싸였다. 모두 심각한 얼굴로, 아무 말도 하지 않았다. 확실히 계획은 실패했다. 물론, 몰살보다는 훨씬 나은 결말일 것이었다.

그러나 그 누구도 감히 그런 말을 꺼내지는 않았다. 납치당한 인물은 그들에게 그만큼 중요한 사람이었다.

째깍- 째깍-

초침소리가 유별나게 들릴 만큼 짙은 적막은, 그러나 어디선가 울린 핸드폰의 알림으로 깨어졌다.

김선호가 주섬주섬 핸드폰을 꺼내 들더니, 액정을 확인하고는 한숨을 푹 내쉬었다.

"……유세정 씹니다. 어떻게 할까요."

동시 다발적으로 한숨이 터져 나왔다.

그렇게 모두 어떤 답장을 보내야 할까 고민하던 찰나에,
유백송이 근엄한 얼굴로 나섰다.

"세정이한테는 사실을 최대한 숨긴다."

"……숨기고 나서는, 어떻게 할 건데?"

하젤린이 떨리는 목소리로 물었다. 얼마나 울었는지, 그녀
의 눈은 탱탱 부어 있었다.

"어차피 김세진이 레비아탄으로 있는 이상 목숨은 붙어 있
을 거 아니야. 구해오면 되지."

"우리들만으로?"

"다른 사람이랑 같이."

"아니, 그러니까……."

뭔가 반박을 하려던 하젤린이었지만 결국 감정의 북받침
을 참지 못하고 다시금 책상에 얼굴을 파묻었다. 그녀의 낮
은 흐느낌 소리가 회의장을 적셨다.

"……울지 마. 바보야. 청룡이 납치당했다는 소식이면 충
분해. 한국인들은 청룡을 엄청 좋아하잖아. 뱀파이어가 청룡
을 납치했다고 하면 모두 다 도와줄 거야. 암. 그렇고말고."

유백송은 그렇게 말하며 하젤린의 머리를 보드랍게 쓰다
듬었다. 웬 중학생이 다 큰 성인을 위로하는 듯한 광경이었
으나, 그 누구도 웃지 않았다.

"어때. 릴리아, 내 계획은?"

―모든 고위기사가 자발적으로 나서준다면 가능성이 없진 않겠지만 현재 상황에서 그들이 다 모일 가능성은 희박합니다.

현재 바깥에는 보스몬스터가 여전히 난리를 피우고 있다. 출현 빈도도 잦아져서, 요즈음은 거의 2주에 한 번 꼴로 튀어나온다. 그 탓에 아직 대치중인 전선도 많다.

한데 그런 상황에서 고위기사들을 모두 빼온다? 벼룩 잡으려고 초가삼간을 다 태워 버리는 격이다.

―게다가 바토리가 아직 호텔에 도착하지 않았다는 것으로 보아 그녀가 어디에 똬리를 틀었는지도 모릅니다.

"……."

다시금 침묵이 가라앉았다. 그들은 모두 필사적으로 방법을 궁리해 보았지만 딱히 뾰족한 수가 없었다.

그 적막 속에 흐르는 것이라곤 하젤린이 흘리는 걷잡을 수 없는 슬픔뿐이었다.

어두컴컴한 내부.

이곳이 결계인지 아니면 바토리가 머무는 호텔의 상층부인지는 모르겠다. 그러나 둘 중 어느 무엇이든지 상관이 없었다. 사방에 낭자한 선혈 때문에 한 치 앞조차도 볼 수 없을 지경이 되어버렸으니까.

"Gaom croshack!"

어디선가 기묘한 말소리가 들려왔다. 고개를 살짝 돌려보니, 나와 마찬가지로 바닥에 드러누운 바토리가 피에 젖은 눈으로 이쪽을 노려보고 있었다. 미친 듯한 살기였다.

"한국어로 해. 못 알아들으니까."

태연하게 웃으며 말했다. 우연히 조건을 완료하면서 한층 더 강화된 고리에서 벗어나는 방법은, 고리의 주인인 내가 직접 끊어주는 것뿐. 여기서 몇 대 더 맞더라도 변하는 건 없다.

"용용이는…… 이 더러운 개새끼, 감히 나를 속여?"

"뭘 속였다는 거지?"

바토리는 치를 떨었다. 그러나 그 이상은 하지 않았다. 아마 그녀도 지친 거겠지.

"……상관없어. 어차피 내 몸 상태가 회복되면 너는 죽어."

바토리가 짐짓 여유로운 미소를 지으며 말했다.

"풋. 내가 그렇게 놔둘까 봐?"

나는 씨익 웃고선 그녀의 얼굴에 손톱을 쏘아냈다.

조건완료를 한 덕에 더욱 강대해진 손톱이다. 강도로 치면 지구최강의 금속 미스릴 이상, 그러니 적어도 쇠잔해진 바토리에게 상처를 입힐 수는 있을 터―

촤악!

흉악한 손톱 네 줄기가 사선으로 그어진다.

"꺄아아악!"

그녀는 갑작스러운 공격에 비명을 내지르며 발버둥쳤다. 그러나 나는 그저 평온할 따름이다. 아닌 게 아니라, 이 탁기의 고리는 다소 주인 편의적으로 적용되는 점이 있으니까.

비유하자면 니껀 내꺼, 내껀 내꺼. 이런 식이다.

그러니 바토리를 계속해서 괴롭혀야 한다. 이 여자가 생명력을 회복하지 못하도록, 그래서 더 이상 참지 못하고 나를 방류할 때까지.

"개새끼야!"

바토리가 욕설을 뇌까리며 내 옆구리를 발로 찼다. 순간 갈비뼈가 분쇄되었으나, 그건 바토리도 마찬가지였다.

"아으, 으아앙……."

"서로 아픈 짓은 하지 말자고"

하지만 이쪽은 포션 덕분에 금방 나았고, 나는 바토리를 약 올렸다. 그러자 그녀는 눈을 번뜩이며 빽 소리 질렀다.

"닥쳐!"

"흠. 말을 험하게 했으니, 나도 되갚아줘야지."

이 순간을 위해서는 아니지만, 특별히 배워두었던 '라이트닝 체인 클로'를 사용한다. 순간 기다란 손톱에 보랏빛 전격이 맴돈다. 바토리는 그걸 보며 몸을 흠칫 떨었다.

"너, 넣어둬! 넣어두라고 했다! 이건 경고다! 경고…… 부으으으!"

무시하고 그녀의 전신을 긁었다. 전격의 통증에 부들부들

떨면서도, 그녀는 굴하지 않고 내 심장에 손을 쑤셔 넣었다.

재생 포션이 없었다면 아마 세 번쯤 죽지 않았을까.

시야가 흐릿해지고 정신이 몽롱해진다.

그렇게 아주 잠깐 정신을 잃었다가 눈을 뜨니, 바로 옆에 잠에 들락 말락 하는 바토리가 보였다.

"하아…… 하아……."

나는 슬그머니 그녀에게 다가가 그녀의 목에 손톱을 꽂아 넣었다.

"아이 씨……!"

눈을 뜬 그녀는 질린다는 얼굴로, 내 눈알에 손가락을 찔러넣었다.

"뒤지렴, 이 개새끼야!"

"너나 뒈져."

결국 나와 바토리는 휴전을 하는 수밖에 없었다. 이럴 바에야 차라리 놓아달라고 했으나, 그녀는 한사코 거절했다. 죽일 방법을 찾을 때까지 데리고 있을 거라면서.

그렇게, 기묘한 동거는 시작되었다.

장소는 바토리가 유지하는 것으로 보이는 텅 빈 결계였다. 그 속에서 둘은 아무것도 먹지 않고 아무것도 하지 않았다.

이따금씩 서로간의 유치한 도발을 빼고는.

"배고프구나? 멍청한 놈. 나는 완전한 뱀파이어라서, 식량 섭취는 일 년에 한 번이면 족하단다?"

"나는 네 팔 뜯어서 먹으면 되니까 상관없어."

"누가 뜯어 먹게 해준다니?"

탁기의 고리 덕택에 바토리는 나를 죽이지 못한다. 만약 바토리가 나에게 즉사의 피해를 입힌다면, 그것마저도 그녀에게로 전이될 테니까. 하나 혹시 모르니 그녀가 정도 이상의 마법을 사용하지 못하도록 계속해서 피해를 입혀야만 한다.

"……후."

바토리가 한숨을 내쉬며 몸을 일으켰다. 나는 손톱을 쭉 뻗어 그녀의 등허리를 할퀴었다. 기다란 상처가 깊게 패이고, 그녀는 다시 바닥에 드러누울 수밖에 없었다.

"아윽, 이 미친놈이!"

"그냥 놔주는 게 좋을걸? 이러다 내 친구들이 오면 어쩌려고. 이 상태로 이길 수 있겠어?"

"닥쳐!"

바토리는 대답 대신 주먹으로 내 면상을 후려쳤다.

이혜린과 주지혁은 동해를 찾아갔다. 정확히는 동해 인근 숲속에 자리 잡은 오두막으로, 잔잔하게 굽이치는 바다의 내음이 은은하게 전해지고 햇볕은 높게 뻗은 나무들의 손발 틈

새로 아름답게 부서져 내린다.

그런 찬연한 녹음 속에, 그녀의 오두막은 고요히 앉아 있었다.

"경치로 땅값을 따진다면, 여긴 한 1,000억 이상은 하겠지?"

이혜린이 주지혁을 힐끗 보며 물었다.

"그렇겠지."

30여분 간의 산행처럼, 그의 대답은 재미라곤 하나도 없었다. 건조하고 메마르다.

이혜린은 불만스레 혀를 끌끌 차고는 오두막을 향해 빠르게 걸었다. 주지혁은 아무 말 없이 묵묵히 그녀를 따랐다.

"내가 두드릴까?"

주지혁이 말없이 고개를 끄덕인다. 오늘따라 특히 무뚝뚝한 면모에 화가 나지만, 지금은 그런 섭섭함을 표현할 상황이 아니었다. 대신 이혜린은 그를 강하게 한번 째려본 뒤, 조심스럽게 문을 두드렸다.

똑똑.

고요한 숲 속에 바람이 불어, 나뭇가지들이 서로 쏴아아 하고 울었다. 이들의 울음에 파묻혀서 듣지 못한 것일까.

이혜린은 한 번 더 문을 두드렸다. 그제서야 문 너머로 옅은 인기척이 느껴졌다.

뒤이어, 철컥. 있어도 그만 없어도 그만인 잠금이 열린다.

"누구…… 혜린이? 주지혁 기사님도?"

햇살 때문일까. 여자인 이혜린마저 얼굴을 붉힐 만큼 눈부시도록 아름다운 여인이 모습을 드러냈다.

비단결처럼 흐드러지는 긴 머리 아래, 섬세한 이목구비가 빛을 발한다. 청초한 입술, 한껏 여유로워진 눈동자, 똑바르고 반듯한 콧날 그리고 희고 고운 피부까지. 지금 앞에 있는 여인이 엘프인가 아니면 인간인가. 착각이 들 지경이었다.

"무슨 일로 온 거니?"

"……."

고운 목청이 만들어내는 청아한 울림, 그녀는 목소리마저도 지극히 아름답다.

이혜린은 한동안 김유린을 멍하니 바라보다, 돌연 고개를 옆으로 비틀었다. 주지혁의 입이 대문짝만 하게 벌어져 있다.

"심각한 척은 지 혼자 다 하더니……!"

순간 화가 치밀어 이혜린은 주지혁의 명치에 정권을 박아넣었다. 잔뜩 벌려진 주지혁의 입에서 피인지 침인지 모를 액체가 밀려나왔다.

이혜린과 주지혁은 작은 소란을 뒤로하고 오두막 안으로 들어갔다.

넓진 않지만 충분히 아늑하고 왠지 모를 정감이 느껴진

다. 이혜린은 흐뭇한 미소로 내부를 둘러보다, 전에 없었던 무엇인가들이 오두막의 구석구석마다 자리하고 있는 걸 발견했다.

귀여운 인형들이었다.

아탄이 인형, 뱁새 인형, 청룡 인형…… 그리고 마지막으로 왠지 모르게 오크를 닮은 것 같은 인형까지. 오크로 추정되는 인형은 특히 입지가 좋아, 김유린의 침대 머리 위에 자리 잡고 있었다.

"뭐, 뭐하니? 어서, 어서 들어오렴. 이상한 거 보지 말고."

갑자기 부끄러워진 김유린이 두 사람을 탁자 앞으로 이끌었다. 의자가 두 개 뿐이어서 김유린은 침대에 걸터앉고 주지혁과 이혜린이 의자에 앉았다.

"밥은 먹었니?"

"아니요 아직……."

"네, 같이 먹고 왔어요."

이혜린은 눈치 없는 주지혁의 입을 틀어막고서 대신 대답했다.

"그래? 그럼 어서 차를……."

"차도 필요 없어요, 대장님."

이혜린은 '대장님'이라는 발음에 특히 악센트를 주어서 말했다. 김유린은 흐릿한 미소를 지었다.

"언제 돌아오실 거예요? 수술 후유증 치고는 너무 길잖아요."

그녀가 10여 년 동안 사용하지 않고 한 번에 터트린 휴가는 거의 반년에 달한다. 게다가 '수술 후유증 극복'이라는 명분도 있어, 칠흑 기사단은 발만 동동 구를 뿐이다.

아니, 칠흑 기사단이 뭐야. 나라 전체가 발을 동동 구르고 있다.

"……미안. 조금만 기다려 줘. 너무 오랜만의 휴식이라, 아직까지는 즐기고 싶네."

그러나 그녀는 부드럽게 단호했다. 이혜린은 한숨을 푹 내쉬고는 집 내부를 다시 한번 둘러보았다.

"도대체 여기서 뭐하시는데요? 경치야 좋긴 하지만 만날 천장 경치만 보고 있으실 것도 아니잖아요."

"후훗, 그래 보이니? 근데 여기 예상 외로 할 게 많아."

김유린의 눈매가 부드럽게 휘었다. 저런 눈웃음은 반칙이다. 이혜린은 주지혁을 힐끗 돌아보았다. 이번에는 입 대신 눈동자를 벌리고 계신다.

"낚시도 할 수 있고, 편안히 책도 읽을 수 있고 내가 여태 깨닫지 못했었던 것들을 일깨우기 위한 명상도 할 수 있어. 아마 나, 특성 레벨이 한 단계는 올라갔을 걸?"

"…….."

이혜린은 말없이 유린을 노려보다가, 이내 탁자 위에 놓인 쪼그마한 늑대인형에 시선을 옮겼다. 엄청 귀엽다. 근데 그 앙증맞은 귀여움보다도, 뭔가 묘한 기운에 이끌려 '가지고 싶다'는 마음이 조그맣게 일었다.

"흐, 흐흠."

그러나 김유린은 혹시라도 그녀가 달라고 할까 두려웠는지, 늑대인형을 슬그머니 품에 꺼안고는 수줍게 변명했다.

"……여기 있는 인형 모두 김세진 길드장님이 선물해 주신 거야. 휴가에 혼자 있으면서 심심할 것 같다면서. 절대 내가 산 거 아니야. 그, 그래서 누구 주지도 못해. 줘버리면 그분 성의를 무시하는 게 되어버리니까……."

김유린은 그냥 주기 싫어서 한 말일 뿐이었다.

허나 그 말과 동시에 두 사람은 굳어버리고 말았다.

김세진, 그는 납치되었다. 어디에 있는지도 모르는 무지막지하게 강대한 존재에 의해.

일순 급변한 분위기에 김유린이 눈을 동그랗게 뜨고 둘을 번갈아보았다.

"왜? 너희 무슨…… 혹시?"

이혜린은 눈물을 글썽이며 고개를 푹 숙였고 주지혁은 어금니를 꽉 깨물고 먼 산을 바라보았다.

"그분에게 무슨 일이 생긴 거야?!"

김유린이 경악한 얼굴로 벌떡 일어났다.

잠시 동안 두 사람은 아무 말도 할 수 없었다. 원칙적으로 김세진의 특성은 비밀이니까. 하지만 그녀를 설득하기 위해서는 꼭 그 비밀을 털어놓아야만 한다.

"무슨, 무슨 일인데?"

그녀가 재차 물었다. 이혜린은 나지막한 한숨을 내쉬고는 주지혁의 눈치를 살폈다. 주지혁도 고개를 끄덕여 주었다.

"후. 대장님, 잘 들으세요. 사실 그분의 특성은…… 몬스터로 변할 수 있는 거예요."

"……뭐?"

순간 김유린의 얼굴이 멍해졌다. 허나 얼마 지나지 않아, 방금 받은 충격에 의해 머릿속 정보들이 맹렬하게 재조립되어 가기 시작했다.

그리고 이내 그녀의 얼굴에 방금보다 더한 경악의 빛이 들어선다.

몬스터로 변하는 특성. 그리고 영웅오크와 김세진.

그렇다면 혹시…….

그녀가 충격에 헤어 나오지 못하고 입만 뻐끔뻐끔 거리고 있을 때.

"몬스터라니. 청룡이지."

주지혁이 김유린의 마음속을 헤집는 파문을 잠시 진정시켰다.

"아. 맞다. 청룡이 몬스터는 아니지?"

"처, 청룡이라고……? 오크가 아니라?"

김유린이 멍한 얼굴로 되물었다.

"네, 세진 님은 청룡으로 변할 수 있으세요. 근데 오크는 뭐예요? 또. 아직도 오크, 오크 타령이시네."

"아…… 아니, 아니야. 아무것도 아니야."

이혜린이 쓰게 웃으며 말한다.

그리고 김유린은 안도해야 하는지, 아쉬워해야 하는지, 갈피 모를 감정을 느끼며 멍하니 고개를 끄덕였다.

[THE MONSTER]

더 몬스터가 여는 최고의 파티에 여러분들을 초대하고 싶습니다.

대현 생명의 부사장 김종혁 님, 부디 참석하셔서 파티를 빛내주시길 바랍니다.

"이거면 될 것 같은데? 어이. 네 말대로 셀럽들한테 초대장 돌렸어. 이럼 되는 거냐?"

유백송이 초대장을 들여다보며 묻자, 로스한델이 고개를 끄덕였다. 참고로 여태 세작으로 활동해오던 로스한델은 돌아갈 곳이 없어져버려 완전히 이 편으로 들러붙었다.

"예, 지금 장로 한 명이 김종혁에게 붙어 있으니 아마 그 장로도 함께 올 가능성이 큽니다. 더 몬스터가 여는 최고급 선상 파티에는 현혹 마법으로 꼬실 먹잇감이 득실득실할 테니까요."

"그러면 그 장로를 잡아서 바토리가 어디 있는지를 불게 한다?"

"그렇습니다. 장로들은 정체를 숨기는 데 능해 장비로도 구분하지 못할 테지만 제가 있으니 괜찮을 겁니다."

"흠. 좋아. 믿어보겠어."

유백송이 늠름하게 선언한 그때, 별안간 지하 회의실의 문이 열렸다.

누군가를 데려온다고 말하며 나갔던 이혜린과 주지혁이었다. 그런데 그 누군가를 데려오는 데 성공하였는지, 한명 더 추가된 사람이 있었다.

"천군만마를 데려왔습니다~!"

이혜린의 밝은 목소리에 하젤린이 힐끗 그쪽을 바라보았다.

동시에 누군가와 눈이 마주친다. 하젤린의 몸이 딱딱하게 굳었다.

그리고 그것은 김유린 또한 마찬가지였다.

선혈이 낭자하고 살점이 나뒹굴던 건 첫날뿐, 이틀 정도 지나자 결계는 상전벽해 수준으로 바뀌었다. 아무래도 바토리는 꽤나 깔끔하고 결벽한 성격인 듯하였고 그녀의 심상과 입맛대로 변형되는 결계는—비록 비좁지만—최고급 호텔방처럼 꾸며졌다.

"라이칸슬로프…… 들어본 적 있지. 확실히 회복력만큼은 짜증나네."

바토리는 소파에 몸을 파묻은 채 말했다. 그녀가 입은 새빨간 드레스는 만드는 과정에서 원단이 모자랐는지 다소 짧고 이곳저곳이 파여 있었다.

"근데 너는…… 뭐지? 너한테도 특성이 있나? 어떻게 손가락 마디 하나로 살아난 거냐?"

"흠. 궁금하니?"

바토리가 손가락으로 제 입술을 쓰다듬는다. 쓸데없이 고혹적인 몸짓이었다.

"궁금하다고 하면 알려주나?"

"뭐. 못 알려줄 것도 없지. 어차피 너는 나한테 죽을 테니까. 호기심이라도 해소하고 죽으라는 배려 아니겠어?"

그렇게 말하며 방실방실 아이처럼 해맑은 미소를 짓는다. 묘하게 즐거워 보였다.

"잘 봐."

바토리가 손을 쫙 폈다. 그러자 그 손바닥 위로 붉은 마나가 파지직 튀겼다.

"뱀파이어의 마나는 붉은색이야. 대개 마나와 피를 함께 사용하기 때문이지. 이건 다른 하등한 종족들은 못해. 너 같은 잡종놈들에게 피는 그냥 피에 불과하거든."

전류처럼 격렬히 흔들리던 마나는 이내 일자의 송곳형태로 형체를 바꾼다.

"뱀파이어는 핏줄 대대로 강함이 전해지지. 우리 가문의 핏줄은 그중에서도 가장 특별하고 탁월해. 그 증거로 나는 엘프 마법사놈들이 사용하지 못하는 '마도'를 수십 가지 사용할 수 있고 뼈와 근육은 수인 전사놈들보다 수십 배는 강인하지."

일순 일렁이던 붉은 송곳이 크게 뻗어지더니 세진의 목을 향해 뻗는다. 그는 저도 모르게 침을 꿀꺽 삼켰다. 치명적인 송곳은 그의 목젖 바로 앞에서 멈춘 채였다.

"하지만 그것보다 더 대단한 건 말이야."

쿠구구궁!

굉연한 소리가 터져 나오며 바토리의 전신이 마나로 들끓었다. 마치 물이 끓어올라 수증기가 되듯 그녀는 자신의 온몸을 마나 화(化)한 것이다.

안개처럼 짙게 형성된 붉은 마나는 김세진의 앞으로 천천히 나서더니 이내 스멀스멀 모여들어 다시금 '바토리'의 형상을 이루었다.

"내 피는, 마나 그 자체란다."

우아한 미소와 함께 세진의 얼굴을 부드럽게 쓰다듬으며 말한다. 그 꿈결 같은 광경에 세진이 멍하니만 있자 바토리는 손을 천천히 내렸다. 얼굴에서 목으로, 목에서 쇄골로, 쇄골에서 하복부로…….

"어이."

그녀가 충분히 손을 내렸을 즈음.

늑대의 낮은 목소리가 묵직하게 가라앉았다.

"왜? 혹시 흥분이라도 되는……."

바토리는 가소롭다는 듯 웃으며 김세진을 올려다보았다.

그리고 이미 늑대로 변해 있던 그는 그녀의 모가지를 아그작! 물어뜯었다.

"꺄악! 아니, 이 개새끼가 진짜!!"

예상치 못한 일격에 바토리가 그의 복부를 강하게 후려치고 튕겨나간 그는 저도 모르게 그녀의 피와 살을 꿀꺽 삼키고 말았다.

"아, 퉷! 퉷!"

"끄으…… 아우 아파……."

"아오 더러워……."

김세진은 욕설을 뇌까리려 했다. 그러나 별안간 알림창이 떠올랐다.

순간 머리는 생각을 관두고 심장은 맥박을 멎었다.

[바토리의 피를 섭취합니다. 고유스킬 '울프 센스'가 가동하여 섭취한 만큼 바토리의 강함을 이해하고 습득합니다!]

41장
구출

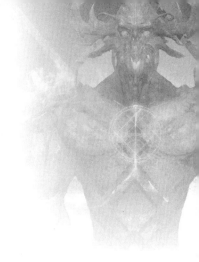

"아으…… 이 개새끼 진짜……."

바토리는 눈물을 글썽이며 바닥에 나뒹굴었다. 당연히 치명상은 아니다. 엄살이겠지.

"너는 내가 진심으로 죽여줄 테니, 기대해도 좋아. 뼈랑 근육이랑 내장이랑 다 분해해서……."

바토리의 지독한 저주는 무시하고 김세진은 재빨리 스킬 창을 확인해 보았다. 여타 스킬과는 달리 숙련도 창 없이 오로지 설명뿐이었다.

[울프 센스]
라이칸슬로프 중에서도 특히 탁월한 개체만이 지닐 수 있는 고유 감각.

이 감각을 깨우친 라이칸 슬로프는 우선 늑대 화(化)했을 시에 오감과 육감이 극도로 예민해진다. 이는 '초월 감각'이라 불리며 조건이 갖춰지면 흐릿한 미래예지도 가능하다.

또한 특정대상의 피를 섭취함으로써 상대의 일정부분을 이해하고 그 강함을 받아들이는 것이 가능해진다. 이는 라이칸슬로프의 본능이 '초월 감각'과 결부된 것으로, 피를 섭취하면 할수록 더욱 짙은 이해가 가능하다.

-현재 대상: 바토리

[진행률:0.35%]

[현재 습득(이해) 가능한 항목]-근육 조직의 특이함, 압도적인 골밀도-[진척도 3%]

진행률과 진척도라는 서로 비슷한 의미가 다른 항목으로 나뉘어져 있지만 이해는 그리 어렵지 않았다.

진행률은 바토리의 모든 힘을 흡수하기 까지 남은 퍼센트를 일컫는 것이고, 진척도는 그 힘의 특정 부분-근력과 지구력이 나뉘듯-을 뜻하는 것이겠지.

그리고 그런 진행률과 진척도를 높이기 위해서는, 즉 강해지기 위해선 바토리의 피를 섭취해야 한다.

"……얘야. 너는 네가 여기서 살아서 돌아갈 수 있을 거라고 생각하는 거니?"

고민하는 와중에 바토리가 가소롭다는 듯 물어왔다.

"당연히."

기백 있게 대답했지만, 방금 벌어진 특이한 상황으로 인해 돌아가고 싶은 생각이 지금 당장은 사라졌다. 바로 옆에 먹어도, 먹어도 사라지지 않는 경험치가 있으니까.

"참, 가엾은 바보구나."

바토리는 조소를 지었다. 김세진은 그런 그녀를 노려보다가, 문득 물었다. 시비를 걸어 피를 섭취할 명분을 만들기 위함이었다.

"그래? 그럼 너는 진짜 너희 고향으로 돌아갈 수 있다고 생각하나?"

바토리가 눈썹을 찡그렸다. 허나 뒤이어 들려온 대답은, 혹시 모를 불확실함을 부정하려는 듯 지극히 단호하고 여유로웠다.

"……당연하지."

"너도 참 불쌍한 바보구나."

취익!

순간 바토리의 마나가 송곳의 형태로 날아와 어깨에 처박혔다. 그 격통 속에서, 과거인지 미래인지 모를 기묘한 경관이 뇌리를 스쳤다.

"말…… 크읏. 말 조심해."

동시에 그와 똑같은 정도의 고통이 바토리에게도 전해졌

다. 그녀는 식은땀을 흘리면서도 서늘한 경고를 보냈다. 김세진은 그런 그녀를 멍하니 바라보다가,

"……그래, 돌아갈 수는 있겠다."

눈꺼풀의 뒤켠에서 희미하게 부유했던 장면을 떠올리며 말했다.

김유린은 이를 가득 깨문 채 하젤린을 노려보았다. 그러나 지금 하젤린은 그녀의 시선을 받아낼 여력이 없어 얼굴을 비스듬히 내렸다.

침묵한 두 사람 사이에 칼날처럼 날카로운 기류가 흐른다.

자세한 내막을 모르는 단원들은 어리둥절할 따름이었다.

"왜, 왜 그래요 대장님?"

이혜린은 당장에라도 검을 뽑을 듯 차갑게 굳은 김유린의 어깨를 흔들었다. 그럼에도 그녀는 아무런 반응 없이 하젤린만을 응시하며 분노어린 열기를 토해냈다.

"……아이."

그 살기 충만한 음성에 모두가 몸을 떨었다.

"날 봐."

하젤린이 고개를 가냘프게 들어올렸다.

그리고 그 면상이 드러난 순간, 유린은 화를 참지 못했다.

이럴 때가 아니라는 건 안다. 하지만 과거 자신의 마나 흐름을 파괴하여 기사 생명을 끝장낼 뻔 했던 원수가 목전에 있는데 어찌 참을 수 있겠는가.

그때 분명 팔 한 짝을 베어가면서 경고했다.

다시 내 눈앞에 모습을 드러내면 네가 나에게 하려했던 것처럼 네 '마나'를 끊어버리겠다고.

"내가 분명 말했을 텐데."

"알아 아는데…… 지금은 싸울 때가 아니야. 네가 도와줘야 세진 씨를……."

하젤린의 힘없는 대답도 지금의 유린에게는 단지 빌어먹을 변명일 뿐이었다.

"싸울 때가 아니긴 개뿔이……!"

김유린은 노성을 토해내며 허리춤을 더듬었다. 허나 눈치 빠른 이혜린은 이미 궁그닐을 들고 멀리 도망가 있었다. 그럼에도 그녀는 포기하지 않고 맨손으로 하젤린에게 뛰어들었다.

"오, 오지 마! 우리 이럴 때 아니…… 으아악!"

다짜고짜 명치부터 가격한 뒤 쓰러진 하젤린 위로 올라탄다. 그러곤 구타를 개시한다.

뺨, 코, 목젖, 쇄골, 가슴, 명치, 복부…… 전신이 꾸겨지는 듯한 격통에 괴로워하던 하젤린은 그녀를 막기 위해 일단 머리채라도 움켜쥐었다.

"으! 이거 안 놔?!"

"이, 이럴 때 아니야! 지금 세진 씨가……."

하젤린은 그녀의 눈을 보며 간절하게 말했다.

허나 유린은 보다 더한 분노가 울컥 치솟았다. 김세진을 걱정하는 하젤린의 눈망울은…… 과거, '그 남자'를 바라보던 그것과 똑같았으니까.

"이, 이, 이 미친년이 또!"

결국 평정을 잃은 김유린은 난생 두 번째의 욕설을 뇌까리며 그녀의 머리털을 움켜쥐었다. 뒤이어 안쓰러운 줄다리기가 펼쳐졌다.

"아아아악!"

"꺄아아악!"

누가 대머리가 되어도 모를 만큼 격렬한 줄다리기였다…….

"멈추세요!"

"둘 다 왜, 왜 이래요! 뭐해! 말려!"

모든 단원들이 두 사람에게 퍼뜩 달려들었다. 그러나 분노에 잠식된 김유린은 모든 기사들을 밀쳐내고 하젤린의 머리털을 바락바락 움켜쥐었다.

"머리, 머리 빠져! 머리 빠져! 유린아, 언니 머리 빠져!"

"유린아? 이 미친년이 어디서 그딴 망발……!"

툭.

별안간 무엇인가가 끊어지는 소리가 들리며 김유린과 하

젤린이 가까스로 떨어졌다.

"······"

"······"

일순 짙은 적막이 흐른다.

겨우겨우 유린에게서 빠져나온 하젤린은 앓는 소리를 내며 제 정수리를 한번 쓰다듬어보았다.

뭔가 이상한 감각이 느껴져서 고개를 살짝 돌리니······.

뒤로 나자빠진 김유린의 양손에 금발 머리카락이 두 움큼 쥐어져 있었다.

1초. 2초. 3초······ 멍하니 바라보던 하젤린의 눈동자에 가느다란 눈물이 또르르 흘러내린다.

"내, 내 머리, 머리······ 빠진다고, 빠진다고 했잖아아······ 흐아아아앙······!"

길드 'THE MONSTER'는 요즈음 방산, 몬스터, 아티펙트, 연금 연단 산업에서 압도적인 성과를 보였다. 자회사인 'TM'은 내년이면 재계 순위 10위 안팎으로 진입할 것으로 여겨진다. 또한 길드와 회사 부지가 있는 강원도 인근은 대한민국의 랜드 마크로서 매년 수천억에 달하는 관광 수입을 창출한다.

게다가 요 근래에는 폐쇄적이고 배타적인 '마법계'에까지 진출하는 성과를 일구었다. 더 몬스터에 특히 호의적인 방배동 마법사 덕분이었다.

방배동 마법사의 전권이 보관되어 있는 '더 몬스터 길드원 전용 도서관'은 마법사들이 가장 방문하고 싶은 서고 1위로 선정되었을 정도이니.

어쨌든, 트릴로지는 이미 오래전에 추월했다는 그런 대단한 길드가 선상 파티를 연다고 한다.

몬스터 엔터테인먼트 소속 탑스타들과 유명 기사는 물론 더 몬스터의 길드원까지 참석한다는 그 파티의 초대장은 이미 상류층의 명성과 권위를 구분하는 척도가 되어버렸다.

초대장을 받지 못한 사람은 아쉬움에 분통을 터트렸고, 받은 사람은 자랑스러워하며 파티 복장을 준비했다.

"그러니까 그 파티에 은근슬쩍 참석한 뱀파이어 장로를 납치한다는 이야기지?"

한바탕 폭풍이 휩쓸고 간 회의실은 고요하고 적막했다.

"네, 그래요……."

이혜린은 눈치를 힐끗힐끗 살피며 대답했다.

저 구석에 처박혀 훌쩍훌쩍 울면서 포션을 만들고 있는 하젤린이 자꾸 신경 쓰인다. 아마 땜빵을 복구하는 포션이겠지. 이름하야 발모 포션…… 개발하는 데 성공하면 적어도 10조는 벌지 않을까.

"그러면 김세진 씨가 어디 있는지 알아낼 수 있고?"

"확신은 없지만, 최대한 시도는 해보려구요……."

일순 김유린이 벌떡 일어났다. 검집에 메인 자그마한 오크 인형이 딸랑 흔들린다.

"왜, 왜요 또 뭐하시려고!"

이혜린과 다른 단원들이 우르르 일어났다. 혹시라도 하젤린을 덮칠까 봐. 그러나 그녀는 하젤린의 등을 날카롭게 째려보기만 할 뿐 우려하던 짓은 벌이지 않았다.

"……이제 안 해. 일단 기사단에 복귀 신고는 해야 할 거 아니니. 수술 후유증 때문에 휴가 허락 받은 건데 파티에 참석하면 딱 징계받기 좋잖아."

"아하. 그럼 저도 같이 가요."

"근데 하젤린, 레젠 팔 재생하는 포션은 가져왔어? 얘 언제까지 팔 없는 채로 지내야 돼?"

그때 눈치 없는 유백송이 송송 비어 있는 하젤린의 뒤통수에 대고 물었다.

"아뇨, 백호 님. 저는 나중이어도 괜찮……."

유백송의 무릎에 머리를 베고 누워 있던, 수인 레젠이 상반신을 일으키며 유백송의 눈치를 챙겨주려 했다.

"어허. 괜찮으니 계속 누워 있거라."

하지만 동족을 챙기고 싶어 하는 유백송의 마음은 참으로 대견하였고…….

"……내 파우치 속."

하젤린은 뒤도 돌아보지 않고 중얼거렸다.

선상 파티는 오후 8시에 시작되지만, 단원들은 여러 준비를 위해 세 시간 더 일찍 크루즈에 도착했다. 그들은 크루즈의 지하에 마련된 고문실(?)에서 마지막 점검을 하고 있었다.

"근데 세정이한테는 뭐라고 설명했니?"

"대충 출장 나갔다고……."

이혜린의 대답에 김유린이 미간을 좁혔다.

"너희 진짜…… 후, 오늘 세정이 오면 사실대로 말해."

"예? 그럼 걱정을……."

"걱정해야지 그럼. 아무것도 모르고 있으면 그게 애인이니?"

"……."

이혜린은 입을 꾹 다물었다. 입이 근질거렸지만 애써 참았다. '지는 모태솔로면서'이 한마디만 하면 소원이 없을 것 같은데 다물자. 다물어야 한다.

"그리고……."

김유린이 하젤린을 힐끗 쳐다보았다. 저 구석에 박힌 그녀는 아직도 발모(發毛) 포션을 만드는 중이었다.

통통통통.

절구 찧는 소리가 괜스레 서글프다…….

유린이 혜린에게 시선을 던졌다. 눈치 빠른 혜린은 유린 대신 말했다.

"하젤린 씨, 혹시 정신 마법은 사용 가능하세요?"

"……조금은."

힘없는 목소리였지만 그걸로 충분하다. 정신 마법의 효용은 상대의 정신력에 따라 좌우된다. 그 정신력은 김유린의 특성이 담긴 주먹 한 방이면 바로 해결되고.

"됐네, 그럼."

"세정 씨가 왔습니다!"

그때 문이 벌컥 열리더니 김선호가 소리쳤다. 일순 모두의 안색이 어두워진다.

"내가 갈까?"

김유린이 말했다.

"저도 같이 갈게요."

"저도 가겠습니다."

주지혁과 이혜린이 동시에 대답한다. 김유린은 쓴웃음을 지었다.

통통통통.

절구의 처연한 소리를 배경 삼아 세 사람은 고문실을 나섰다.

선상에 올라선 유세정은 김유린과 이혜린, 주지혁을 보자마자 반갑게 웃으며 맞이해 주었다.

처음에는 '파티 정말 잘 꾸몄네요.'라는 말로 서두를 뗀 그녀는 본격적으로 김세진의 행방에 대해 물었다.

김유린은 심각한 얼굴로 충실하게 대답했다.

그리고 그녀가 입술을 움직일 때 마다 유세정의 안색은 파리해져 갔다.

중간에 이르러서는 갑자기 무슨 소리냐며, 몰래카메라냐며 현실도피를 하던 그녀는 결국 김유린이 '김세진은 납치당했다.'는 사실까지 털어놓았을 때.

털썩.

바람이 빠진 종이 인형처럼 정신을 잃고 무너져 내리고 말았다.

"설명 듣자마자 바로 기절한 거야?"

유백송은 혼절한 채 침대에 누워 있는 유세정을 내려다보며 물었다.

"네, 충격이 좀 컸던 것 같긴 한데…… 이렇게 바로 기절할 줄은 저도 예상 못했어요."

이혜린은 유세정의 이마를 쓰다듬으며 대답했다. 악몽에 시달리는 건지 식은땀으로 축축하다.

"어떻게 하지."

자리에 없는 김세진을 대신하여 파티의 주인이 될 여인이 기절해 버렸다. 이래서 비밀로 하자고 했던 건데…….

다행히 아직 파티가 시작하려면 한 시간 정도가 남아 있지만 그때까지 깨어나기는 할는지. 깨어난다 하더라도 멀쩡한 정신을 유지할 수는 있을는지…….

"김세진을 빨리 되찾아오는 것밖에 할 일이 없겠네. …… 어이, 뱀파이어."

김유린이 로스한델에게로 시선을 번뜩였다.

"예, 예?!"

"계획은 확실한가?"

"그, 그럼요. 현재 바토리 계 뱀파이어들이 노스페라투 쪽에 척살령을 내리지 않은 것으로 보아, 바토리는 아직 부하들에게 사실을 알리지 않고 김세진 님과 혼자 있는 것으로 추정됩니다. 계획은 100% 성공합니다."

"……잠깐. 뭔가 이상하잖아. 알리지 않았는데 장로가 어떻게 바토리의 위치를 알아?"

"장로쯤 되면 바토리에게 선혈의 맹세를 한 존재들이니 그녀의 기운을 추적할 수 있습니다. 지금은 바토리가 출발하기 전에 '돌아오기 전 까지는 가만히 있어라.'라고 단단히 명령을 해두었기에 가만히 있는 걸 겁니다."

김유린은 턱을 쓰다듬으며 잠시 생각에 잠겼다.

"그럼 장로 낯짝은 네가 확실히 분간해 낼 수 있는 거겠지?"

"물론입니다. 먹은 짬밥도 짬밥이거니와……."

별안간 로스한델이 소매를 걷고서 팔을 쭉 내밀었다. 뱀파이어다운 핏기 없는 피부였으나, 그가 힘을 팍 주자 아름다운 문양이 푸르게 번진다. 세간에서 일대 혁명이라 부르는 오직 김세진만의 트레이드마크 '마나 문신'이다.

"이걸로 감각이 아주 예민해졌습니다. 장로가 아무리 기운을 숨겼어도 감지해 낼 수 있습니다."

"……그래."

뱀파이어를 동료로 둔다는 게 그다지 탐탁지는 않지만, 지금은 어쩔 도리가 없다.

김유린은 로스한델을 선상 위로 돌려보내고서 유세정에게 다가갔다. 침대 머리맡에 앉자, 옆자리에 있던 하젤린이 몸을 크게 떨고는 파바밧- 뒤로 물러난다. 한숨을 내쉰 유린은 그녀를 지긋이 노려보며 적의를 내뱉었다.

"걱정하는 거 맞아?"

"……무, 무슨 소리니?"

"진짜 무슨 소린지 모르겠어?"

김유린이 어금니를 꽉 깨물었다. 하젤린도 잠시 동안은 그녀의 시선을 맞받아쳤으나 이내 꼬리를 내리고서 힘없이 대답한다.

"걱정하는 거 맞아……."

그러고는 다시금 절구와 절구통을 집어 든다.

통통통통.

두 움큼, 정수리가 훤히 까질 정도로 뽑힌 머리털의 발모를 위한 처연한 노력이었다.

이혜린은 그런 하젤린을 안쓰럽다는 듯 바라보았지만 김유린은 일말의 시선도 주지 않았다.

그런 침묵 속에서 1시간이 더 흘렀다.

여전히 세정이는 깨어나지 않았고 선상은 점점 시끌벅적해지기 시작했다.

"이제 저희도 올라가야 해요. 근데 혼자 두고 가기에는……."

이혜린이 걱정하며 말했다.

"그럼 하젤린 네가 호위해. 어차피 머리털 빠져서 못 나가잖아."

유백송의 천진한 목소리 그러나 김유린은 정색하며 고개를 저었다.

"안 됩니다. 그건 고양이에 생선을 맡기는 일입니다."

"……고양이가 뭐가 어때서?"

유백송은 종이상자 안에 누운 카이저 2세의 눈치를 힐끗 살폈다. 평온히 하품을 하는 걸로 보아 다행히 빈정이 상한 것 같지는 않다.

김유린은 살짝 황망한 기색으로 유백송을 바라보았다.

"아니, 그게 아니라……."

"이제 그런 짓 안 해."

그러자 하젤린은 여전히 등을 돌린 채, 그러나 딱딱하고 단호한 목소리로 잘라내듯 말했다.

"나도 많이 후회하고 있어."

"뭐?"

"……미안해, 그때는 언니가 너무 잘못했어."

갑작스러운 사과였지만 그만한 진심이 담겨 있었다. 그렇기에 김유린은 아무 말도 할 수 없었다.

입을 꾹 다문 채 무슨 말을 해야 할까 고민하는 사이 탕탕탕탕! 파티의 시작을 알리는 불꽃놀이가 터져 나온다.

김유린은 그걸 핑계 삼아 유백송과 함께 부랴부랴 선상 위로 올라갔다.

성대한 파티에는 화려한 인물만이 모였다. 한중일을 넘나드는 한류 스타, 권력의 중심부에 발을 디딘 성골 의원, 해외유수의 기사단장과 부단장, 심지어 콧대가 높기로 유명한 마탑의 탑주들까지.

아직 이 파티의 주인공은 등장하지 않았지만 그들은 저마다 정갈하고 값비싼 연회복을 입은 채 인맥 쌓기에 여념이 없었다.

그 파티 속으로 가장 먼저 주지혁이 뛰어들었다. 그의 가슴에 메인 '더 몬스터'의 휘장이 관심을 단번에 휘어잡은 듯 사람들은 슬금슬금 주지혁에게로 다가갔다.

"어허허 이거 새벽 기사단의 대표 기사님 아니십니까."

고작 50세의 나이로 중진 의원이라는 타이틀을 얻은 중년의 엘리트 '윤영호'가 먼저 주지혁에게 말을 건넸다.

보통 기사 따위야 단장이나 부단장 수준이 아니라면 거들떠도 보지 않는 윤영호였지만 주지혁의 가슴팍에 붙은 휘장은 황금 배지로도 쉬이 볼 수 있는 것이 아니었다. 오히려 의원 배지와 저 휘장을 바꿀 수만 있다면 백번 절을 해서라도 바꾸고 싶은 마음이다.

"아, 의원님 그간 안녕하셨습니까."

"하하하. 저야 기사님 길드 덕분에 잘 지내고 있지요."

"……예?"

주지혁은 고개를 갸웃했다. 더 몬스터가 요즘 정계에도 진출을 했던가?

"허허, 'TM'의 포션 해외 수출을 적극적으로 추진한 게 접니다. 그 덕분에 한국 포션 시장도 더 살아나고, 해외에서도 여러 공치사가 쏟아졌지요. 덕분에 저도 가볍게 재선에 성공……."

더 들어보니 흔한 자기 자랑이었다. 주지혁은 그의 얘기를 한 귀로 흘리며 파티에 참석한 인원의 면면을 살폈다.

"헌데 내 궁금한 게 하나 있습니다. 더 몬스터는 신입을 기사나 마법사 계열에서만 뽑는 건가요?"

"아…… 아마 아닐 겁니다. 당장 이유진 사범님도 몬스터의 소속으로 크게 성장하고 계시지 않습니까."

"오호, 그렇지요? 하하하 까먹고 있었습니다. 진세한의 도장은 미국에도 벌써 10개 소가 지어졌다고 들었었는데……이것 참. 하하하……."

윤영호는 눈을 반짝반짝 빛냈다. 가능성을 찾은 탐욕이 반들거리는 눈이었다.

어쨌든 그렇게 대화를 나누다 보니, 주지혁의 주위는 어느새 사람들로 바글바글해졌다.

"아, 김세진 길드장은 참석하지 않는다고들 하는데……그게 사실입니까?"

"예? 아, 예. 오늘은 피곤하셔서 참석하지 않으신다고 합니다. 대신 파티를 편히 즐기실 수 있도록……."

그때 선상 파티의 입구에서 경호원의 음성이 자그맣게 들려왔다.

"대현생명 김종혁 님과 그 지인 분, 확인했습니다."

주지혁이 황급히 시선을 옮겼다. 다행히 김유린과 로스한델이 이미 그쪽으로 발걸음을 옮기는 중이었다.

김세진은 여러 환경의 변화로 인해 시간이 별로 안 남았음을 직감할 수밖에 없었다.

첫째로 당장 이틀 전에 비해 확연히 넓어진 결계. 처음에는 그저 아무것도 없는 흑색 공간이었다가, 얼마 지나지 않아 호텔의 방 하나 크기 정도로 넓어진 이곳은 이제, 호텔 플로어의 절반만한 크기가 되었다.

둘째로 전에는 잘 사용하지 않았던 마법의 빈도수가 기하급수적으로 늘었다. 속박 마법, 쉴드 마법, 공간 유리 마법 등. 모두 늑대의 손톱으로 깨부술 수는 있었지만, 점차 고도화되어 가는 마법활용은 불안하기에 짝이 없다.

"흐응~ 흐응 흐응~"

침대에 누운 바토리의 콧노래가 들려왔다. 순간 짜증이 밀려와 손을 휘저었다. 바토리는 재빨리 쉴드를 사용했으나 쇄도하는 손톱은 쉴드를 철저하게 박살내고 바토리의 복부를 꿰뚫는다.

"악! 아파!"

그러나 바토리는 짤막한 비명을 내지를 뿐이었다. 감정을 잘 추스른 듯 반격도 가하지 않는다.

그리고 저것이야 말로 몸이 어느 정도 회복이 되었다는 가장 치명적인 방증이었다.

"얘야. 근데 네 공격은 어떻게 마법까지 베어내는거니? 신기하네."

심지어 질문까지 던진다. 김세진은 태연자약한 척 손톱을 빼들고서 대답했다.

"내 손톱은 특별하거든."

A등급에 다다른 라이칸슬로프의 손톱은 형체와 성질의 구애를 받지 않고, 세상의 거의 모든 것을 베어낼 수 있다. 쉽지는 않겠지만 바토리만 없다면 아마 이 결계도 깨트릴 수 있겠지.

"흐응……."

바토리는 의미심장한 미소를 지으며 고개를 끄덕였다.

"그래, 뭐. 좋은 능력이네…… 그런데 말이야. 이제 그만 포기하는 게 어떠니? 지금 포기하면 목숨은 살려주고, 평생 노예로 삼는 걸로 퉁 쳐줄 수도 있단다."

어느새 눈 바로 앞으로 가까이 다가온 바토리가 호기롭게 물었다. 잡티 하나 없는 그녀의 아름다움은 급작스러운 클로즈업에도 전혀 굴욕이 없었다.

"난 너한테 흥미가 있거든. 예전에 우리 천적이라 불렸던 종족을 개처럼 끌고 다니는 것도 꽤나 재밌을 것 같고…… 게다가 너도 동의했잖니? 우리 계획이 성공할 거란 걸."

바토리의 힘은 점차 회복되는 중이고 구원 투수가 없다면 아마 몇 회 지나지 않아 게임은 끝날 것이다. 그런 상황에서 자기를 몇 번이고 베어 넘겼던 늑대를 죽이지는 않겠다는 그녀의 제안은 퍽 자애롭다고 할 만하다.

그러나 늑대의 본능은 구속보다는 자유, 자유보다는 방종을 원할 뿐이다.

"그래, 나는 네 계획이 성공할 것 같아. 뭔가 막연한 느낌이 전해졌거든. ······근데 그게 더 문제 아닌가?"

"······그게 무슨 소리니?"

바토리가 미간을 찡그렸다. 김세진은 피식 미소 짓고는 말을 이었다.

"너네는 시간과 공간을 모두 비틀어 '과거'의 '고향'으로 돌아가고자 하고 있어. 맞지?"

"······그래."

"근데 만약 둘 중 하나만 성공한다면? 더 구체적으로는 시간축의 변화는 없이 공간만을 이동하게 된다면?"

"······."

일순 바토리의 얼굴이 험악해졌다. 그러나 면상이 쓸데없이 아름다워서 저렇게 일그러져 봤자 그다지 무섭지는 않았다.

"너네 고향은 그 곳에 사는 모두가 전혀 다른 세계로 이주했어야 할 정도로 상황이 안 좋았던 것 맞지?"

적의로 가득 찬 적색마나가 스멀스멀 피어오르고 그녀의 이마에 핏줄이 꿈틀거린다.

"그런데 과거로 돌아가는 건 실패하고 현재의 고향으로 돌아가게 된다면? 그곳에는 뭐가 기다리고 있을까? 나는 잘 모르겠지만, 너는 알겠지."

아마 이 지구에서 가장 위험한 존재보다도 몇 곱절은 위험한 존재가 그들을 기다리고 있으리라.

"그렇게 되면 공멸이라고. 균열이 완전히 열려 버린 지구도 멸망하고, 고향으로 돌아간 너네도 다 뒈져, 이 병신아."

뇌리를 스친 광경에 김세진이 미소를 지은 찰나, 목에 차원이 다른 압박감이 전해졌다. 눈동자를 힐끗 내리니 바토리의 양손이 자신의 목을 강하게 옥죄고 있었다.

"후훗, 재수 없는 소리하지 마렴. 마지막 배려까지 거두고 싶어지잖니…… 이 똥개새끼야."

바토리가 웃으며 말했다. 김세진도 따라서 진한 미소를 지었다. 이내 두 사람의 송곳니가 번뜩인다.

김세진은 그녀의 뒷목을 우악스레 움켜쥐고서 희고 고운 목을 게걸스레 물어뜯었다.

바토리는 그의 옆구리에 손을 집어넣어 직접 뼈를 분질렀다.

그렇게 선혈이 사방으로 튀기며 두 사람의 몸이 침대 위로 포개어 진다.

[바토리의 피를 섭취합니다! 진행도와 진척도가 상승합니다]

[바토리의 피를 섭취합니다! 진행도와 진척도가 상승합니다]

[바토리의 피를 섭취합니다! 진행도와 진척도가 상승합니다…….]

형언할 수 없는 고통이었지만, 기분만큼은 좋았다. 도발이 성공해 그녀의 회복을 며칠 정도 늦추었고 알림도 만족할 만큼 다수 떠오른다.

그러나 조심해야 한다.

피를 빤다. 는 행위에 가장 민감할 족속이 바로 뱀파이어 들일 테니. 조심조심, 천천하고 신중하게 경험치를 갈아마시자…….

김종혁은 훤칠한 서양인과 함께 파티장에 들어섰다.

"흠…… 적당히 꾸몄네."

김종혁은 조소를 지으며 주변을 둘러보았다. 아름다운 여배우, 여기사들이 많다. 오늘은 그런 걸 챙기러 온 게 아니지만, 그래도 놓고 가면 너무 아쉬울 것 같은 여자들이다.

사실 아쉬움 보다는 괘씸한 감정이 더 크다. 자신이 직접 불렀을 때는 코웃음을 치던 년들이 여기서는 알랑방구를 끼며 꼬리를 흔들고 있으니.

"트루드 씨?"

김종혁이 은근한 시선으로 트루드를 돌아보았다. 트루드는 미간을 살짝 좁혔지만 이내 고개를 까딱였다.

"한계는 3명이다. 저항력이 뛰어난 기사는 안 돼."

"하하하, 그거면 충분합니다."

트루드의 허가가 떨어지자마자 김종혁은 품속에서 반지 하나를 꺼냈다. 반지의 중앙엔 묘한 기운을 발하는 핏빛 보석이 박혀 있었다.

흐흐…… 김종혁이 음산한 미소를 지으며 여배우들의 품

속으로 뛰어가려 할 때.

"어? 김종혁 씨 아니세요? 반갑습니다."

칠흑 기사단 소속 상급 기사, 더 몬스터의 길드원 이혜린이 다가왔다. 그 뒤에는 김유린도 있었다. 드레스 차림의 두 사람은 엘프 못지않게 아름다웠으므로 음심이 동한 김종혁은 일순 모든 동작을 멈추고서 침을 꿀꺽 삼켰다.

"……아하하, 이거 참. 귀빈을 만났군요. 반갑습니다."

"후훗, 귀빈이라니요. 그건 저희가 할 말이 아닌가 싶어요? 근데 이분은 누구신가요?"

이혜린이 웃으며 말한 순간, 뇌리에 목소리가 스며들었다.

-장로입니다.

로스한델의 텔레파시였다.

"롤레이나 인트루드의 부사장님이십니다. 다국적 투자기업인데 기사분께서 아실라나 모르겠네……."

"물론 알고 있어요. 그럼 이것도 인연인데, 같이 술이나 한잔하실래요?"

이혜린은 눈웃음을 치며 김유린의 눈치를 살폈다. 오호, 대장님 수줍어하는 표정 연기 죽이는데?

"대장님도 괜찮아 하시는 것 같은데."

"……뭐, 원하신다면야. 하하하."

김종혁은 너털웃음을 터트리며 트루드에게 눈길을 보냈다. '내가 이 정도 되는 사람이다'라는 거만한 눈빛이었다.

"흠."

트루드는 잠시 고민했다. 아무리 장로급의 현혹 마법이라도, 상급 기사들에게는 먹히지 않을 가능성이 크다.

그러나 김종혁의 바지 주머니에 숨겨져 있을 '최상급 미약'.

뱀파이어가 심혈을 기울여 만든 미약은 충분히 상급 기사들에게도 먹힐 것이고 거기에 술까지 곁들여지면 가능성이 아예 없지는 않다.

"……저도 좋습니다."

트루드는 진한 미소를 지으며 두 사람을 바라보았다.

"그럼 아래층의 객실로 가서 마실까요? 제가 시끄러운 건 질색이라."

"뭐, 좋지요. 갑시다."

네 사람이 일행을 이루어 크루즈의 계단을 내려가고 그리고 그 뒤를 한 뱀파이어가 아무런 기척 없이 따랐다.

터벅터벅.

그렇게 계단을 내려가던 트루드는 어느 순간 묘한 불안을 느꼈다.

비단 계단을 내려가도, 내려가도 끝이 없기 때문만은 아니었다. 뒤쪽에서 희미하게 흘러드는 익숙한 기척…….

트루드가 뒤를 돌아보았을 때, 세상이 어둡게 반전했다.

'결계'였다.

"뭐, 뭐야!"

기겁하며 주변을 둘러본 김종혁에게 둔탁한 칼집이 쇄도한다. 콩! 아무 쓸모없는 제 3자는 그렇게 칼집에 미간을 처맞고 기절한다.

'함정이다!'

트루드는 재빨리 이동술식을 사용했으나 그보다 먼저 김유린에게서 뿜어져 나온 황금 섬광이 그의 오른 팔을 베어냈다.

"끄아아악!"

술식을 구성할 팔을 잃자 이동술식도 무효로 돌아간다. 당황한 트루드는 우선 한쪽 팔로나마 '베놈 스피어'를 시전했다.

일순 트루드의 등 뒤 허공에 수십 수백의 흑색 창이 떠오른다.

맹독으로 범벅되어 있는 이 창살은 살짝 스치기만 해도 빌어먹을 인간 놈들에게 치명상을 선사할 터.

그것은 분명 고위마법이지만, 참 아쉽게도 상성이 맞지 않았다.

이혜린의 검(劍)은 공간을 왜곡하고, 마법을 베어내기에.

샤악!

이혜린이 휘두른 검은 창 하나를 튕겨내더니 기이한 각도로 계속해서 굴절되며 모든 창을 쏜살같이 격파해갔다.

그리고 트루드는 참 불쌍하게도 당황할 틈조차 없었다. 찰나 김유린의 궁니르가 그의 다른 쪽 팔로 쇄도하였으니…….

"크아……."

김유린은 참격의 목적을 '벙어리'로 설정했기에 트루드는 비명도 내지를 수 없었다. 양팔을 잃은 그는 결국 바닥에 무릎을 꿇었다.

"……."

마침 결계도 산화하고 트루드는 그녀들의 어깨 너머에서 기웃거리는 가증스러운 배신자를 보았다.

'네놈은 로드가 무섭지도 않더냐……!'

소리치고 싶었지만 목소리가 나오지 않는다. 그럼에도 성대를 억지로 밀어내며 꺽꺽 거리던 트루드는 순간 뇌리에서 묘한 목소리가 윙윙거리는 것을 느꼈다.

─솔직히 장로님도 의심하고 계시지 않습니까. 저희 계획은 실패할 가능성이 더욱 높다는 걸. 저는 제가 살길을 선택한 겁니다.

로스한델이 보낸 텔레파시. 트루드는 맞바로 격렬한 욕설과 분노를 내보냈지만 이미 그의 생각은 굳게 닫힌 상태였다.

도발에 말려든 트루드의 얼굴이 시뻘게지고 발버둥을 친탓에 팔이 잘린 단면에서 피가 폭포수처럼 흘러내렸다.

혈액을 잃어 점점 몽롱해지는 의식 속에서도 트루드는 핏발 선 눈으로 로스한델을 노려보았다.

하지만 그 누구도 듣지 못한 격노와 저주와 증오는 언제까

지나 그 누구도 듣지 못한 채로 남을 것이었다.

무의미한 심연 속에서 얼마나 헤매었을까 '결혼하자.' 어눌한 발음으로 가장 듣고 싶었던 말을 한 남자가 떠올랐다. 그 즉시 눈이 번쩍 뜨여졌다.

통통통통.

가장 먼저 웬 절구 찧는 소리가 들려오고, 뒤이어 심장이 뜨겁게 달아오른다. 눈물이 흐른다. 황급히 일어나려던 유세정은 그만 발을 헛디뎌 콰당탕! 바닥에 엎어지고 말았다.

"엄마야!"

절구 소리가 멈추고 그것을 찧던 여인이 자신을 바라보았다.

"……언니?"

"세, 세정아. 깼니?"

하젤린은 절구를 내려놓고서 다가가 그녀를 일으켜 주었다.

"괜찮니? 그래도 계속 쉬고 있……."

"놔요!"

그러나 유세정은 냉정하게 내팽개쳤다. 순간 분통과 억울함이 치밀었다. 김세진의 연인은 난데 결혼까지 약속한 사이

인데 왜 그가 납치당했다는 사실을 자신이 제일 늦게 알아야
한다는 말인가.

"세정아? 일단 진정하고……."

"진정을 어떻게 하느냐고요! 오빠가 납치당했다는데 그것
보다 다른 사람들은 어디 있어요? 당장 불러와요!"

이를 갈며 소리치는 그녀의 피부 위로 마나가 들끓었다.
심상치 않은 흐름. 이것은 '마나 폭주'의 전조다. 혹시라도
폭주한다면 여태 모아둔 모든 마나를 잃고 생명마저도 위독
해지는 기사나 마법사에게 가장 치명적인 현상.

하젤린이 미간을 가느다랗게 좁혔다.

"세정아, 진정해. 그런 태도는 지금 아무런 도움이 안 돼."

"도움은 개뿔이! 알고 있었으면서 왜! 왜 안 알려줬어요!"

"그건 네가 걱정할까 봐……."

"걱정도 걱정 나름이지! 저리 비켜요!"

몸을 일으킨 유세정은 비틀거리면서도 출구 쪽으로 발걸
음을 옮겼다. 한숨을 내쉰 하젤린은 결국 품속에서 포션병
하나를 꺼냈다.

수면 포션이다.

뚜껑을 따고, 제대로 걷지도 못하면서 길길이 날뛰는 그녀
에게 쏟아 붓는다.

"아악! 야! 너 지금 뭐하는……."

방금 뭔가 기분 나쁜 반말을 들은 것 같지만, 유세정은 이

구출 293

내 힘없이 스르르 쓰러진다.

뒤이어 벌컥! 문이 열렸다. 장로로 추정되는 뱀파이어와 팀원들이었다.

그들은 우르르 밀려들어오다가 상황을 발견하곤 우뚝 멈춰 선다.

정체모를 포션에 당해 쓰러진 유세정과 포션통을 들고 있는 하젤린.

김유린이 슬그머니 허리춤에 손을 가져간다.

"······날뛰기에 재운 거야. 의심하지 마. 손 때 유린아. 손 때. 그거면 나 진짜 죽어."

장로를 설득하는 것은 쉬웠다. '한 방 한 방마다 정신력을 갉아먹는다.'는 목적이 담긴 김유린의 펀치로 팡팡팡팡 때리다 보니 장로의 정신이 헤롱헤롱 해졌고 그 틈을 타 하젤린의 정신 마법이 치명타를 가한다.

그렇게 장로를 꼭두각시로 만드는 건 성공하였지만······.

"애는 어떻게 하죠?"

이혜린이 덤으로 끌고 온 김종혁을 가리키며 물었다.

"어이, 밥 로스. 오늘 있었던 일, 잊어버리게 할 수 있나?"

"물론입죠."

김유린의 요구에 로스한델은 싹싹하게 나서 놈의 뇌 속으로 마나를 불어넣었다.

"됐습니다. 이놈은 술 진탕 마시다가 기억을 잃은 걸로 기억할 겁니다."

"다행이군. 잘했다, 밥 로스."

"……근데 밥 로스는 도대체 누굽니까? 전 로스한델입니다."

밥 로스의 투정은 가볍게 무시한다.

김유린은 침대에 누워 있는 유세정을 힐끗 쳐다보았다.

"새벽 쪽 집사는 언제 와서 데려간대?"

"곧 온답니다."

유린은 씁쓸한 얼굴로 고개를 끄덕였다. 아쉽지만, 지금 세정이의 정신 상태는 방해만 될 뿐이다. 게다가 하젤린의 말로는 마나폭주의 기미까지 보였다고 하니.

"그래, 그럼 모두 다 준비는 됐겠지? 세정이한테 용서받으려면 김세진 길드장은 무조건 데리고 와야 한다!"

"예, 물론입니다!"

모두가 똑같은 대답을 힘차게 해보였다.

부우우웅.

가파른 산길을 내달리는 넓적한 승용차엔 8명의 인원으로 득실거렸다.

김유린의 운전은 최고였지만, 동시에 너무 거칠어 모두 괴로운 얼굴이었다. 특히 감각이 예민한 유백송은 당장에라도 죽을 것 같은 얼굴로 앞 시트에 대가리를 콩콩콩 처박는 등 자해를 하고 있다.

"이쪽이면 동해인데? 여기 맞아?"

"예, 조금만 더……."

트루드가 멍한 얼굴로 대답한다.

"직진?"

"예."

"오케."

비포장도로임에도 불구하고 다시 엑셀을 세게 밟는다. 그 반작용으로 내부가 흡사 대지진이라도 발생한 양 뒤흔들린다.

"잠깐, 잠깐만, 나 진짜루 토할 거…… 가타……."

얼마 지나지 않아 맨 뒷자리에서 유백송의 힘없는 목소리가 들려왔다.

"어? 안 돼, 안 돼! 너 토하기만 해봐. 난 안 된다고 말했어, 분명!"

급히 발광하는 사람은 그녀의 옆자리에 앉은 하젤린.

"아니, 아니, 나 더 이상 못 참아. 나 이제 못 견뎌. 죽을지도 몰라. 아니, 죽어. 이미 죽었어. 죽었다고 생각해."

"참아. 참아. 참으라고 했다. 분명히 나…….

"구웨에에엑!"

"꺄아아악!"

맨 뒷좌석에는 난리 브루스가 펼쳐지지만 김유린은 멈추지 않았다. 오히려 김세진을 구해야 한다는 다급한 마음과, 오랜만의 오프–로드–드라이브에 신난 마음이 합쳐져 끝도 없이 가속할 뿐.

"아, 이 로브 세진 씨가 선물해 준 건데에! 다 묻었잖아 이 고양이 새꺄!"

"……구웨에엑!"

"이런 썅…… 읍, 멈춰! 잠깐 멈춰봐, 유린아, 유린아?! 멈춰! 이러다 나도 토해…… 우읍! 그에엑!"

"……밥 로스 씨? 맨 뒷좌석에 쉴드 좀요. 냄새 넘어올라"

"이미 쳤으니까 걱정하지 않으셔도 됩니다. 그리고 밥 로스 아니라니까요."

이혜린과 김선호, 주지혁은 안도의 한숨을 내쉬었다. 뒷좌석의 일은 뒷좌석에 맡기자.

약 40여 분의 괴로운 드라이브 끝에, 일행은 드디어 장로가 안내한 장소로 도착했다. 과연, 살면서 평생 이런 곳이 있는지도 몰랐을 으슥한 지대였다.

"뭐, 혹시 문제 있는 사람 없지?"

김유린이 물었다.

서로간의 토사물로 범벅이 된 하젤린과 유백송이 문제라면 문제였으나 로스한델이 청결 마법으로 그 둘을 깨끗이 씻겨주었다.

"이런 거 있으면 진작 쳐 써주지…… 하여간 마음에 들지가 않아."

"저거군요. 와따, 역시 바토리. 결계 단단하게 생긴 거 봐."

투덜거리는 하젤린은 가볍게 무시하고 로스한델은 저 멀리 반구형으로 되어 있는 새까만 결계를 가리켰다.

"이제 어떻게 할까요, 대장님."

"결계는 아마 궁니르로 파괴할 수 있을 거야. 그런데 그다음이 걸려. 어떻게 바토리를 상대해야 할지."

"……흠, 저기 이 방법은 어떻습니까?"

그때 김선호가 손을 들었다.

"뭔데요?"

"TM사에서 몬스터 방산을 담당하는데…… 무인 석궁이나 포탑 같은 독창적인 발명품이 많습니다."

"……아?"

순간 눈을 동그랗게 뜬 김유린이었으나 이내 고개를 절레절레 저었다.

"시간이 촉박해요. 길드장님에게 무슨 일이 생기기 전에 구출해 내야 합니다."

"용병단을 동원하면 되니까 반나절 아니, 1시간이면 될 겁니다."

"⋯⋯."

김유린은 동료들의 반응을 살폈다. 이혜린은 좋은 생각이라며 동의를 하고는 한 마디 덧붙였다.

"하젤린 언니, 그때 그거 가능하시죠? 마나 없앴던 마법."

"어? 어, 어⋯⋯ 근데 아마 10초가 최, 최선일 거란다."

갑작스러운 '언니'라는 호칭에 당황한 하젤린은 더듬더듬 대답했다.

"⋯⋯후. 그럼 용병단을 불러 설치합시다. 선호 씨?"

어차피 바토리의 목적은 청룡을 길들이는 것. 그렇다면 적어도 죽이지는 않을 거라는 확신이 있고, 김세진 또한 자신들이 희생당하는 걸 원치 않을 터.

"그래도 포탑은 배제하고 석궁만 설치하도록 하죠. 혹시 길드장 님이 휘말릴 수도 있으니."

"예, 알겠습니다."

김선호는 급히 어딘가로 연락을 취했다.

그로부터 고작 30분 뒤.

콰콰콰콰콰!

무려 열 두대의 헬리콥터가 하늘 위를 수놓더니, 수십의 용병들이 관련 물품을 들고서 낙하했다.

　"……와, 뭐야. 되게 빠르네."

　길드원들의 감탄 속에서, 용병들은 고작 20분 만에 수십 대의 석궁을 설치했다.

　"뭐라고 설명하셨습니까?"

　"결계 안에 몬스터를 가둬뒀다고 했습니다."

　"좋네요. 이제 물러가라고 하세요."

　어차피 바토리는 '정예'가 아닌 이상 통하지 않는다. 물론 몬스터 용병단의 역량이 높다고는 하지만, 필요 없는 죽음은 언제나 지양하는 것이 옳다.

　"예."

　김선호가 돌아가라며 박수를 치자 용병들이 쏜살같이 물러난다.

　시간이 얼마만큼 흘렀는지는 모른다. 그러나 결계가 초등학교 운동장 크기로 넓어진 것은 확실히 안다.

　암울한 상황이지만 위로 삼을 부분도 분명 있었다.

　바토리와 치고 박고 싸우다 보니 '골밀도와 근육 조직의 진척도'가 오르고 올라, 마침내 [근육은 순수하게, 뼈는 정순하게 변하였다]라는 알림창이 떠오르며 진척도 100%를 달성한 것이다.

그 효능은 무척 쉽게 실감할 수 있었다. 바토리의 심기를 거슬러 발길질과 주먹질을 맞아본 결과. 느껴지는 고통이 확연히 경감됨은 물론 그 바토리를 상대로 '몸싸움'이 어느 정도는 가능해진 것이다.

물론 마법에 속수무책인 건 아직 그대로지만.

한편 바토리는 갑작스레 완성된 내 강골(強骨)을 두고 꽤 미심쩍어했다. 그러나 '네 무지막지한 구타에 적응이 된 거다.'라는 변명을 하니 금세 의심을 풀었다.

어쨌든 그렇게 바토리가 지닌 '육체의 정수' 체득을 완료했고 다음으로 체득할 수 있는 항목은 [300여 년간 축적된 마도의 지식]이었다.

내심 몸을 마나로 기화시키는 기술을 바랐지만 그래도 마법보다 한 단계 월등하다는 '마도'다. 마나적 존재, '레비아탄'이라면 바토리보다도 더 무궁무진하게 활용할 수 있을 터.

그리고 지금, 그런 마도의 진척도는 15%.

"흐흥, 됐다~"

그 15%만큼 쌓인 마도의 단편적인 지식들을 조립하고 있는데 별안간 바토리의 흐뭇한 웃음소리가 들려왔다.

나는 그녀를 호기심 어린 눈길로 바라보았다. 별다른 말은 필요 없다. 이렇게 보고만 있으면 저가 알아서 씨부릴 테니.

"후훗."

근데 이번에는 굳이 바토리의 설명을 들을 필요가 없었다.

바토리 앞에 지그재그 모양으로 차곡차곡 쌓여 있는 트럼프 카드의 성. 내가 알려준 방법으로 증축한 고작 50㎝ 정도 되는 성의 모습에 바토리는 즐거워하고 있는 것이다.

문득 심술이 나서 바람을 후 불었다. 트럼프 성이 부르르 떨다가 무너지고 바토리의 얼굴이 콰득 일그러진다.

"뭐하는 거니!"

"재밌냐? 괜히 알려줬네."

"하여튼 누가 곧 뒈지기 직전 아니랄까 봐 심보가 아주 못됐어. ……그건 그렇고 얘야, 우리 카드게임이나 한 번 할까?"

바토리가 말하는 카드게임은 '원카드'다. 심심해 보이기에 몇 번 놀아줬더니 하루에도 열여덟 번은 요청한다. 물론 여기서 하루는 '결계에서의 하루'를 뜻한다. 결계에서의 하루가 바깥에서 며칠인지는 잘 모르기에.

"안 해."

"……어이없네. 언제는 지가 하자고 했으면서. 만날 져서 하기 싫나 봐?"

"그렇게 생각하시든가."

투덜거리는 바토리 앞에 무너진 카드의 성, 그 성의 꼭대기를 차지했던 에이스 한 장이 유달리 서서히 가라앉는다.

그 시시한 광경을 멍하니 보고 있는데, 별안간 머릿속에 전기가 한 줄기 번뜩였다. 직관적인 기시감(既視感), 라이칸 슬로프의 직감이었다. 다만 미래의 장면이 힐끗 보였다든가 한 건 아니다. 그저 짤막한 의심이 뇌리를 섬광처럼 스쳤을 뿐.

"……어이."

"왜."

그녀는 카드를 섞으며 즉답한다. 신경질적인 어투여서 살짝 고민되었다. 지금 물어볼 말은 카드를 무너트린 것보다 훨씬 더 심한 행패일 테니.

"뭔데? 말하렴. 어차피 곧 죽을 텐데 왜 어물쩍거리는 걸까?"

"풋."

그러나 바토리의 말에 웃음이 피식 터졌다. 고성에 갇혀서—인간과 같은 공기를 마시기 싫다, 는 다소 거만한 자의(自意)이긴 했지만—살았다고 하더니만 이상하게 호기심이 많다. 그리고 호기심이 많다는 것은 즉 의심도 잦다는 뜻.

그렇다면, 대개는 단지 이간질로 치부할 만한 내용도 예민하게 받아들일 수밖에 없겠지.

"그냥 갑자기 궁금해서 묻는데. 그 계획 너희 로드가 직접 '성공한다.'고 단언했던 거냐?"

조심스레 운을 띄우자 바토리는 자랑스레 고개를 주억였다.

"그래, 로드께서는 모든 걸 볼 수 있으시거든. 비록 연로하셔서 잠들어 계시는 시간이 많지만."

"흠, 그럼 그 작자는 시간과 공간, 두 축을 '동시에' 뒤집을 수 있다고 생각하는 거겠네?"

바토리가 미간을 좁혔다.

"그래, 둘 다. 도대체 뭘 말하고 싶은 건데? 똑바로 말해!"

"아니, 나는 궁금해서. 말이 안 되잖아. 너 혹시 '모순'이라고 알아?"

바토리는 모르지만 아는 척 고개를 사선으로 끄덕였다.

"……설명은 나중에 하고. 어쨌든 너네는 시공간을 '동시에' 뒤집길 원하는 거 같은데. 시간과 공간, 도대체 무엇이 선행되어야 계획이 성공할 수 있을까?"

"……그게 뭔 개소리야. 누가 똥개 아니랄까 봐 말도 짖으면서 하네."

역시나 퉁명스러운 얼굴이다. 아니, 뭔 말인지 이해도 못 한 거 같다.

"그러니까 잘 생각해 봐. 만약 시간 축이 먼저 뒤집힌다면 네가 있는 시간대에는 균열이 없는데 공간을 어떻게 뒤집지? 그리고 또, 만약 공간이 먼저 전이된다면 너희가 있는 공간에는 균열이 없는데 시간 축은 어떻게 뒤집냐?"

미시적으로 보면 '동시(同時)'는 불가능하다. 적어도 마이크로초만큼의 차이는 반드시 존재할 터.

그러니 놈들의 계획에는 필연적인 모순이 끼어 있다. 그것도 시간만 적당히 주어진다면 일반인도 어렵지 않게 추리할 수 있을 정도로 그다지 난해하지 않은 모순이.

그만큼 이 모순은 뱀파이어들도 어렵지 않게 캐치해 낼 수 있었을 것이다. 의심을 원천에 차단하는 '맹목적인 믿음―뱀파이어 로드―'이 없었더라면.

"나는…… 아무리 생각해도 로드가 너희를 이용하는 것 같단 말이야."

고작 한마디를 꺼냈을 뿐인데, 대기에 짙은 살기와 압박이 더해진다. 그러나 바토리의 강골을 체득한 이상 이런 물리적인 위박(威迫)은 없는 것이나 다름없다.

"……아무래도 너, 죽는 것도 싫은가 봐? 평생 몬스터한테 뜯어 먹히면서 살고 싶니?"

서슬 퍼런 목소리였다. 하나 조용히 떨리는 그녀의 눈동자에선 숨길 수 없는 동요 또한 느껴졌다.

"그리고 로드께서는 그런 짓을 벌일 이유가 없어."

"이런 거지. 너네는 과거의 고향으로 돌아가고 싶어 하잖아? 근데 로드는 그게 아닌 거야. 그는 이미 '과거의 고향'으로 돌아갈 수 없단 걸 알고 있는 거지."

"……."

"내 생각에도 시간 '혹은' 공간을 뒤집는 건 분명 가능해. 하지만 시간축을 뒤집든지, 아니면 공간을 뛰어넘든지 둘 중 '하나'만 가능한 거지. 즉, 로드께서는 니들을 고향으로 뚝 던져 놓고 나서, 자기 혼자만 혹은 너희를 제외한 충실한 심복들만 데리고 '과거의 지구'로 돌아가려 하는 것 같다~ 이 말이지. 무방비 상태의 지구를 꿀꺽 집어삼키려고."

"개소리 지껄이지 마!"

말이 끝난 즉시 바토리가 으르렁거리며 달려들었다. 하지만 여느 때와는 달리 몸놀림이 성급하고 우아하지 않았다. 동요를 하고 있다는 방증이겠지. 나는 두 손으로 그녀의 면상을 밀어내며 계속해서 말을 이었다.

"로스한델이 너를 두고 '차기 제왕'이라고 부르더라고? 근데 말이야, 로드가 그걸 용납할까? 욕망으로 똘똘 뭉친 니들 뱀파이어는, 특히 핏줄이 고귀하면 고귀할수록 지위에 대한 집착이 더 심하지 않나?"

"Kobhack! 로드께서는 연로한 자기를 대신해 직접 후계자를 고른다고 하셨단……!"

"그거야, 지가 백년만년 해먹겠다고 하면 누가 좋아해. 아무리 로드가 뭔가 특별한 물건을 이용해 뱀파이어들의 흡혈 본능을 조절할 수 있다지만, 그 전에 암살당하기 딱 좋지. 게다가 로드 자리를 넘겼다가 폭동이라도 일으키면 어쩌려고."

떨리는 심장을 진정시키며 최대한 여유롭게 조소를 짓는다.

"아니, 그보다 그 로드, 잠만 잔다는 것도 사실이냐? 내가 들기론 수명이 100년은 더 남았다고 하던데?"

그러자 바토리의 마나가 크게 용솟음치기 시작했다. 피부 위로 요란하게 들끓는 핏빛의 마나는 그녀의 분노가 그 어느 때보다 격렬함을 나타낸다.

"로드는 그럴 분이 아니다."

나는 웃으며 과연 그럴까? 라고 마지막 마디를 덧붙였다. 그것으로 드디어 임계점이 넘었는지, 그녀는 내 전신을 해부할 기세로 달려들었다. 나는 그녀의 어깻죽지에 이빨을 박아 넣고 필사적으로 붙들었다. 뒤이어 내장이 뽑히고 등골이 박살나는 듯한 고통이 치민다.

그런 격통 속에서 얼마 정도의 시간이 흘렀을까.

돌연. 바토리가 행동을 멈추었다…….

쯥쯥.

"……뭐야 이 모기 새끼는!"

그녀는 우선 피를 빨고 있는 나를 거칠게 떼어냈다. 아, 30%밖에 못 채웠는데. 아쉬워하는 순간.

별안간 결계가 쩌저적 갈라지기 시작했다.

"오? 아무래도 구조대가 도착했나 보네."

미소가 저절로 지어진다. 뒤덮인 털을 집어넣고, 인간의 풍모로 변화한다. 바토리는 그런 나를 기묘한 눈빛으로 보다가 입가를 비틀어 올렸다.

"그래? 그럼…… 다 죽여야겠네."

황금빛 검광이 결계를 가르자, 불락(不落)일 것만 같았던 새까만 반구체에 균열이 생겨났다. 그러길 3초. 쩌저저적— 한 면에만 생겼던 균열이 점차 결계로 전체로 번져가고, 이내 유리조각처럼 와르르 무너져 내린다.

"됐다!"

"세진 씨!"

그 결계의 속에는 두 명의 사람이 있었다.

예상대로 바토리와 김세진.

하나 자세가 조금 이상했다. 바닥에 엎어진 김세진과, 그 위에 올라탄 바토리. 뭔가 조금 음란하고도 강압적인 자세…….

"저, 저 미친년이!"

그 광경을 본 즉시 하젤린이 저도 모르게 크게 소리 질렀다.

"뭐?"

난데없는 욕설에 악귀처럼 얼굴을 일그러뜨린 바토리, 그녀는 온 사방으로 자신의 마나를 뿜어냈다.

그러나 바로 그때 하젤린의 '마나 억압'이 발동된다. 더 몬스터에서 긁어온 모든 마나석을 재물로 바토리의 마나를 억압하는 것이다.

"이런 잡년들이…… 끅!"

마나가 강제적으로 갈무리당한 바토리에게로 수백의 석궁이 쏘아진다.

꺼림측한 파육음이 울리고 날카로운 볼트(Bolt)는 그녀의 전신을 고슴도치처럼 꿰뚫었다.

하나 이것만으로 부족하다는 걸 모두 알고 있다. 이혜린의 장도와 주지혁의 대검, 백호의 앞발과 김유린의 궁니르가 동시에 쇄도한다.

쪽수가 딸린다. 목숨은 하나뿐이고.

바토리는 굴욕을 속으로 삼키며, 부하들에게 구조신호를 보낼 수밖에 없었다.

콰아아앙!

수많은 검격이 벽력처럼 밀려든다. 그러나 바토리는 견뎌내고 또 회피했다. 마나 따위 없이 오로지 맨 몸으로.

심장으로 향하는 황금빛 검격을 아슬아슬하게 피한다. 기이한 각도로 휘며 목 밑을 스치는 사복검은 한 손으로 움켜쥐고 바닥으로 내리친다. 그러자 사복검을 든 검사, 이혜린이 검과 함께 노면에 내리꽂힌다.

"끄악!"

"혜린아! 괜찮……!"

이번에는 맘 편히 걱정하는 여기사에게 돌격하여 복부에 주먹을 박아 넣는다.

여기사는 용케도 그 정권을 견뎌냈지만 잇새로 다량의 피가 터져 나왔다. 바토리는 김유린을 마무리 짓고자 달려들고 그런 바토리를 주지혁과 유백송이 막아선다…….

그 모든 전투를 보며 김세진은 패배를 직감했다.

하젤린의 마나 억제는 이제 곧 한계고 기공포를 사용하기에는 마나가 턱없이 부족하다. 게다가 얼마 지나지 않으면 뱀파이어 구원군까지 도달하겠지.

여기서는 후퇴가 답이다.

그렇다면 방법은? '속도'로 바토리를 따돌리는 건 미친 짓이다. 음속은 가볍게 뛰어넘어 1초에 1㎞는 가볍게 주파할 미친년이니까.

그러니 생각하자. 생각하자.

돌연 마도 지식의 단편이 떠올라 김세진은 머릿속에 꿍쳐뒀던 마도의 지식을 급히 헤집었다.

찾아보니, 있었다.

'순간전이.'

바토리가 자신을 납치하였을 때 사용했던 마도다.

콰아아아앙!!

때마침 김유린의 궁니르와 바토리의 주먹이 맞부딪치며 거대한 흙먼지가 일었다. 그렇게 가려진 시야 속에서 김세진은 동료들의 좌표를 파악한 뒤 '마나'를 가동하여 '마도'를 구성했다.

그리고 역시 레비아탄의 마나집적 능력은 타의 추종을 불허한다.

"……뭔?"

바토리가 이상한 기색을 눈치챈 듯 재빨리 안개를 걷어내기 시작했다. 그러나 그 순간 푸른 마나가 하롱하롱 피어오

르며 김세진의 동료들을 감싸더니,

뿅!

모두 흔적도 없이 사라져 버린다.

"어딜! ······뭐, 뭐야?"

별안간 허공을 가격하게 된 바토리는 처음엔 어리둥절.

"뭐냐고! 어디 갔어! 어디 갔어, 이 빌어먹을 잡종년들! 아아아악!"

그다음엔 분통을 터트렸다. 방금 김유린에게 면상을 한 대 얻어맞았기 때문일까, 붉게 부어오른 볼이 더욱 처절하고 험악한 분위기를 조성하는 듯하다.

"여, 여왕님!"

"하아··· 하아··· 너네, 왜 이렇게 늦었니?"

"죄, 죄송합니다! 바로 쫓아갈까요?! 마나의 흐름은 포착했습니다!"

장로와 사도들이 헐레벌떡 뛰어와 그녀의 앞에 무릎을 꿇는다.

바토리는 흘린 피를 닦아내고 흐트러진 머릿결을 정돈하며, 차가운 분노를 토해냈다.

"아니, 흥이 식었어. 그리고 가서 뭐해? 또 똑같은 방법으로 도망갈 텐데······."

"그, 그럼?"

고민하던 그녀는 돌연 김세진이 했던 말이 떠올랐다. '로드가 뱀파이어들을 속이고 있다'는 말이.

그것은 분명, 분명히 찢어 죽여도 시원찮을 만큼 불경한 말이다. 그러나…….

"……로드를 만나러 간다."

"예? 저, 여왕님? 여왕님의 진노는 충분히 이해갑니다. 하나 로드께서는 아직 깨어나시지…….."

나약한 목소리를 듣자니 갑자기 피가 거꾸로 솟았다.

왜 내 아랫놈들 중에는 이렇게 재미있는 놈이 없지? 왜 모조리 빌빌대는 것 밖에 할 줄 모르지?

무릎은 물론 머리통까지 땅바닥에 접착시킨 이 남자 같지도 않은 수컷들을 굽어보며, 바토리는 방금까지 곁에 있었던 남자를 떠올렸다. 동시에 여러 가지 의미로, 많은 화가 났다.

"닥쳐 이 버러지 같은 놈들아! 로드한테 갈 테니까 길이나 닦아라!"

그녀의 커다란 호통이 산세를 울렸다.

42장
영웅, 오크, 인간 (1)

레비아탄이 직접 시전한 마도, '순간 전이'는 과연 성공적이었다. 도착한 장소는 여태 줄곧 머물렀던 회의실. 하나 너무 급히 사용하였기에, 여덟 명 모두 땅에 발을 디딘 상태로 이동시킬 수는 없었다.

즉, 몇몇은 머리, 혹은 여타 다른 부위가 땅에 박힌 채 이동되었다는 뜻.

"꺅!"

"악!"

"아악!"

그래서 약간 고통스러운 비명이 울리는 소란이 있었지만, 주변을 둘러본 김세진은 한 명의 낙오도 없음을 확인하고서 안도의 한숨을 내쉬었다. 동시에 마나를 남용한 현기증이 밀려들었다.

"괜찮으십니까?"

비틀거리던 김세진을 바로 옆에 있던 김유린이 부축했다. 사람이 용을 부축하는, 다소 기이했던 광경은 김세진이 인간화를 취하면서 자연스러워졌다.

"아, 예. 괜찮아요. 근데 머리가 어질하네요."

관자놀이를 짓누르며 말한다. 김유린은 그를 근처 소파에 앉혀주었다.

"청룡으로 변하는 특성이셨다니, 나 참. ……아, 근데 이 마법은 길드장님이 사용하신 겁니까?"

"……뭐, 그런 셈이죠."

"그런 셈이라니, 그건 무슨 셈입니까? 덧셈? 뺄셈?"

김유린이 엷은 미소를 지으며 아재개그를 던졌다. 역시 나이는 속일 수 없구나, 생각하며 그녀를 바라본 순간.

김세진의 눈이 휘둥그레졌다. 그녀의 입가와 하관 부근에는 다량의 피가 말라붙어 있었다.

"유, 유린 씨, 안 아프세요?"

"네? 아, 별로 안 아픕니다."

"아파 보이는데……."

당황하며 묻자, 그녀는 별거 아니라는 듯 손사래를 쳤다. 하나 뼈가 아예 개박살이 났는지 팔의 일부가 두 동강이 난

모양새로 달랑달랑— 흔들린다. 그 기괴한 광경에 김세진의 입이 뜨악 벌어지고, 김유린도 그제야 자신의 상태를 확인하고는 화들짝 놀란다.

"악! 이거 뭐야!"

"……픕."

그녀의 생생한 반응이 웃음을 불러일으켰다.

"아니, 그, 그게 아니라…… 이, 이 정도는 포션 마시면 다 낫습니다. 마침 저기 포션이…"

"아니, 줘 봐요. 이 정도로 부서졌으면 포션 마시면 안 돼요. 뼈 이상하게 붙으면 어쩌시려고."

김세진은 고개를 절레절레 저으며 그녀의 팔을 붙잡았다. 그러고는 마나를 적당히 조정하여 피부 속으로 불어넣는다.

"아니요, 괜찮습니다. 병원에 가면…… 어?"

바스러진 뼛조각들이 알아서 제자리를 찾고, 서로서로 단단히 뭉쳐 파괴 전의 형태로 복귀한다. 단순히 외상만을 치유해주는 포션과는 다르다. 이는 '복구'의 개념으로, 사멸한 지 오래된 '치유마법'과 맞닿아 있다.

"됐어요. 한 번 움직여 보세요."

"이, 이…… 뭐야?"

어리둥절한 김유린은 팔을 요리조리 둘러보며 놀라워했다.

"도대체 어떻게 하신 겁니까?"

"배웠습니다. 바토리한테서, 조금."

일순 그녀가 어이없다는 얼굴을 짓는다. 그러나 어쩔 수 없지 않은가. 엄연한 사실인데.

사실 [바토리가 지닌 마도의 지식을 이해한다.]는 문장은 '마도를 사용할 수 있게 해준다'는 단순한 의미가 아니다. 마도를 구사하기 위해 수없이 긴 세월 동안 '대'를 이으면서 쌓아왔던 바토리 가문의 모든 경험과 관록까지 모조리 재현한다는, 더 포괄적인 의미인 것이다.

그러니 지금의 김세진은 현대마법사의 역량 부족으로 사멸되었거나, 혹은 관리 소홀로 소실된 여러 마법들까지 모조리 '33%(진척도)'만큼은 사용할 수 있다. 그리고 운 좋게도 그 '여러 마법' 중에 치유마법이 포함된 거고.

"고, 고년이 순순히 알려주던가요?"

"협상을 좀 했거든요."

"협상이라니…… 그 정신 나간 여자랑 어떻게 협상을?"

그때 방금의 치유 과정을 힐끗 봤는지 이혜린이 주춤주춤 다가왔다. 아니, 기어왔다. 두 손으로 바닥을 짚으며.

"길드장님 저 척추가 무너져 내린 것 같아요. 하반신에 감각이, 감각이 없어요오……."

이혜린이 눈물을 글썽이며 김세진을 올려다본다. 그는 걱정하지 말라 말하고는, 그녀의 옷을 살짝 벗겼다. 접촉면에 옷가지가 있으면 방해되니까. 그러나 이혜린은 그런 사실을 몰랐다.

"으갹! 뭐하시는 겁니까! 몸도 못 움직이는 여자를 상대로! 대장님! 도와주세요, 대장니임!!"

"……."

그녀는 그나마 움직이는 두 손으로 양껏 발버둥을 쳤지만 그 '대장님'도 한통속일 따름이다. 김유린은 이혜린의 상반신을 단단히 붙잡았다.

"어서 하시죠."

"어? 뭐, 뭘 해! 뭘 해요! 하지 마!"

"치료, 인마, 치료."

"예? 아, 아하……."

김유린이 그렇게 말하자, 그제서야 발버둥이 잦아든다. 김세진은 옷을 더 위로 올렸다. 허리가 움찔 떨리지만 그 이상의 반응은 없다. 그러나 난데없이 김유린이 짓궂은 표정을 짓더니, 그녀의 엉덩이를 찰싹! 소리가 나도록 세게 두드렸다.

"아! 뭐야! 누구야!"

"혜린이 몸매 좋네~"

"예, 예? 아, 하지 마요!"

찰싹. 찰싹. 청량한 소리가 계속해서 울린다.

"하, 하지 마! 아흣! 하, 하앙!"

"……빨리 치료 먼저 할게요."

그러나 이대로 있으면 남자로서 조금은 부끄러운, 그러니까 기발한 상황이 벌어질 것 같았기에, 김세진은 김유린을 밀어내고 환자의 새하얗고 가느다란 허리에 손을 댔다. 그러고는 김유린에게 했던 것처럼 마나를 불어 넣는다.

번쩍! 얼마 지나지 않아, 마나가 스며든 허리 부근이 푸르게 번뜩였다.

그리고, 고작 그걸로 치료는 끝.

"됐어요. 일어나 봐요."

이혜린은 우선 옷매무새부터 퍼뜩 가다듬고는 서서히 다리를 움직였다.

"오, 된다! 돼!"

이혜린이 감격스러운 얼굴로 천천히 일어선다. 그렇게 이혜린의 치료가 끝나자마자, 이번에는 하젤린이 쭈뼛쭈뼛 다가왔다. 후드를 뒤집어 쓴 그녀는 겉보기에는 아무런 이상이 없어 보여서 김세진은 의아했다.

"하젤린 씨? 어디가 아파요?"

"아, 저, 그, 그게 말이에요 세진 씨……?"

그러나 입술만 뻐끔뻐끔 거릴 뿐 차마 말을 잇지 못한다. 그녀로서는, 혹시 머리통이 훤하게 비어 있는 모습을 그가 혐오스러워 할까 봐 두려웠다. 심호흡이라던가 청심환이라던가 하는 여러 준비가 필요했다.

그러나 이혜린이 손을 벌처럼 뻗어 그녀의 후드를 벗겨 버렸다.

"악! 아니, 이 미친년이!"

"……."

"……."

잠시 내부가 무척 고요해졌다. 마치 게걸스러운 무엇인가가 모든 소리를 집어삼킨 듯하다.

그 치명적인 적막 속에서 하젤린은 온몸이 딱딱하게 굳은 채 식은땀만 뻘뻘 흘렸다.

"아, 저…… 미안해요, 언니."

"어? 아, 아니, 아니야. 내가 너무 깜짝 놀라서…… 오히려 내가 미안하지. 나 원래, 그, 욕 자주 안 하는데… 진짜 깜짝 놀라가지고…… 미안해."

두 사람이 서로 화해를 하는 와중, 김세진은 하젤린이 이곳에 온 이유를 알아차렸다. 휑한 정수리. 그는 피식 웃고는 그녀의 머리에 손을 올렸다. 그리고 쓰담쓰담.

그녀의 정수리를 부드럽게 쓰다듬어준다.

"……아?"

멍하니 벌려진 하젤린의 입에서 단말마가 튀어나왔다.

"길이는 잘 모르겠는데, 적당히 복구해 놨어요."

김세진은 그렇게 말하며 미소를 지었고, 하젤린은 두 볼에 홍조를 붉힌 채 수줍게 고개를 끄덕였다. 그러나 그런 하젤린에게 김유린의 날카로운 눈빛이 쏘아진다. 그녀는 몸을 크게 떨고는 재빨리 뒤로 물러난다.

"고, 고마워요 세진 씨!"

"오히려 제가 고맙죠. 근데 주지혁 씨는 괜찮으세요?"

"예. 저는 괜찮습니다."

주지혁은 늠름하게 대답하고서 포션을 들이켰다.

"내상뿐이라서요. 허허허."

"유백송은?"

"……나한테는 왜 반말이야? 나도 괜찮아."

그녀는 스트레칭을 한번 하고는 카이저 2세에게 다가갔다.

혹시 모를 바토리의 반격에 대비하여 1주마다 정기적인 모임을 가지기로 한 것으로, 급작스러운 납치사건은 어쨌든 마무리가 되었다.

물론 펑펑 우는 세정이에게 뺨과 가슴과 턱과 복부와 머리통을 가격당하는 일은 피할 수 없었지만, 예상치 못한 급성장을 하게 되었으니 대충 좋게 끝났다 할 수 있겠지.

'아쉽긴 하네.'

여기는 참 오랜만에 돌아온 마이 홈, 김세진은 허벅지 위에 누운 세정이의 머리를 쓰다듬으며 아쉬움을 삼켰다.

고작 33%에 불과한 마도의 지식으로도 순간전이는 물론, 그 근저를 이루는 여러 마법들의 구성과 개념을 모조리 이해할 수 있었다.

그것으로 만족하는 게 옳지만, 조금만 더 시간이 있었더라면, 적어도 50%까지 도달했으면 어땠을까, 하는 아쉬움이 자꾸만 떠오른다.

"으으. 아니다 아니야."

김세진은 고개를 거세게 저으며 아쉬움을 털어냈다. 어차피 시간이 더 늘어졌으면 완전히 회복한 바토리한테 살해당했을 것이다. 그러니 별로 아쉬워할 필요는 없다……

그때 정규 편성이었던 드라마이 끊기더니 갑작스러운 긴급속보가 화면을 가득 매웠다.

[긴급속보입니다. 보스 등급의 거대 몬스터 '쓰리 헤드 트롤 오우거'가 출몰했다는 소식입니다. 오우거의 머리 두 개와 트롤의 머리 하나가 합쳐진 이 보스등급 오우거는 현재 강원도 몬스터 필드에서 민가 쪽으로 진군을 하고 있으며……]

분명 범상치 않고 심각한 상황이지만, 요즈음에는 다소 평범하게 받아들여지는 내용이었다. 1년에 한 번도 많다던 보스몬스터는 이제 옛말이다. 3주에 한 번 꼴로 출몰하는 실정이니까. 그러니 이름이 긴 것 빼고는 아무것도 특별할 거 없는 놈이다.

하나, 그 다음 이어진 앵커의 말은 김세진의 주의를 끌기에 충분했다.

[몬스터 필드의 다른 오우거들을 휘하로 흡수하며 계속 진군하는 '쓰리 헤드 트롤 오우거'의 군단은 현재, 영웅오크의 부락지로 발걸음을 옮기고 있는 것으로 알려졌습니다.]

"……어?"

김세진이 눈을 동그랗게 떴다. 영웅오크 부락지…… 정신을 차리고 보니 어느새 몸이 벌떡 일으켜진 상태였다.

쾅당!

"끄으으…… 아우."

그 탓에 세정이는 바닥에 굴러 떨어졌고.

"세정아?"

"진짜…… 뭐야 오빠, 또."

"아니, 그게…… 너 출근 안 하니?"

유세정은 눈을 찡그린 채 허리를 문지르며 대답했다.

"나 어제 카레로트 레이드 끝내고 휴가 얻었는데. 왜?"

"어? 아…… 아니야."

"……뭐야. 또 어디 위험한 거 하려고 하지?"

의심스러운 눈길로 노려본다. 약간 찔렸으나, 고개를 젓고는 손을 휘적거린다.

"음? 아닌데? 내가 널 놔두고 어디로 간다고. 이리로 와 봐. 이리온~"

"내가 강아진 줄 아나……."

말은 그렇게 하면서, 슬그머니 김세진의 품에 안긴다. 세진은 등을 토닥여 주며 그녀가 잠들기만을 기다렸다. 다행히 당장 어제 레이드를 마친 터라 피곤했던 그녀는 금세 다시 잠에 들었고, 세진은 그녀를 소파에 눕혀두고 자리에서 천천히 일어났다.

쪽지에는 '잠시 길드 일이 있어서, 금방 올게'라고 쓰고, 적당한 옷을 갖춰 입은 뒤, 집을 나선다.

'오랜만에 오크로 활약하겠네.'

몸을 꽤 써야 할 것 같으니 스트레칭까지 제대로 해두자.

오크들에게 후퇴 명령을 내려야 하나? 김세진은 영웅오크 폼으로 몬스터 필드를 걸으며 고민했다.

몬스터 필드의 분위기는 언제처럼 비슷하다. 나뭇가지 스치는 소리만이 들리는 짙은 적막 속, 곧바로 몬스터가 튀어나올 것 같은 긴장감이 흐른다.

하나 이곳은 고작 중급 지대. 무려 '영웅오크 족장'께서는 긴장할 필요가 결코 없다.

그렇게 당당한, 황제의 걸음걸이로 걷다 보니 어느새 부락지의 입구가 보였다.

헌데, 굳게 닫힌 문 앞에는 오크가 아니라 한 명의 여인이 있었다.

단정한 기사단 정복 위에 갑옷 대용 아티팩트 코트를 걸치고, 허리춤에는 황금색 무구가 매여 있다.

대한민국에서 여섯 번째로 강하다는 기사, 김유린이다.

김세진이 깜짝 놀라 뒷걸음질을 치자, 그녀가 인기척을 느낀 듯 허리춤에 손을 댄 채 뒤를 돌아보았다.

"아."

"큼."

서로를 알아보았음을 알리는 짤막한 음성.

그렇게, 여기사와 오크는 다시 한번 서로를 마주보게 되었다.

오크와 기사는 서로를 오랫동안 마주 보았다. 겨울바람이 불어 헐벗은 가지들이 스치며 울고, 흐려진 하늘에서는 아주 작은 진눈깨비들이 지상에 닿지 못한 채 허공에서 녹는다.

그런 고요한 자연 속에서 얼마만큼의 침묵이 흘렀을까.

둥—

엷은 진동이 노면을 흔들었다.

"아! 저, 저기요!"

먼저 반응을 보인 건 김유린이었다. 그녀는 종종걸음으로 오크 앞에 다가와 섰다. 시린 계절에 얼굴마저도 유달리 하얗기 때문일까, 얕게 붉어진 두 볼이 특히 도드라진다.

"곧 적이 옵니다. 오우거…… 그러니까, 두 머리 오우거, 한 머리 트롤 오우거라고…….."

그러나 약간 설명에는 다소 애를 먹는 듯한 모습이다. 아닌 게 아니라 놈은 이름이 참 길다. 쓰리-헤드-오우거, 더 자세히 들어가면 투-오우거 헤드-원-트롤 헤드-블랙 스킨-오우거. 여기서 고유명사를 제외한 영어를 빼고 말해야 하니 어쩔 도리가 없겠지.

"아우…… 그, 그러니까…… 혹시 '오우거'는 아십니까?"

답답한 듯 이리저리 손을 휘적이던 그녀는 결국, 배경 지식 설명부터 들어갔다.

"안다."

"그, 오우거는 머리가 많고 피부가 새까말수록 강하다는 것도?"

"안다."

"휴우, 다행이네요. 지금 머리 세 개인 오우거가, 세 머리통 중 두 개는 오우거고 하나는 트롤인 오우거가, 게다가 피부도 새까만, 그런 오우거가 지금 이곳으로 오고 있습니다."

다 아는 사실이었지만, 김세진은 짐짓 주변을 둘러보았다. 생명이 메마른 듯 스산하고 삭막한 겨울의 풍경뿐. 사람의 흔적은 없다.

"너밖에 없나?"

"예? 아, 예. 저뿐입니다."

"흠. 인간은 놈과 싸우지 않겠다는 뜻인가?"

"아, 그게……."

곤란한 듯 자신의 시선을 피하는 김유린의 모습에서 김세진은 대충 짐작이 갔다.

지금 한국 상황은 꽤나 어지럽다. 평양 쪽의 데몬 미노타우르스와 부산 쪽의 베히록벨 그리고 이곳의 오우거까지 총 세기가 보스 몬스터가 강토를 유린하고 있으니.

게다가 위험도로 따지자면 보스 몬스터가 당장 턱밑까지 치민 평양과 부산 쪽이 가장 급박.

영웅오크다, 한국오크다, 하면서 아무리 찬사를 하더라도 결국 오크는 오크인 법.

정부는 영웅오크가 죽든 말든 관심이 없고, 다만 오우거의 발목을 최대한 오래 잡아주길 바랄 뿐인 것이다.

"싸울 인간은 너밖에 없나 보군."

"……예, 지금은 그렇습니다."

오크로 있을 때는 오크의 감정이 더욱 진하게 옮아오는 법이지만, 솔직히 이해할 만하다.

오히려 김유린이 그 계획을 받아들이지 못하여 명령까지 거스른 채 이쪽으로 뛰쳐나온 거겠지.

"도망가시는 것이 어떨까 싶습니다. 몬스터 필드와 시가지의 경계에 함정을 만드는 중이니, 그곳에서 저희 병력과 함께……."

"아니."

그러나 김세진은 고개를 내저었다. 비록 죽음이 기다리고 있을지언정, 오크에게 후퇴란 없다. 무엇보다 오우거 따위에 죽지도 않을 테고.

"싸운다."

짙게 깔리는, 매력적이면서도 고고한 목소리였다. 김유린은 침을 꿀꺽 삼킬 뿐 아무 말도 하지 못했다.

침묵하던 그녀가 고민 끝에 결연히 꺼낸 말은, 김세진도 충분히 예상할 수 있었다.

"그럼 저도 도와줄 수 있게 해주십시오."

혹시라도 거부를 당할까 긴장한 기색이 역력하다.

하나 김세진은 별다른 말없이 부락 안으로 발걸음을 옮겼다. 승낙의 의미임을 알아차린 김유린은 만면에 미소를 띠운 채 그의 뒤를 따랐다.

꽤나 오랜만에 방문한 부락은 예전보다 훨씬 발전되어 있었다. 훈련장소, 식량창고, 거주지, 대장간 등등 철저하게 분업된 모습이 참으로 신기했다. 오크가 스스로 발전시켰다고 믿을 수 없을 정도로.

"와…… 정말 많이 발전하셨군요."

김유린은 진심으로 감탄한 듯, 휘둥그레진 눈동자로 부락을 감상하였다. 김세진은 저벅저벅 다가가 오크들을 불렀다. 절도 있고 품위 있게 다가온 그들은 물경 일천은 가벼이 넘겼다.

김세진은 오크들을 한번 쓰윽 훑고는 김유린에게 시선을 두었다. 강렬한 눈빛을 느낀 그녀는 얼굴을 붉혔으면서도 짐짓 모르는 척 애꿎은 머리카락만을 배배 꼬아댔다.

세진은 피식 웃으며 말했다.

"네가 지휘해라."

"거봐, 없잖아."

같은 시각. 바토리는 어두운 내부를 둘러보며 탄식하듯 말했다. 꽤나 오랜 시간동안 공들여 세웠던 지하도시는 순식간에 없어져 버리고, 남은 것은 오직 휑뎅그렁한 공동(空洞)뿐.

이렇듯 노스페라투들은 모조리 도주했다. 꽤나 예전부터 준비했던 일인지 아무런 흔적도 증거도 남지 않아 이곳에 도시가 존재했었다는 말조차 믿기 어려울 지경이었다.

"죄송합니다. 로드 님의 눈을 피해 지하에 마을을 만들었을 때부터 의심을 했어야 하는데……."

장로의 떨리는 목소리가 바토리의 귓전을 간질였다.

그렇다. '장로'다. 피의 고귀함으로 따지면 사도의 위 등급이자 영주(領主)인 자신의 바로 아래격인 '장로'.

한데 그 정도 되는 남자의 목소리가 이토록 가냘프다.

결코 나이 때문은 아니다. 만약 그 때문이라면 제 아랫사람을 질책할 때도 저런 소심하고 나약한 태도였어야 했다.

"죄송하다고?"

"예, 예. 송구스럽습니다…….."

"뭐가?"

"그 의심을 하지 못한 것을…….."

"니들이 왜 죄송해? 노스페라투 새끼들 잘못이지."

"어……."

"하여튼 너네는 전부 짐승처럼 나이만 처먹었구나. 기백이 없고 자존심도 없고…… 아니, 힘이 없으니까 당연한 일인가?"

하루 전. 바토리는 무례를 무릅쓰고 로드를 찾아갔건만 로드는 자리에 없었다. 대신 로드의 수하가 '쓸데없는 의심을 하지 말라.'고 충고하였을 뿐.

하지만 한번 생긴 파문은 그렇게 쉽게 가라앉지 않았다. 적어도 제 수족(手足)으로 직접 파헤쳐 보고, 두 눈으로 명확히 '그것이 아니다.'라는 결과를 직시해야만 성에 찰 테지.

"……얘들아?"

바토리는 자신을 따라온 수십의 사도, 장로들에게 세상 그어느 무엇보다 아름다운 목소리를 들려주었다. 미혹된 그들은 감히 눈도 마주치지 못하고 몸을 굽혔다. 그러나 바토리는 그들에게 가장 어려운 선택을 요구할 것이었다.

"결정해."

꾀꼬리마저도 홀려 제 혀를 집어삼킬 만큼 고혹적인 음성은, 가장 충격적인 말을 이었다.

"로드를 따를 건지, 아니면 나를 따를 건지."

이는 반역을 도모하겠다는 선언이나 마찬가지다. 로드의 눈이 미치지 않는 지하라서 망정이지, 만약 훤히 트인 개활지였다면 흡혈 본능을 억제하지 못해 피를 갈급하며 죽었을지도 모른다. 로드는 뱀파이어의 흡혈 본능을 조절할 수 있는 권능을 지니고 있으니.

"바, 바토리 님 그것은……."

"애들아, 아쉽게도 나는, 균열이 열릴 때까지 기다릴 수 없을 것 같단다."

일순 바토리 주변 500m 반경에서 암색 마나가 반구(半球)형을 그리며 하늘로 솟았다. 도주를 막는 결계였다.

"근데 적어도 선택에 도움이 될 몇몇 정보는 줘야 할 것 같아서 말이다? ……앉아보렴. 내가 지금 말해주는 내용 잘 듣고서, 합리적인 결정을 내리도록 해."

바토리의 발밑에는 어느새 화려한 권좌가 들어섰다.

장로와 사도들은 바닥에 몸을 조아린 채 그녀의 말을 들었다.

김유린은 오크들을 모아놓고 열정적인 브리핑을 시작했다. 한데 대규모 전투를 앞둔 기사라고는 볼 수 없을 만큼 활기찬 모습이었다.

무엇보다 지금 그녀가 열성적으로 설명하는 내용을 듣는 대상은 '오크'다. 범고래보다 지능이 좀 더 나은 수준이라는 오크—물론 평범한 오크의 이야기지만—.

"오우거는 본래 동족끼리도 싸우는 파괴의 화신입니다. 그런데 그런 오우거들이 결속하는 이유는 단 하나, 이 '대장 오우거' 때문입니다."

그녀는 동굴의 편편한 벽에 그림까지 그렸다. 머리 세 개 달린 오우거로 추정되는 생명체와 그 주변을 졸졸 따르는 오우거로 추정되는 존재.

"그러니 이 대장 오우거를 죽이면 오우거들은 결속력을 잃고, 서로 싸우게 될 것입니다."

그녀가 지금 브리핑하는 계획의 내용은 간단하다. 다른 오우거는 무시하고 대장만 쥐어 팬다는 것.

하나 문제는 그 대장이 규격 외의 존재라는 점이다.

몬스터 학자들이 정밀한 실험으로 파악해 낸 결과, 오우거는 머리 하나가 늘어날 때마다 그 강함이 대략 '4배' 정도 곱연산 된다. 그런 점에서 이 대장 오우거 님은 머리가 두 개 더 달렸으니 평범한 오우거보다 최소 16배 이상은 강하다.

그런데 여기서 '피부'라는 또 다른 변수를 추가해야 한다.

오우거는 피부가 무채색에 가까워질수록 강력해지는데, 무채색의 양 극단인 백색과 흑색은 평범한 갈색 오우거보다

2배 가까이 강하다는 게 정설.

그러니 이 대장 오우거는 단순 계산만으로도 평범한 오우거의 32배만큼 강하다는 말이 된다.

또, 설상가상으로 세 머리중 하나가 '트롤'이다. 기사들이 치를 떨 정도로 생명력이 질긴 트롤.

"물론 어려울 겁니다. 이 대장 오우거는…… 무척 강하거든요. 하지만."

김유린은 영웅오크의 모습을 한 김세진을 바라보며 미소 지었다.

"여러분의 노동력과 족장님의 무력, 그리고 콘락이 있으면 가능할 겁니다."

오우거는 1일 2끼를 섭취하고, 식사 후 반나절 동안은 움직이지 않는다.

그러니 오우거의 부대들이 도착하기까지는 하루에서 이틀 사이의 유예 기간이 있었다.

김유린은 그 유예를 이용하여 브리핑이 끝나자마자 오크들을 교육시켰다. 혹독한 훈련이었는지 오크들의 비명이 끊이질 않았다.

'좀 늦게 올 걸……'

그리고 김세진은 지금 대족장실에 앉아 후회 중이었다. 오우거의 생리를 자세히 몰랐던 게 문제였다. 그저 생김새처럼 미친놈인 양 돌격해 올 줄 알았는데, 무슨 쉬는 시간이 이렇게 많단 말인가.

물론 그 덕에 준비할 시간이 많이 주어지긴 했지만 영체화를 통해 핸드폰을 가져와서 망정이지…….

[세정♥: 오빠 진짜 너무한 거 아냐?! 전화는 왜 또 못 받는다는 건데! 쪽지 하나 달랑 남기면 그게 끝이라고 생각해?! 이렇게 막대해도 내가 평생 동안 남아 있을 것 같아? ……헤어지잔 말은 아니니까 오해하지는 말고.]

[세정♥: 아니, 방금 한 말은 취소. 평생 남아 있을 거야. 오빠가 가라고 해도 거머리처럼.]

손가락이 뭉툭해서 타자를 치기 힘들다. 하지만 답장은 해야만 한다.

[너 자고 있어서 말 못했다. 그리고 내가 일을 해야 한다는데 뭔 말이 이렇게 많아. 이틀이면 들어가니까 짜증 나게 굴지 마. 한 번 더 그러면 한 달 동안 안 들어간다.]

오크 상태였기에 평소보다 문자가 과격하고 신경질적이었

다. 마음이 꽤 상할 만큼 보낸 것 같은데, 답장은 10분 만에 도착했다. 방금보다 훨씬 누그러진 어투였다.

[……미안. 나는 그냥 갑자기 사라져서 놀래가지구 그런 거야…… 근데 오빠 혹시 나한테 뭐 화난 거 있어?]
[아니, 없어. 나도 보고 싶어서 미치겠으니까 신경 돋우지 말라고.]

다소 여러 부분으로 과격한 문자였다.

[(햄스터가 하트를 움켜쥔 이모티콘)아잉 모양~ 난 또~ 알았어 빨리와~]
[최대한 빨리 가볼게…… (하트)]

답장을 마친 그때 잔잔한 발소리가 귓속을 파고들었다. 세진은 그 즉시 핸드폰을 영체화했다. 그야말로 신속.

똑똑—

노크를 할 건 없었다. 문이 없으니까.

"무슨 일이냐."

그의 말에 김유린이 얼굴만을 빼꼼 내밀었다. 방금 샤워를 하고 온 건지 촉촉이 젖은 머릿결이 스르르 흘러내린다.

"……콘락은 어디 갔습니까?"

조심스러운 물음에 김세진은 바닥을 톡톡 두드렸다. 그러자 미리 소환해 두었던 콘락이 동굴방 안으로 거칠게 들어왔다. 오자마자 곧바로 김유린을 덮친 콘락은 그녀와 한바탕 애정행각을 벌이기 시작했다.

먼지가 흩날리고, 흙먼지가 자욱하게 인다.

미간을 좁힌 김세진은 크게 샤우팅을 치려 했지만,

"아하하핫! 잠깐, 잠깐. 알았어, 콘락. 꺅! 아, 알았다고……."

김유린의 환한 미소와 행복한 얼굴 때문에 차마 그럴 수가 없었다.

"……예? 뭐요? 무슨 대회요?"

—일단 이름은 공로전입니다만, 콘테스트나 대회의 성격이 강합니다. 정부에서 저희에게 직접 요청해 왔습니다. 심각한 시국에 국민들 위로도 해줄 겸이라면서요.

김세진은 가만히 있으면 좀이 쑤신다는 핑계로 잠시 부락지를 나왔다. 김유린이 곧 함정매설을 해야 한다고 뻗대긴 했지만, 딱 한 시간만 달라고 하니 마지못해하며 용인해 주었다.

"아니, 취지가 좋다면 거절할 생각은 없지만…… 그게 뭐가 위로가 된답니까?"

그는 인적이 드문 숲에서 인간형을 취하자마자 가장 먼저 유세정과 해후를 풀었기에(장장 50분에 걸쳐), 지금의 통화상대는 업무 관련해서 일이 있다던 조한성이었다.

내용은 'THE MONSTER 공로전' 개최.

공로전(功勞展) 이라는 이름을 빌린 이 대회는 마법, 기사,

예술, 연금, 사회의 다섯 가지 분야 중—다섯 분야가 무리라면 '마법과 기사'의 두 카테고리만—사회에 기여한 공로를 따져, 가장 순위가 높은 재원을 더 몬스터의 길드원으로 받아들이자는 것이 핵심골자다.

─저도 처음에는 그렇게 생각했는데, 듣고 보니 그럴 법도 합니다. 이 침체된 시기에 국민들이 조금이나마 열정을 갖고 주목할 만한 콘테스트가 될 테니까요.

"아니, 뭐 그렇게만 된다면야 좋지만, 국민들이 주목할까요?"

물론 주목은 할 것이다. 일단 모든 과정이 전파를 타고 방영될 테니.

한데 겨우 길드원 하나 뽑는데 침체된 국민을 일으켜 세우니 뭐니 하는 게 부끄럽기도 하고, 약간 오그라들기도 한다.

─예. 당연합니다. 국내뿐만 아니라 세계가 주목할 겁니다. 그때 이유진 단장님을 뽑을 때도 각자 유력 후보끼리 팬덤이 형성돼서 서로 치고받고 싸우기도 했는걸요. 이번에는 후보까지 저희가 공식적으로 발표하는 거니까 더더욱 치열할 겁니다.

"……그래요? 근데, 너무 성공해도 문제 아닌가요? 경각심이 너무 엷어지거나 하는 비판을 받을 수도 있지 않을까……."

─지금 시대가 우울하긴 하지만, 과도한 불안은 그보다 더욱 안 좋습니다. 정부도 경각심 문제 보다야 지금의 과다한 불안을 덜어내는 것이 더욱 낫다고 생각한 것 같더군요.

김세진이 고개를 갸웃했다.

"근데 대회를 연다고 불안이 덜어집니까?"

-만약 저희가 몇몇 후보를 길드원으로 선출하면 더 몬스터에 입단할 만큼 탁월한 기사 혹은 마법사가 우리나라에는 충분히 많다…… 고 대대적으로 홍보할 수 있겠지요. 그거면 충분합니다.

"아하. 흐음……. 그렇다면야 뭐. 예, 추진하세요."

-예. 알겠습니다.

그렇게 통화를 끝낸 김세진은 핸드폰을 영체화시켜 몸속으로 집어넣었다.

여기서 사족을 아주 살짝 덧붙이자면, 영체화한 핸드폰은 꽤나 특수한 능력을 술자에게 더해준다. 알림창을 읊어보자면 이렇다.

[스마트 폰이 영체가 되어 스며듭니다. 육안을 렌즈로 사진 혹은 동영상을 찍을 수 있습니다.]

조금 흥미롭고 재밌을 것 같지만, 이 이상의 의미는 없다.

"10분 늦으셨습니다."

김유린의 툭 튀어나온 입술은 마치 자신을 쏘아붙이는 듯하다. 김세진은 괜히 뒷목을 긁적이며 변명 아닌 변명을 했다.

"늦을 수도 있는 거지."

"흐음…… 알겠습니다. 어서 갑시다, 함정 만들러."

다행히 별다른 잔소리는 없었다. 김유린은 그의 손목을 꽉 붙잡고서 함정을 매설할 지대로 발걸음을 옮겼다. 그렇다, 손목을 붙잡았다. 별거 아닌 스킨십임에도 상대가 상대라 그런지 기분이 꽤나 묘하다.

"어이, 계획은 확실한가?"

그래서 괜히 한번 물어보았다. 겸사겸사 그녀의 손도 뗄 겸. 하나 그녀가 손목을 예상 외로 꽉 잡고 있어 뗄 수가 없었다.

"예, 걱정하지 않으셔도 됩니다. 패배보다는 승리 확률이 더욱 높습니다. 졸병은 졸병이, 대장은 대장이 상대함으로써 희생도 가장 적을 테고요."

김유린이 웃으며 말하는 '계획'의 내용이란 대략 이러하다.

우선 TM사의 탐지레이더가 포착한 바에 따르면, 현재 오우거 군단은 50~60기 정도가 10열 종대의 대형을 이루는 것으로 추정된다.

그중 머리통 세 개 오우거는 4마리 정도의 친위대-이쪽은 머리가 두 개다-와 함께 대열의 중앙에서 위풍당당한 풍채를 뽐내고 있고.

하나 오우거는 지능이 낮은 존재. 그래서 김유린은 가장 기본적인 전법, '함정'과 '매복'을 이용하기로 했다.

일단 함정. 오크들의 노동력을 이용하여 함정을 파고, 일부 오우거들을 그곳으로 끌어들인다.

그러나 머리가 2개 이상만 되더라도 그나마 똑똑하여서 티 나는 함정에는 걸려들지 않을 테지만, 그래도 결국 오우거는 오우거인 법이다. 분명 몇 대 쥐어 패면, 그게 정도 이상의 고통을 놈들에게 선사한다면, 분노에 의해 지능이 폭삭 낮아져 알아서 따라올 것이다.

"그것 말고 뭐 다른 할 일은 없나?"

"예, 오늘은 함정만 만들고 올 겁니다."

20분정도 걸어, 김유린과 오크 군대는 강물이 흐르는 부근에 도착했다.

함정 증축, 땅을 깊고 넓게 파고 그 안에 날붙이들을 세워 넣는 일대공사는 금세 끝났다. 과연 학자들도 눈여겨봤던 오크의 어마어마한 노동력이라 하겠다.

"됐습니다~!"

마지막, 수풀을 이용해 함정을 덮는 과정까지 금세 끝. 김유린이 호기롭게 외치며 이마에 흐르는 땀을 닦는다.

그녀의 만면에는 뿌듯함과 행복이 깃들었지만, 그러나 김세진의 감회는 조금 달랐다. 딱 봐도 '여기 함정입니다~'라고 말하는 것만 같은 비쥬얼인데…….

"……허술하군."

"괜찮을겁니다. 오우거는 큰 몸체 때문에 자기 발밑을 보지 못합니다."

"흠……."

김세진이 탐탁지 않은 얼굴로 함정을 둘러보자, 김유린은 걱정하지 말라며 그의 등을 찰싹찰싹 때렸다.

"괜찮을 거니 이제 돌아갑시다. 피곤합니다."

그러더니 또다시 손목을 잡고 김세진을 이끌어간다.

혹시라도 뿌리칠세라, 아주 꽉.

이거 보니 무의식이 아니라 다분히 의식적으로 했구먼. 김세진은 피식 웃으며 아예 그녀의 손을 붙잡았다.

"아?"

일순 화르륵 붉어졌던 그녀의 얼굴은, 그러나 이내 고통으로 물든다.

"아악! 아, 왜, 왜 이러십니까! 아픕니다 아파요! 꺄아아악! 부서져, 부서져! 오크, 오크가 잡네!"

"오크가 사람 잡는 건 당연하다."

"이, 이익!"

뒤이어 여러 오크와 콘락에게까지 구조를 요청하는 그녀의 모습은 애처롭기 그지없었다.

to be continued